湾里布满离岸流，

海浪会不停地朝远离海岸的方向推。

我觉得我有好几辈子可以活，

直到离岸流把我的灰带走。

离岸芳华

［加］江岚 主编

［加］张翎 著

海外华文
SELECTED
SHORT STORIES
短篇小说选

外语教学与研究出版社
北京

目录

序

海外视野与中国故事

刘俊

　　收在《离岸芳华》这个集子里的小说，包括了北美（美国、加拿大）和欧洲（比利时）华文作家的十三篇作品。虽然从世界华文文学的角度看，区域分布好像不够"广泛"，作家数量似乎也有些"迷你"，但所选作品的水准，却相当出色——可以说是海外华文小说的一次"闪亮"呈现。

　　十三篇小说出自十位作家之手（张翎、凌岚和施玮都各有两篇），十位作家中有九位是中国大陆改革开放以后走出国门的"新移民"作家（只有赵淑侠是20世纪60年代从中国台湾"走向世界"的），因此这个集子从某种程度上讲，也可以被视为海外"新移民文学"作家的小说选集。

　　对于什么是"新移民文学"，我在《跨区域跨文化的新移民文学》一文中，曾经进行过界说和概括。具体来说，"新移民文学"主要是指中国大陆改革开放（1978 年）以后走出国门，在海外以汉语（中文、华文）进行创作的作家的作品所形成的文学。为什么叫"新移民文学"？是因为这一文学的创作主体基本上都是从 20 世纪 80 年代开始从中国大陆走向海外的移民，为了将他们与 20 世纪 50 年代以前的"老移民"，以及 20 世纪 50 年代以后主要以中国台港地区华人为主的"留学生移民"区别开来，学术界通常将他们称为"新移民"。虽然"新移民"这个概念在某种意义上讲具有不确定性和相对性——因为"新移民"究竟到什么时候不算"新"了，大家并没有形成统一的认识，但从总体上看，这些"新移民"具有这样的特点:（1）以 1978 年为出国的时间起点;（2）有大陆背景，与大陆（历史、现实、精神、情感）关系密切。在此基础上，以"新移民"为主体的"新移民作家"，也就具有这样几个特点:"在海外主要用汉语写作;他们的作品所描写的世界，都会与中国大陆的历史、社会和现实发生某种直接或间接的关联;这些'新移民作家'和他们的作品深度介入中国大陆当代文学，作品主要在中国大陆发表、出版，作家常常在大陆获奖，以至于有些学者干脆将他们'收编'进中国大陆当代文学，认为'新移民文学'就是中国大陆当代文学的一部分。"[1]

"新移民文学"的出现，在某种意义上讲，可以说是中国当代文学在海外开的花结的果——因为"新移民文学"作家群中的代表性人物如严歌苓、查建英、张翎、陈河、陈谦等，出国前在大陆就已经是颇有成就的作家；而那些到了海外才走向文学创作的众多成员，也在大陆基本完成了文学教育，有些还接受了大陆的文学训练（作家班学员）并或直接或间接地受到过大陆文学观念的熏染乃至灌输。即便到了国外，他们也非常关注大陆文坛的动态，与大陆文学界保持着相当密切的联系。种种因素的共同作用，就使得"新移民文学"具有较为明显的中国大陆当代文学的影响痕迹（受欧洲批判现实主义文学和苏联文学影响较深），并带有非常强烈的中国当代文学"气质"——具有强烈的历史感、现实性和代入感。

"新移民文学"这种既可以说是从中国大陆当代文学中脱胎而来，又与其有所区别，既有中国大陆当代文学影响的印记，又有自己新生出来的特点的性

1　刘俊：《跨区域跨文化的新移民文学》，《人民日报》（海外版），2016年3月24日。

质，就使得它事实上是个跨区域跨文化存在的文学世界。说它跨区域，是指它实际"存在"于中国大陆和海外的"两边"，既寄生于中国大陆当代文学之"内"，又独立在中国大陆当代文学之"外"。说它跨文化，是指它看上去似乎与大陆当代文学的"文化"气质相仿佛（"新移民作家"基本上都是在中国大陆的文学环境下成长起来的，与同龄的大陆当代作家有一种"同根性"），但它毕竟"生产/生长"在异质文化环境之下，直接受到异质文化的影响和熏陶。因此，在文学写作的纯粹性和自我要求方面，在文学写作的超然态度和大胆突破方面，在文学观念受异质文化的渗透和影响方面，"新移民文学"都自有一种有别于大陆当代文学的文化特性，也就是说，"新移民文学"的文化特性，跨占/兼具了"大陆文化"与海外"异质文化"两种文化内涵，并升华出不同于两种文化中任何一种的新文化。

对"新移民文学"的这种总体认识，不见得适用于"新移民文学"的所有作品。不过，以这样的认识来比照这个集子中的文本，我发现，这样的概括基本上可以涵盖出自"新移民作家"之手的十二篇小说，同时也部分适用于赵淑侠的那篇小说。而这种涵盖的最突出体现，就是以海外视野，写中国故事。

以海外视野写中国故事，"对应的"就是上文所说的"他们（新移民作家）的作品所描写的世界，都会与中国大陆的历史、社会和现实发生某种直接或间接的关联"。在这个集子中，张翎的《都市猫语》和《玉莲》、谢凌洁的《辫子》、施玮的《日食》和《校庆》，都是纯粹道地的中国故事（《校庆》牵涉到一点"海外"，不过"主体"还是落在中国）；而江岚的《夏天来到的时候》、凌岚的《冰》和《离岸流》、陈九的《纽约春迟》、陆蔚青的《楚雅如的寂寞》、陈谦的《我是欧文太太》、曾晓文的《卡萨布兰卡百合》（包括有着中国台湾背景的赵淑侠的《美女方华》），则是海外位置／经历与中国故事的交织。这些小说或直接描写中国历史／当下社会，或间接涉及中国背景／文化心理；作家们的海外视野，在其中起到了极为关键的作用。

这里所说的"海外视野"，是指这些作家在采用中国题材／素材和代入中国形象的时候，具有一种"外看"的立场和"回顾"的姿态，再加上这些作家

"在文学写作的纯粹性和自我要求方面，在文学写作的超然态度和大胆突破方面，在文学观念受异质文化的渗透和影响方面"，"有一种有别于大陆当代文学的文化特性"，因此这些作品虽然写的都是中国故事，但它们却因了"海外视野"而具有一种"海外特性"，具有一种不同于中国大陆当代文学的独特"气质"。

这种由"海外视野"而导致的"海外特性"，在这个作品集中，主要体现为如下两个方面：

一、在当代中国故事中渗入（别样的）海外元素

张翎的《都市猫语》乍一看就是一个发生在中国当代社会都市小人物之间的爱情故事，从总体上看似乎非常"当代"。可是在小说的结尾赵小芬给茂盛留下的"那条黑色的、缝着蕾丝、钉着一朵红玫瑰的内裤"，以及"难熬的时候看一眼，说不定好受些"的叮嘱，使小说于不动声色之间具有了一种"海外"（洋）气——那是一种对精神分析学理论有着充分了解之后的人性洞察和别样解读。她的《玉莲》同样也是一个"当代文学"的故事（写法），然而在这个"当代"小

说的结尾，玉莲那句"你说现在这些兵，哪能和那时候比呢？"所体现出的为了爱情奔赴大西北受尽苦难却无怨无悔的野性，似乎就与北美西部的那种冒险精神有了某种关联。谢凌洁的《辫子》和施玮的《日食》，写的虽然都是中国故事，可是那种跨越现实和幻境／历史的神奇世界，则令这两篇小说带有了某种无拘无束的形式创新色彩——这也是海外作家采用／借助"中国故事"进行形式突破的一种尝试／努力方向，并因此使小说隐性地具有了"海外"特性：大概只有在海外的作家，才会有这样的想象放飞、奇思妙想。

二、在"海外环境"下展示中国故事

这里所说的"海外环境"，是指小说中人物活动的场景是在"海外"。在海外场景下展示中国故事，是海外华文文学体现海外视野／特性时比较常见的一种呈现方式，《离岸芳华》这个小说选集也不例外。当然，尽管都是在海外"场景"中叙述中国故事，但每个作家、每篇作品的立意、诉求和"说法"却不尽相同。就这个小说选集而言，江岚的《夏天来到的时候》写的是海外"新一代华人"与中国老人之间动人的亲情故事："我"（马克·李，奶奶口中的"铁蛋"）对奶奶赴美带孙子孙女的处境未必了解，可是在奶奶滞美难归（从小带"我"，后来又带"我妹妹"，后来又等绿卡）并客死异乡之后，"我"对奶奶的深厚感情终于爆发——"奶奶，我已经开始想您了"，"我的眼泪，终于还是流了下来"。这篇小说以儿童视角，写一对成长背景、生活经历迥异的祖孙之间既有文化代沟又有血脉亲情的感情故事，题材新鲜，写法动人。

凌岚的《冰》和《离岸流》、陈九的《纽约春迟》、陆蔚青的《楚雅如的寂寞》、陈谦的《我是欧文太太》、曾晓文的《卡萨布兰卡百合》，展现的是改革开放后走出国境的中国人——海外新移民华人——在世界舞台上的各种"奇遇"：《冰》中的林里和涂途曾是夫妇，现在不是夫妇又"貌似"夫妇一起出游，然而豪华的邮轮之旅并不能融化掉他们之间的精神／情感冰墙；《离岸流》借助一次抢劫、一次流产和一次未出生的小生命的海葬，揭示出海外华人的真实处境——离岸流，那"一股看不见的流动"，"会不停地朝远离海岸的方向"推动他们；在陈九、陆蔚青、陈谦、曾晓文乃至赵淑侠的小说中，读者看到的，也是同样"一股看不见的流动"，将作品中的人物"不停地朝远离海岸的方向推"——那是一种个人在"海外"空间和"历史"时间中，无法把握的方向。

海外"位置"使这个小说集中的作者们都具有了海外视野——他们不仅因置身于海外世界而能看到、体会到一个新的世界，而且还能以一种海外角度、海外"语境"来思考所看到的世界和面临的问题。这样的海外视野，使得他们的小说创作具有了一种别具"风味"的海外特色。这种或许可以称之为"离岸流"的海外特色，在我看来正是这个小说集，乃至整个海外华文文学，最富魅力也是最具价值的地方。

在当今中国大陆当代文学不断"崛起"并开始产生世界影响之际，当中国大陆的文学期刊、出版社和各种文学奖项向着海外华文文学开放、拥抱的时候，中国大陆当代文学事实上对海外华文文学（特别是对"新移民文学"）产生了巨大的磁吸效应。当此时也，海外华文文学是不断地被中国大陆当代文学"吸引"

并最终"融入"其中，成为其"海外支流"？还是保持自己的"海外特色"并走出一条属于自己的"离岸流"文学之路？这是每个海外华文作家（尤其是"新移民作家"）必须面对和思考的问题。

以上是我从《离岸芳华》这个集子中看到的和想到的。亲爱的读者，你呢？你看到了什么？想到了什么？

现在不用抗议了，不会再有人叫我『铁蛋』了。

夏天来到的时候

江岚

江岚，出生于广西桂林，加拿大籍华文女作家，现执教于美国高校。出版有短篇小说集《故事中的女人》，学术专著《唐诗西传史论：以唐诗在英美的传播为中心》，长篇小说《合欢牡丹》，编著"新世纪海外华文女作家"丛书等。现为北美中文作家协会副会长兼外联部主任、海外华文女作家协会终身会员。

外面的空气比刚才在教堂里的清新得多。天气很晴朗，微风掠过河面，摇动着枫树宽大的、翠绿的树叶。我站在这里，也不觉得很热，虽然已经是夏天了。

我盯着眼前长方形的大坑，不想动，也不想说话。这个坑很深，四边整齐地从地面切下去，大概有两个我那么高，散发着潮湿的、新挖泥土的气息。我的身边和对面有很多大人，他们都和我一样穿着黑色的西服，在大坑四周廉价的塑料红地毯上走来走去，不时低声交谈，表情都非常严肃。

只有妹妹一个人在草地上、枫树间跑来跑去。这里我们以前从来没有来过，她觉得新鲜。她的嬉笑在一片空旷的清幽里显得格外响亮，和其他人的静默形成强烈的对比。这不能怪她，她才五岁，根本搞不懂这一切究竟是怎么回事。

五天前，我们的奶奶在医院里病逝，今天是她的葬礼。

早上我们在教堂和奶奶告别，我和妹妹夹在父母和姑姑之间，坐在第一排。牧师伯伯、从加州赶来的林叔叔，还有爸爸轮流到台上去讲话，讲着讲着就都哭了，下面坐着的好多叔叔阿姨也哭了。我没有哭，我一直在看奶奶。她躺在一个铺着深红色丝绒的大盒子里，穿着浅灰色的新衣服，头发梳得整整齐齐，脸色比我记忆中的任何时候都更红润，神情很平静，和睡着了没什么两样，仿佛随时可以睁开眼睛叫我："铁蛋哪，时间差不多了，我们该去飞机场了！"

我从懂事开始，就不喜欢她叫我"铁蛋"。我是有大名的——马克·李，普通的英文名字，不会被学校里的同学取笑。可是奶奶总改不了口，一天到晚"铁蛋"这个、"铁蛋"那个的，我抗议多少次也没有用。

现在不用抗议了，不会再有人叫我"铁蛋"了。

"你看他们家马克，到现在也没哭过一声，"不远处有个阿姨压低嗓音的议论传了过来，"是难过得不知道哭了，还是不懂事啊？"

唉！这些大人！我已经快满十二岁了，我和妹妹不一样。我很明白从今往后，再也见不到奶奶了。我是很想很想哭的，可奶奶最不喜欢我流眼泪了，她说哭哭啼啼的男孩子没出息。不不，我要听奶奶的话，我不能哭！

"马克！看着你妹妹去，别总站在那里发呆！"妈妈朝我走过来，一边说着，眼睛却并没有看我，而是朝着墓地的入口处张望，"他们怎么还不到？都快半小时了！"

教堂里的追思仪式结束以后，妈妈带着我和妹妹先到这边，爸爸和姑姑则等着护送奶奶的棺木。其实我们到达墓地还不到二十分钟，妈妈的脾气一贯这么急躁。

十二年前，奶奶到美国的第三天，我出生了。奶奶说，那时我们家在大学附近的街上，只有一间小小的卧室，客厅里的沙发到晚上拉开来，就是我和奶奶的床。我从医院里一回家就跟着奶奶睡，因为妈妈怕我晚上哭闹会影响她休息。我曾经问过妈妈："为什么奶奶不怕吵啊？"她说是因为奶奶年纪大了，身体也比她好，不需要那么多睡眠，而且，"你奶奶白天又不用上班！"

妈妈到了美国以后，一直在大学的化学实验室里当实验员。爸爸比妈妈晚半年来，那时候他的工作好像并不固定，只是他也很少在家。除了周末一起开车去买菜，家里大多数时间只有我和奶奶。

妹妹坐在草地上，看见我走来，挥舞着手中的几片落叶，笑着说："哥哥！哥哥！你看——小叶儿，小叶儿，一片一片往下掉。往下掉，往下掉，捡回家去好睡觉！"

"胖丫！"不知怎么，我突然没有像往常那样叫她"玛丽"，而是学奶奶叫起她的小名来。奶奶每次叫她，后面那个尾音都拖得很长——胖丫啊，你怎么才能长胖一点啊？胖丫啊，你不要吵哥哥写作业啊！胖丫啊，你给奶奶唱个歌儿吧！……

胖丫啊，你知不知道我们再也没有奶奶了？！我喉头一紧，有湿湿热热的东西突然冲进我的眼睛。我用力一挥手，飞快地擦掉了。

这首"小叶子"的儿歌我也会背。和胖丫一样，走路、说话、背唐诗、认字、算术……，我学会的所有东西都是奶奶教的，奶奶从前在国内是小学老师。可是妈妈对这些很不以为然。有一天她对吴阿姨说："叶子捡回家怎么睡觉？真是的，把孩子都教傻了！"

吴阿姨和林叔叔是一对年轻的夫妇，那时住在我们家楼下。他们家的芳芳妹妹比我小两岁，也一直是奶奶帮忙带着的。吴阿姨当时听了就笑："孩子们唱着玩呗，你还当真了！你要是觉得不好，自己教孩子学一点别的嘛！"

"我哪有那个功夫啊！"妈妈又摇头又摆手，"再说孩子挺麻烦的，和他们玩一会儿还可以，时间长了我可受不了。"

妈妈就是这样，她从来不会像奶奶那样把我们搂在怀里，轻轻地晃："铁蛋啊，胖丫啊，你们都是奶奶的宝贝啊。"而且，她时常和奶奶吵架，把奶奶气得脸色铁青，双手不停地发抖，一句话也说不出来，转身就走出去了。

我曾经以为奶奶这样一走就是回北京找爷爷和姑姑去了，不要我了，心里非常害怕。没有奶奶的日子简直是不可想象的啊！后来长大一点，才知道去北京是要先订机票，还要有护照、签证什么的才行，不是说走就可以走的。但不管怎么样，我是不愿意看见奶奶生气的，所以后来我开始代替爸爸，去把奶奶找回来。

别人的爷爷奶奶、外公外婆来了，又走了；走了，又来了。只有我的奶奶，即使有时被气成那样跑出去，也最多是待在吴阿姨家里，或者一个人在街上走，没有扔下我们回北京去。一年又一年，她为我们洗衣、做饭、操持家务，天天从早忙到晚。只有每个星期天早上，吴阿姨他们带她去教堂，她才可以稍微休息一下。

"哥哥！哥哥！"胖丫又叫起来，指给我看，"大汽车来了，好大的汽车！"

真的，一辆很大的黑色汽车从入口处往这边慢慢地开过来，后面还跟着好几辆小车。奶奶来了。

"胖丫，我们过去吧。"我牵起妹妹的手。

几个穿黑色西服的人小心翼翼地把奶奶的棺木从黑色大车里移出来；爸爸和姑姑，还有林叔叔和吴阿姨跟在后面，看着他们把棺木抬到大坑边放下来。

在细碎而强烈的阳光下，棺木上的油漆闪着一点一点、刺眼的光芒。我突然间想，如果能找到七个小矮人就好了，请他们给奶奶也造一个水晶棺，我就可以一直看见奶奶了。

爸爸也在想同样的事情吗？他半低着头，站在那里出神。棺木上太阳的反光射在他的脸上，他的表情呆呆的，看上去仿佛一下子老了很多，背也有些驼了。

小时候时常听妈妈数落爸爸，说他不中用，做什么都做不好，连打牌都不如别人，总是输。其实爸爸很聪明，家里来客人的时候，他和叔叔们聊天说起国内的事，都是一套一套的。后来他学好了英文，不是也读了一个计算机硕士的学位吗？我觉得他只是性格比较内向，英文又不好，需要花比别人多很多的时间才能适应美国的生活。

爸爸找到正式工作的那个秋天，我们搬了家，我也开始上小学了。那段时间奶奶可高兴了，差不多天天都要说一遍："铁蛋啊，明年夏天放暑假，奶奶就带你回北京去，你还没见过你爷爷呢！"

"回去"，是奶奶时常挂在嘴上的一个词。我刚会说话，她就说："铁蛋，等你上了幼儿园，奶奶就可以回去了。"我上了幼儿园，她又说："铁蛋，等你上了小学，奶奶就可以回去了。"其实奶奶是很想回去的吧，我也想回去，很想见到爷爷和姑姑，很想看看奶奶成天念叨的北京到底是什么样的一个地方。于是那一阵子我也天天盼着夏天快快来，快快放暑假。

可是新年刚过，妈妈就发现怀孕了，说是夏天要给我生一个妹妹。这么一来，我和奶奶回国的计划只有取消了。奶奶和在国内的爷爷通电话，说："老头子，家里有女儿照顾你，我就放心了。启明他们在这边很忙，铁蛋也还小，再添一个孙女他们照顾不过来的，还是等明年夏天吧，明年夏天我带着孙子孙女一起回去！"

等妹妹满一岁，外公外婆从北京来美国看我们，住了几个月，那个夏天我们自然不能回去；然后妹妹满两岁，然后妹妹满三岁……。夏天一个接一个地过去，总有这样或那样的事情发生，使奶奶无法脱身。奶奶在地图上把"北京"指给我看。哎呀，真的好远啊，隔着整整一个太平洋呢，怪不得回去一次不容易。

吴阿姨和林叔叔拿到博士学位，要搬到加州去工作之前，有一天带着我、胖丫和芳芳妹妹一起在附近的小公园里玩。我问吴阿姨："等你和林叔叔去了加州，奶奶是不是就可以带我和胖丫回北京了？"

"唉，你这孩子！"吴阿姨叹气，"你奶奶已经在美国住了很久了，她现在要是回去，可能再也不能来了。她舍不得你们，所以要等到你爸爸妈妈成了公民，帮她申请了绿卡，她才能回去。"

"马克，"林叔叔很慎重地交代我，"你长大了，懂事了，我们走了以后，别忘记陪奶奶去教堂。在那里她的心情会好一些。"

我对他们的话似懂非懂，不过我还是答应林叔叔了。奶奶喜欢去教堂是很明显的，她说见不到爷爷和姑姑，她至少可以在教堂里为他们的平安健康祷告。

奶奶很想念姑姑他们的，姑姑在北京也一定很想念奶奶，所以她给奶奶写了很多信。奶奶说姑姑有一个儿子叫石头，是我的表哥，我从来没有见过。奶奶又说，石头的爸爸是个坏人，他不要姑姑和石头了，所以奶奶特别想把姑姑和石头接到美国来，和我们住在一起。我觉得奶奶的这个主意不错，如果姑姑和石头都来了，那我们一大家人多热闹啊！

可是妈妈却不这么认为。一提起这件事，她和奶奶就要吵架，爸爸就在旁边不停地叹气。然后奶奶又跑出去，很久不回来，直到我出去找到她。最后奶奶生病住进医院，姑姑终于来了，可她是一个人来的，没有带石头，因为她要照顾奶奶。

姑姑向我和妹妹走过来，把手上拿着的几朵粉红色康乃馨分给我们，轻轻说："铁蛋，带妹妹过去，和奶奶告别吧。"

姑姑的双眼又红又肿，脸色苍白而凄凉，脚步也虚浮不稳，仿佛轻轻一碰，她就会泪雨滂沱。我忍不住迎上前去，搀住她的手臂。

去年初爸爸换了一份工作，挣的钱更多了。我们又搬了一次家，住进了有三间卧室的公寓，否则姑姑来了是住不下的。新家的大公寓楼很新，家家户户的信箱在楼下靠近大门的墙上排列得整整齐齐。我升上了初中，个子比奶奶高出整整一个头，应该算是个大人了，可是每天下午放学的时候，奶奶仍然会领着胖丫出来接我，顺便取信。

我永远忘不了半年前的那个星期二，奶奶从信箱里取出那封信时的神情。那是一个普通的白色信封，可是奶奶一拿在手里，手就开始微微颤抖，神色也变得很紧张。她迫不及待地撕开信封，迫不及待地抽出一张薄薄的印满英文的纸，把附在纸上的小卡片紧紧抓在手里，颤抖迅速从她的双手蔓延到全身。她嘴里喃喃地、反反复复地念叨："终于等到了，终于可以回去了。终于等到了，终于可以回去了……"

我这才知道，那张小卡片，就是大人们一天到晚说的绿卡。那张看起来和我的借书证差不了多少的小卡片，对奶奶具有强大的、异乎寻常的魔力，当时要不是我和胖丫拉着她上电梯，她根本就不知道要怎么回家了。

回到家以后，奶奶也没有像往常那样，督促我和胖丫写作业；她仿佛根本坐不下来的样子，满屋子乱转，东翻西翻。到爸爸下班回来，她手里还攥着那张绿卡，一看见爸爸进门，她就说："启明，帮我订机票吧，我可以回去了！"

她递给爸爸一个朱红色的小本子："这是我这些年给人带孩子挣的钱，你拿着，我们应该买房子了！你先打听着行情，等我从国内回来，我们就买自己的房子！"

"妈，这钱您先自己收着，买房子的事等您回来再说，"爸爸不肯要那个小本子，"我这就打电话到旅行社去订飞机票。您要带着孩子们一起走吗？"

"那当然！你爸爸和妹妹还没见过他们的！"奶奶握住爸爸的手，"启明，我可以回去了！我终于可以回去了！"

爸爸一个劲儿地点头，却说不出话来，只是扶着奶奶在沙发里坐下。奶奶在那一瞬间突然用手蒙着脸，呜咽起来。

这是第一次，也是唯一的一次，我看见奶奶掉眼泪。

飞机票没过多久就寄来了。时间定在六月二十号，我放暑假的第一天。我和奶奶、胖丫，三个人将从纽约的肯尼迪机场直飞北京。

行程一定下来，奶奶就忙开了。她找出两个大大的旧行李箱，说有好多东西要准备。有时她也抱怨："哎呀，真是老了，做这么一点事情就腰酸背痛的！"不过她的精神非常好，星期天在教会里逢人就说："今年夏天，我带孙子孙女回去！机票都买好了！"

可是积雪刚刚融化，公寓大楼前面的花圃里刚刚开满黄的水仙、紫的风信子和红的杜鹃，身体一向很好的奶奶却生病了。开始她只是觉得很疲劳，没有胃口，以为休息几天就会好的；可是一连过了好几天，不仅没有好，反而越来越糟糕了。爸爸坚持送她去看医生，一看才知道事情严重——奶奶得的是肺癌，而且已经到了晚期。

奶奶马上就被送进了医院，动手术。爸爸立即把工作辞了，姑姑也很快从国内赶来，和爸爸、妈妈日夜轮流在医院守护照顾她；还有好多叔叔阿姨都来看望她，给她买各种各样的补品。他们都说奶奶的病是累出来的，需要好好调养。

手术做完以后不久，奶奶回到家里。我看着奶奶消瘦成那个样子，说话也有气无力的，时常忍不住守在她床边哭。奶奶就拉起我的手，说："铁蛋，奶奶不喜欢你流眼泪，流眼泪的男孩子没出息。"然后她又说："奶奶很快就会好的。奶奶还要带你和胖丫回去的，机票都买好了，是不是？到夏天来的时候，奶奶的病保证就好了。"

现在终于是夏天了。奶奶的病没有好，奶奶走了，那几张机票，再也没有用了。我一手搀着姑姑，一手拉着胖丫，站在大坑旁边，看着那四个穿黑色西服的人每人拿着一根又粗又长的铁钩，把奶奶的棺木轻轻地放进大坑里。姑姑把她手上拿的花扔到棺盖上，第一个忍不住哭出声来，然后是爸爸、妈妈、吴阿姨、林叔叔……，他们一个接一个把手中的花扔进去，每个人都泪流满面。

我也把花扔进去，心里说："奶奶，我已经开始想您了。"

吴阿姨递给我另外一枝康乃馨，泣不成声："马克，芳芳要上学，不能来，你替她向奶奶告别吧，也不枉奶奶带了她一场。"

当他们开始将旁边的泥土填进去、掩埋棺木的时候，胖丫终于明白那里面躺着的是奶奶，而奶奶再也不会回来了。于是她突然大哭起来，跳着大声喊："你们不要让我奶奶睡在那里面！我要我的奶奶！我要我的奶奶！"

我紧紧抱着她，对她说："胖丫啊，你不要哭，你不要再吵奶奶了，我们都不要再吵奶奶了！"

中午的太阳照在身上，尽管有高大的枫树遮挡，我也还是出了一头的汗。到底是夏天了，这个夏天来的时候，我还是没有回去，因为我的奶奶去世了。以后我总会有机会回去的吧，可是我的奶奶，她再也回不去了。

我的眼泪，终于还是流了下来。我不是不想做一个有出息的好孩子，我只是怎么忍也忍不住。对不起，奶奶！

其实在有小黑之前，老黄也是孤单的。只是有过了小黑的孤单，和没有过小黑的孤单，又是很不一样的。

都市猫语

张翎

张翎，女，浙江温州人。90年代中后期开始在海外写作并发表，代表作有《劳燕》《余震》《金山》等。曾获得包括华语文学传媒大奖年度小说家奖、华侨华人文学奖评委会大奖、台湾《中国时报》"开卷好书奖"、香港"红楼梦奖·世界华文长篇小说奖"专家推荐奖等在内的多个华语文学重大奖项。根据其小说《余震》改编的电影《唐山大地震》，获得亚太电影节最佳影片、中国大众电影百花奖最佳影片等多个奖项。其作品被译成多国语言。

茂盛一觉醒来，习惯性地伸手到枕头底下摸出手机，发现屏幕一片漆黑，才猛然想起昨晚收工回家的路上，他用了三年的手机毫无预兆地死了。

这一阵子他生活里发生的事情似乎都是毫无预兆的。比如正月里，他那个向来力壮如牛、连医院的门都没进过的爹，头天晚上还在跟人大呼小嚷地喝酒猜拳，第二天到了中午也不肯起床，一摸，已经浑身冰凉。再比如春天里他和哥哥包养的鱼塘，头天鱼还活蹦乱跳的，第二天早上塘面上却是白花花的一片。他还以为是日头反射在水上的光，走近了才看清楚那是死鱼翻起来的肚皮。再比如已经跟他谈了一年恋爱的桔子，五一还在和他谈着聘礼的事，六月里却跟邻村的祥庆订了婚。桔子跟自己什么事情都做过了，而且，他们从来没有吵过嘴。岂止没吵过嘴，连句厉害话也是没说过的。

他只是没想到。

　　村里年岁最长、见过世面最多的杨太公说，其实天底下哪样事情都是有兆头的，只是人的眼睛太笨，看不出来底里。茂盛仔细想想也是：树上的芽叶看起来是一天里爆出来的，其实力气已经攒了一冬天；天边的第一声雷劈下来叫人猝不及防，其实风和云已经憋了很久的气；病虫子说不定已经在爹的肚子里住了三五年，只不过借着那顿酒才把疯撒出来而已。他是个凡人，没长天眼，他只能看见皮肉上突然鼓出来一个脓包，却看不见脓在皮肉底下已经行了九百九十九里路。杨太公见他蔫蔫地打不起精神来，就开导他说树挪死人挪活，换个地方说不定就换了运气。正好村里有一个后生去年到了温州打工，说那个地方天气和暖人好活，他就离了家，到温州城里当了一名的哥。

　　茂盛从被窝里钻出来，拿脚从床底下勾出拖鞋来，套进去，起了床，手里捏着一柄冰冷铁硬的手机，怔怔的，一时不知做什么好。到这时他才意识到，原来手机是他的眼睛耳朵嘴巴，他靠手机才看得见外边世界的动静，听得见外边世界的热闹，他靠手机才能跟外边的那个天地搭得上话。手机岂止是他的眼睛耳朵嘴巴，手机还是他的手脚，他得靠手机才能摸得着路走得了道。手机活着，他就活着。手机死了，他就成了个四面是水的孤岛，连岸的影子都找不到。连着他和世界的那根线突然断了，他便惶惶不知如何是好。

他抓起枕头，想翻出藏在枕芯里的那张存折，手伸到一半又停住了。用不着看，他脑子里记得那个数字，精确到小数点后面的两位。一万六千八百九十二块七毛九，其中有一万块钱是临走时妈妈塞到他包里的。加上支付宝里的三千块钱和微信钱包里的一点零钱，那就是他在这个城市里的全副家产。他完全可以去手机市场买一部新的苹果机，可是他不能。家里虽然没人张嘴跟他要过钱，可是他知道哥哥要还买鱼苗时借下的债，妈妈要给爷爷做八十大寿，妹妹要交高考补习班的学费……，他的钱只有一个来头，却有九十九个去处。这九十九个成员的长队伍里，苹果手机只能排在末尾。

待会儿去南站天桥下边的那个手机市场找个人问一问能不能修。如不能修，只能去买一只华为，便宜的那款。他对自己说。

他推开窗，天亮了，又没有亮透。风钻进他的鼻孔，带着细细一丝声响，有点痒。这可不是家乡的风。这个时节家乡的风早就长了牙齿，能把人咬得遍身都是窟窿。南方的天候就是好啊，秋天长得像没有尽头。家乡早该万木凋零了，可这里门前的那棵金桔树，枝条被果子压得低低的，绿的和黄的颜色上都还挂着油。当初他决定租下这个地方，除了和交接班的司机相近以外，多多少少也是因为这棵树。

那天他来看房子，大老远就看见门前有棵树，在风中抖啊抖啊，抖着满枝的绿和星星点点的黄。走近了，他才看清楚是挂了果的金桔，只觉得眼睛一亮，心里便先有了几分喜欢。这地方在城郊，离市中心有些路，房子是那种在年复一年的拆迁风声中活活等老了的旧平房，颓败得紧，漏风，说不定还会漏雨，地板踩上去惊天动地地叫唤。但他一打开窗户，满眼便是那片绿和黄，又听得房主开口说两间房统共月租六百——那个价格在城里刚够租一间厕所。他闭着眼睛还了五十块钱的价，暗想着一定招骂，没想到人家竟爽爽快快地答应了。他就猜那是天意——那棵金桔就是老天爷给他的好彩头。

当然，那时他并不知道这屋里不久前刚死过人，是一个久病的老人，实在挨不下病痛而上吊死的。当茂盛得知真相时，已经是几个月之后的事了，那时他已经和这屋子摩擦出了暖意，竟不知害怕了。

他不知道现在是几点钟。自从有了手机，他就不戴手表了，嫌沉。老黄依旧横卧在床尾，在被子窝出来的一条皱褶里露出半张脸，噗嗤噗嗤地打着呼噜。他就猜想还没到六点。每天到六点，老黄就会睁开眼睛跳下床来，跑到墙角那个大瓷碗跟前，等着茂盛来喂食。老黄的脑袋瓜子里好像埋了一张磁卡，老黄比日头比钟表比打卡上班的工人都守时。

老黄是一只母猫，皮毛通身灿黄，只在两眼之间有一道棕色的竖纹。老黄身形硕大，四腿颀长，看起来更像是一只经过驯养的迷你虎。在成为茂盛的宠物之前，它曾经是沿街乞食的野猫。有一天茂盛起床，开窗时发现外边的窗台上蹲着一只猫。那猫全然没有街猫惯有的惊恐之态，见人并没有逃跑，而是懒洋洋地翻了一下白眼，若无其事地接着睡觉。茂盛忍不住喂了它几口前晚吃剩的盒饭，猫吃了，第二天竟在同一时间回来找茂盛，后来干脆"自说自话""登堂入室"，赖在茂盛屋里不走了。茂盛每日下班回到家里冷冷清清，有只猫走动着也算是有点生气，就留下了它，取名老黄，随便喂些剩饭剩菜。幸好老黄有一副与硕健的体格不相匹配的小胃口，费不了茂盛几个饭钱，实属皮实好养。

很快茂盛就发觉老黄是只有脾性的猫。那脾性有点像自卑，又有点像自傲，总而言之有几分各色。每日茂盛在哪里，老黄就尾随到哪里。茂盛下班回家，它远远地听见了脚步声，早早就跑到门口等候。待茂盛进了门，它却又后退几步，用那双介于猫和虎之间的灰绿色眼睛，定定地看着茂盛，看得茂盛心里发毛。那眼神很是复杂，有傲慢、好奇、警戒、期待，也有那么一丝半点的哀怨，却绝对没有阿谀。它和茂盛之间隔着的，总是那样不远不近的三步。茂盛进了，它就退；茂盛退了，它就进。就连睡觉，他们也保持着那样的距离，一个在床头，一个在床尾。老黄从不肯轻易接受茂盛的爱抚，茂盛从老黄身上得到的唯一一次接近于亲昵的表示，是有一天夜里他踢了被子，老黄在他赤裸的冒着汗臭的脚板上轻轻地舔了一舔。茂盛几乎有些受宠若惊。那湿漉漉的一舔，以前从未发生过，后来也没有被重复——老黄把亲近的主动权，毫厘不让地攥在了自己的手心，就连最美味的猫食也买不通。茂盛无可奈何。

老黄终于醒了，从被子的皱褶里探出身子，伸了一个长长的懒腰。这是一个架势十足的懒腰，腰和后臀所形成的那条弧线，几乎像一张扯得很满的弓。突然，它的耳朵兔子似的抖了一抖，嘴里发出一声低沉的嘶吼。那声音让人联想起丛林，而不是街道。紧接着，它从床上一跃而起，身子在半空划出一条灿黄的流线，然后轻轻地落到了门口——它赶在茂盛之前听到了，不，感受到了，来人。

敲门声是几秒之后才响起来的，很重，很急，一声压着一声，在这个时辰听起来有几分心惊。茂盛开了门，只见门前站着一个身穿桃红色腈纶棉外套的女人。女人手里拖着一只拉链已经爆开的蓝色拉杆箱，身上背着一个双肩包。双肩包是倒背着的，沉的那头坠在前胸。

"你是叶茂盛？"女人问。

女人说话的声音沙哑粗糙，声带喉咙和舌头像在砂纸上走过了一遭——一听就是个烟鬼。

"我叫赵小芬，是大头介绍来的。"

大头是和茂盛交替着开同一辆的士的司机，茂盛开早班，大头接他的手开晚班。

女人化着很浓的妆，睫毛膏在下眼睑印下一排黑色的污渍，唇膏在牙齿上溢染出一片猩红，一动表情，脸上就扬起一丝细细的粉。

她该叫"小粉"，而不是"小芬"。茂盛暗想。

茂盛觉得嘴角轻轻牵了一牵，就知道那是笑的前兆。他狠狠地咬住嘴唇，扯紧了已经松开的脸肌。

老黄对来人显示出了异乎寻常的兴趣，它彻底打破了先前那个苛严的三步规则，围着女人转了一圈又一圈，不停地闻着女人的腿，鼻子里发出响亮的咻咻声。这一刻老黄的表现更像是一条没见过任何世面的乡野土狗。茂盛只是没弄懂，老黄的兴奋到底是出于愤怒，还是欢喜。

"大头说你要找房客。他给你打了一夜的电话，你都没接，所以我直接来了。"

茂盛这才想起昨天跟大头说过的话。这阵子满街都是载客的车，滴滴、优步、神州……，百样千般，的哥的生意清淡了许多。下个月老板要加份子钱，茂盛就跟大头说想找个房客来分担房租。本是一句随口的话，没想到大头上了心。他更没想到，大头介绍来的竟是个女人。

"我知道你不要女房客，可是大头说你上早班，我上的是夜班，我们可以不照面。"

女人似乎看穿了茂盛的心思。

"我不怎么做饭，耗不了多少水电。"

女人把双肩包卸下来，放到地板上。这时老黄的兴趣一下子从女人身上转移到了女人的包上。老黄的喉咙里传出一阵怪异的声响——是声带发出的低频震颤，听起来像是在寻找，又像是在召唤。那声响与其说是耳朵接收到的，倒不如说是皮肤感觉到的。

女人的包突然蠕动了起来，过了一会儿，半松的袋口钻出一个黑糊糊的东西。

女人打开袋口，从里头抱出一只猫来。

"大头说你也养猫，我就把小黑带过来了。"

女人把猫抱在臂弯里，犹犹豫豫地看着虎视眈眈的老黄。

"没事的，它看起来凶狠，其实是个孬种。"茂盛替老黄辩解着。

女人将信将疑地将手里的那只猫放到了地上。猫很小，大概刚断奶不久，皮毛几乎是纯黑的，只是尾巴上有两块白斑。它站在老黄跟前，似乎还没有老黄的一条腿高。它想站，却没站稳，脚一软，似乎要倒。

老黄走过来，用鼻子嗅了一下小黑。小黑向后跌跌撞撞地退了一步。老黄斜过半个身子，堵住了小黑的退路。两只猫睁大眼睛彼此对望着，地球咔嚓一声停止了转动，空气中有一些噼里啪啦的声响——那是两道目光的狭路相逢。老黄和小黑身上的毛突然噌的一声竖了起来，像是两朵结了绒的蒲公英——一朵大，一朵小；一朵黄，一朵黑。

小黑的毛发先矮了下去。它喵地叫了一声，声气孱弱，犹如一根要断没断的线。老黄身上的毛也渐渐平伏了下来。接下来发生的事情，让茂盛吃了一惊。

老黄伸出它那根粉红色的舌头，开始舔小黑。老黄舔小黑的时候，力气是用两，不，是用钱来计量的。它只用了半根舌头，神情极是小心翼翼，仿佛小黑是一件稀世名瓷，多一钱力气就能将它碎成齑粉。

老黄舔了很久很久，一直到把小黑舔成一团湿淋淋的毛线。老黄把平日舍不得花在茂盛身上的口水，像海洋一样慷慨地奉献给了素昧平生的小黑。

"狗东西。"

茂盛暗暗骂了一句。

茂盛就是在那一刻决定留下那个女人的。他一直也没改得了他的脾性，他总会为一些莫名其妙的原因作出一些莫名其妙的决定。比如几个月前，他就是为门前一棵精神抖擞的金桔树，决定租下这个住处的。而今天，他又要为这只老黄见了化成一摊水的小黑猫，决定把房子分租给这个女人。

"六百。"茂盛粗声粗气地说。

他期待着女人还价。就是杀下两百块钱，他依旧合算。

"你这鬼地方，离城里一千里地。除了我，连鬼都不稀罕住。"

女人从一个脏得几乎辨不出颜色的手提包里，扯出三张同样脏得几乎辨不出颜色的纸币，扔到窗台上。

"五百五，多一分也别想。月初给三百，月中给两百五。"女人说。

茂盛心里一阵狂跳。这个女人将替他交付全部的房租。从今天起，他将在这个屋子里白住。他觉得离那只想象中的苹果手机，已经接近了一大步。

茂盛并不知道，女人被房东赶出去，已经在客运站的候车厅过了两个夜晚。她，连同她的猫。

就像先前他不知道这个屋子里死过人一样。

◆　◆　◆

赵小芬说得不错，在她住进来很长一段时间里，他们都没有照过面。他出门上班的时候，她还在睡觉；而他回家的时候，她已经出门。他们周末都不休息，一周七天连轴转。

只是家里多出了一些东西，在提示着他屋里还存在着另外一个人。

比如说浴室里摆放的那些化妆品。

小芬的化妆品不是收在一个化妆包里，而是随意散落在浴室的各个角落。洗手盂旁边立着几支唇膏，肥皂架边上放着两瓶指甲油，洗澡时放干净衣服的凳子上搁着几盒粉底霜和粉饼……，每一只瓶子每一个盒子都是脏的，内容涂溢到容器外边，混杂着女人的指痕、唾沫和皮屑。茂盛不太懂女人的行头，桔子除了脸霜和口红之外，几乎没使过什么化妆品。桔子的口红是浅红的，接近于唇色，涂和不涂并没有太大的差别。茂盛是在那些散乱的化妆品里，发现了小芬的重口味的：宝蓝色的指甲油，黑色的唇膏，艳红的带闪光颗粒的胭脂……。这个浓妆艳抹的女人走在街面上会是什么一副模样？茂盛突然对女人上班的时间和地点产生了一些奇怪的联想。

有一天他上厕所，发现马桶边上的垃圾桶里扔着几团染着血的手纸。他赶紧扯了一片干净的纸盖在了上面。那一整天，那几团纸一直在他的脑子里飞来飞去，像受了伤的蝴蝶，睁眼闭眼都是。

还有一天，他在浴亭的挂钩上看见了一条半湿不干的黑色内裤。其实那都不能叫做内裤，它至多只是一条剪裁成丁字形的窄布，布边上镶着精致的蕾丝，中间的某一个地方缝着一朵小小的红玫瑰。茂盛盯着那朵玫瑰，觉得有块烧得通红的炭火在他心里落了下来，他听见了嗤嗤的声响——那是皮肉烧焦的声音。他只觉得这个叫赵小芬的女人在这个屋子里埋下了无数块这样的炭火，他走到哪里都有被烧焦的危险，简直防不胜防。

于是他在冰箱上贴了一张字条。

"请收好卫生间里的东西，卫生间不是你一个人的。"

第二天他下班回家，发现缝着蕾丝和玫瑰花的内裤消失了，化妆品装进了一个有锁边的大塑料口袋，垃圾桶也清空了。冰箱上却出现了一张字条，就在头天他写的那张纸条之下。

"穿过的袜子不要丢在沙发上，沙发是公共场所。"

女人的字迹像是被一巴掌拍扁了的昆虫，模糊潦草，却还保持着一点恣意横行的意思。

当时他还不知道，这是他们漫长的隐身对话的开始。

后来冰箱上还持续不断地出现过许多张纸条。

"不要喂猫吃剩饭。下班带包猫食回来，一样的牌子。上次是我买的。"

"别光说猫食，上次的猫砂是我付的钱。"

"下班回家轻点，有人要起早。"

"上班关门别那么大声，有人还在睡觉。"

"提醒：明天是十五号。"

"房租塞你门缝底下了，丢了别赖我。"

很快那些纸条就排成了长长一支队伍，很奇怪，谁也没想起来把过期的那些揭下扔掉。

有时茂盛没事，端着一碗泡面站在冰箱跟前，一张一张地看着那些越排越长的纸条，心里竟有点想笑。这是两个人躲在错位的时间之后的喊话。不，是顶嘴。他说的每一句话，女人都会顶回来，不仅是内容，而且在句式，甚至到词语上，都很有点两国交兵、寸土不让的意思。

而他们的猫，却每时每刻寸步不离地腻在一起。

小黑渐渐长大了些，就很是淘气起来。窗外每一阵风吹过，屋里每一声细微的响动，窗口射进来的每一块光斑，都是它信手拈来的玩具。实在没有东西可以牵绊住它的注意力时，它就会追着自己的尾巴转，一圈又一圈。老黄蹲在小黑身边，看着它永动机似的片刻不停地跑来跑去，满眼都是慈祥和溺爱。老黄到茂盛家不过才几个月，茂盛还没见过老黄发情时的模样，也不知道老黄从前在街上生没生过崽。看它现在的样子，老黄似乎跳过了恋爱生子的阶段，直接成了祖母。

有时小黑玩腻了，就过来招惹老黄。小黑用糍粑一样大小的爪子，拍打着老黄的脸。老黄从不气恼，通常只是轻轻地摇一摇头，像轰苍蝇似的躲着小黑的爪子。有时实在烦了，就用牙齿咬住小黑的耳朵，以示警诫。其实那不是咬，更确切地说，那是含。老黄把小黑的小耳朵轻轻地含在嘴里，怕化了似的，小黑老鼠似的吱呀一声——是撒娇，老黄就松了口，伸出一条肥厚的舌头，开始舔小黑。老黄一天不知要舔小黑多少次。老黄的舌头有七七四十九种功能，是洗洁精、擦脸毛巾、镇静片、安慰剂、安眠药……，小黑安然享受着老黄的爱抚，既不推让，也不俯就。

老黄对茂盛的被子已经彻底失去了兴趣。老黄现在在沙发角上睡觉。老黄睡觉时把身子摊得很开，把自己做成世上最柔软舒适的一张床。小黑则把身体蜷成一个小球，尾巴钩成一个黑白相间的圆圈——就像它还在母腹里的样子，枕着老黄的手臂，贴着老黄的肚皮，安然入眠。看着小黑睡觉的样子，茂盛不知怎么的就想起了桔子，却又不知道这两件事中间到底有没有一毛钱的关系。

有一天，茂盛正睡着懒觉，被一阵声响惊醒。开门一看，小芬穿着一身棉睡衣，大马猴似的站在电磁炉跟前炒鸡蛋。

热油里落进了水，油花炸得噼里啪啦，音响开得惊天动地，某个黑人歌星正在声嘶力竭地吼着一首谁也听不懂的歌。茂盛咳嗽了好几声，小芬才听见，回过头来看到他，见了鬼似的跳了起来。

"你怎么，没上班，今天？"她问。

"车坏了，老板拿去修了。"他大声喊叫着。

她就把音量调低了些。

"我以为屋里没人。"她说。

茂盛说："这响动，你耳朵受得了？"

小芬说："不吵，一点也不。"

小芬关了电磁炉，鸡蛋已经炒老了，焦糊糊的，很难看。她从锅里舀出一碗粥来，吃一勺粥，夹一筷子鸡蛋。鸡蛋吃了半口，又把剩下的那半口递给了坐在她脚下的小黑。小黑是吃猫粮长大的，不吃人食，偏过头去不予理睬。她又把那半筷子鸡蛋伸到老黄嘴边。老黄吃过人食也吃过猫粮，却对那鸡蛋兴趣索然，舔了一舔也把脸扭了开去。

"你不是不让喂剩饭吗？"茂盛说，说完就想起这是某张字条上的内容。

"大少爷！"小芬愤愤地骂道——她骂的是猫。

茂盛打开冰箱，拿出一瓶腐乳，递过去给她。

"在家没做过饭吧？连猫都不吃。"茂盛说。

小芬抬头斜了他一眼，说："什么样的人就有什么样的猫，都嘴刁。"

她毫不客气地打开瓶子，夹了一块腐乳出来，放到碗里，吃一口，喊一声咸。

她刚洗过澡，头发还没干，披散在肩膀上，滴滴答答地淌着水。她还没来得及化妆，洗去了脂粉的脸干净清爽，眉眼开阔，这会儿的她看上去几乎就是个中学生。茂盛忍不住暗自感叹：他娘的这化妆品到底是什么东西做的，怎么那么脏？

这身棉睡衣底下穿着的是那件黑色的、缝着蕾丝的内裤吗？那朵玫瑰应该落在身体的哪个部位？茂盛想。挂在衣架上时，它仅仅是件内裤。而当有一个胴体可以落实的时候，感觉突然就不同了。

茂盛的脸有点热。

"其实，你不化妆，挺好。"茂盛听见自己说。

这话没经过脑子就直接跳到了舌头上，说完了，他就后悔。轮得着他说吗，这话？他和她算个什么交情？纵使他们交换过了一万张纸条，他们依旧是两个不相干的陌生人。

小芬撇了撇嘴，说："不化妆能行吗？谁能找你？人人都把你当孩子。"

茂盛这才明白，对于这个叫赵小芬的女人来说，化妆的目的跟世上大多的女人都不一样。别人是想靠化妆来遮掩年老，她却是想靠化妆来遮掩年轻的。

"你是想问我做什么工作的，是吧？"小芬问。

茂盛的脸又是一热。这个女人像是他肚子里的蛔虫，总能抢先一步猜出他的心思。他其实是问过大头的，大头说不清楚。大头跟小芬并不真熟，是朋友的朋友辗转介绍的。大头只知道她是安徽人，来温州快一年了，换过很多份工作。

"想问你就问。"小芬说。

"我没想问。"茂盛瓮声瓮气地回答。

"不问你别后悔，就这一次机会。"小芬依旧嬉皮笑脸。

"我后悔个屁。"茂盛说完了，又为自己的口吻懊丧。他听上去几乎有些在意。

"哎，我说那个的哥兄弟，你怎么那么闷？懂不懂什么叫玩笑啊？"

小芬从兜里掏出烟盒，点上了一支烟。

闷？

茂盛心里一惊。从前桔子也这么说过他。他一直以为桔子变心是因为他家里穷，可是祥庆的家境也没比他宽松多少。兴许，桔子是因为祥庆爱说爱笑会哄人？

茂盛就想笑一笑。可是刚才那一下绷得太紧，脸还硬着，像没化透的冻肉。要是有镜子，他知道这时的笑容肯定夹生。

"放松点，别太把自己当真，"小芬又抽出一支烟，朝茂盛扔过来，"别告诉我你不会抽。"

茂盛就着小芬的烟头，点着了火。从前他跟着哥哥跑码头贩鱼的时候，就学会了抽烟，只是没上瘾，说不抽就不抽了。这一口烟进了肚子，他以为久违的味道会勾出从前的那些记忆，可是时过境迁，两股烟走的是不同的道，既不相识，也没相遇，彼此只是陌生。

他抽烟的样子很古怪，一气连抽两大口，然后在肚腹里憋着，待到憋足了劲道，才慢慢地从鼻孔里逼出来，逼出一串圆圈。那圆圈刚开始时很紧很圆，后来就渐渐地泄了劲，变成一个个松松扁扁的椭圆，最后在天花板上撞碎了。

这是哥哥教给他的魔术。

小芬见了，忍不住格格地笑了起来。

"没想到你也有这一招啊，的哥。"她说。

"好吧，你告诉我，你是做什么的？"茂盛把一根烟抽到了头，终于问。

小芬站起来，把脏碗哗啦哗啦地扔进了水池子。

"晚了。我说话算数，就一次机会。你算是错过了，哥。"

◆　◆　◆

那天之后，又是很长一段时间，他们彼此没有再照过面。后来茂盛发现小芬趁他上班的时候，往家里带过人。

最初的迹象是茶几上出现的一个眼生的金属烟灰缸。

小芬自己有一个烟灰缸，是玻璃的，吹成一朵敞口的花。小芬抽烟的时候，走到哪里，就把那朵花端到哪里。小芬从来不用别的烟灰缸。

又过了几天，茂盛倒垃圾的时候，发现街角收集垃圾的那个塑料桶里，有一只熟悉的垃圾袋。那个袋子上印的是一家超市的名字。这家超市是大头的一个朋友开的，不久前关了张，就把压在库里的购物袋拿出来分送给朋友做垃圾袋使。茂盛手里的垃圾袋撞到那只垃圾袋的时候，发出一声硬硬的声响。茂盛好奇，就打开那只袋口，发现里头是五只空啤酒罐。

从那天起，茂盛就开始留意垃圾袋里的内容。——渐渐的，他可以从啤酒罐和烟蒂的牌子和数量上，大致判断出家里来过几拨人，那些人又待了多久。

他开始猜测她在家里会和那些人做些什么事，趁他不在的时候。想着想着，也不知怎么的，脑子就拐上了一条歪路。她和他们一起抽烟，喝酒，或许还有……，是在她的床上？还是在沙发上？抑或是地板上，像好莱坞电影里的那些男女那样？那件缝着蕾丝和玫瑰花的丁字裤，是好戏上演之前的最后一块幕布。幕布不是戏，可是戏却总要经过幕布那道关口的。所以她在一切事情上都可以如此潦草、漫不经心，却唯独肯花心思挑选了这么一块精致的幕布。

　　她和她带进家来的那些人开始闯进他的夜梦。她的面目始终是模糊的，他到现在也没能真正记起她的相貌，因为他只见过她两面，而这两面又是彼此打着架、毫无相似之处的。但他却感觉她开始操控他的情绪——她和她那件黑色的绣花内裤。有几次他甚至萌生了趁白天没客的空档，偷偷开车回家把他们逮个正着的想法。有一次他甚至已经把车开到了家门口，最终还是冷静了下来，没有进去。她不是他的婆娘，也不是他的未婚妻。他们甚至不是朋友。他只是她的房东。不，从法律的意义来说，他甚至算不上是她的房东。他不是来抓奸的，他仅仅是要提醒她一个房客应该恪守的规矩。

　　但有一天，小芬忘了清空茶几上的那只金属烟灰缸，茂盛数了数，里头躺着十八只烟蒂，不同的牌子。这些烟蒂，终于让茂盛理直气壮地在冰箱上贴出了一张条子：

　　"不要往家里带人。"

　　其实这张条子已经在他脑子里酝酿了一阵子了。它最初的版本是：

　　"请不要随便往家里带陌生人。"

　　后来又改为：

"请不要随便往家里带人。"

再后来又改为：

"请不要往家里带人。"

等到最终的版本出现在冰箱上时，字数已经比初稿简化了将近一半。

茂盛删去了"请"字，因为这个字会把要求变成请求，而只要是请求，就必须接受遭到拒绝的可能性。"随便"和"陌生人"两个词，也会招致诸如"没有随便""不是陌生人"之类的反驳。他必须在所有的漏洞还没有成为漏洞的时候预见到漏洞，并把它们一一堵死。读中学的时候，他的数学成绩不错，老师曾夸过他有逻辑思维能力。现在他才知道了逻辑思维是个什么玩意儿，可惜他对读书的兴致始终寥寥。

让茂盛踌躇许久的，还不只是这张字条的内容，而且是该如何应付这张字条可能出现的回应。

假如她的下一张字条是："你凭什么说我带了人？"他该如何回应？他总不能告诉她：他每天在臭气熏天的垃圾口袋里翻找空啤酒罐，并且用钳子一一夹出烟蒂，以确定它们的准确数目。

而那个陌生烟灰缸里明明白白地躺着的十八只烟蒂，像一根不锈钢的脊梁骨，让他终于可以理直气壮地提出他的要求。

他期待着她的回应，可是她固执地沉默着。他最新的一张纸条之下，第一次出现了长久的空白。

他以为她理屈词穷。他以为他逻辑思维的铁手已经捏住了她的短处，他终于占了上风。他只是不知道，那个他以为理屈词穷了的女人，依旧在做着她时常做的事情，只不过找到了更巧妙的方法，来销毁身后遗留下来的踪迹而已。

后来他还是从垃圾口袋里找到了几个空啤酒罐和烟蒂，但数目已经大幅度下降，和她一个人的消费量基本相吻。

终于懂规矩了。他想。

他就渐渐放松了警惕。

◆　◆　◆

有一天茂盛载了一个客人，下车的地点就在离他住处很近的地方。放下客人之后，茂盛突然感觉睁不开眼睛。那天的午饭吃得太饱，他感觉异常困倦。路上没地方可以停车，他就想回家迷瞪几分钟。

他蹑手蹑脚地开门进了屋。他知道小芬平常是下午四点钟上班，这会儿说不定还在睡懒觉，他不想惊动她。其实，他是不想面对她。自从他贴出那张"不要往家里带人"的字条之后，冰箱的门上再也没有出现过新的字条。她异乎寻常的沉默不知怎的竟然使他感觉忐忑——他宁愿她辩解一句，甚至激烈地反驳。可是她没有。很奇怪，理亏的是她，不安的却是他。

家里很安静，老黄和小黑在沙发上睡午觉。小黑今天换了一个姿势，不再枕着老黄的胳膊，而是爬上了老黄的肚子。老黄的身子依旧摊得很开，小黑的身子依旧蜷得很紧。老黄轻轻地打着呼噜，身子一起一伏像微风里的一汪海水。小黑如同水上的一只小船，随着水波纹一会儿高一会儿低。海和船都很惬意。

茂盛在床上躺下，本来是想睡十五分钟就走的，可是一合眼就睡过了头。脑子在一遍又一遍地催促着身子："起来，赶紧起来吧。"身子却用三倍的力气抵挡着脑子："两分钟，再睡两分钟。"

后来他隐隐约约听见厕所里有些响动——是有人在撒尿。声响很沉，咚咚咚咚的，不像是女人。他的神经触角只张开了几秒钟，又很快缩了回去——困意压倒了一切。

也不知过了多久，他被一阵尖锐的声响惊醒，像是什么物件摔碎了。紧接着，他听见了一个女人的叫喊："变态啊，你这个猪！"女人的叫喊很快被一个男人的吼声盖住了："这个价码，你还嚎什么嚎！"

屋里安静了片刻，女人的声音又响了起来，这次，像是让被子蒙住了嘴，咿咿呜呜的，听见了，却听不真。

茂盛一下子醒利索了，鞋子也没顾得上穿，光着脚踹开了小芬卧室的门。

屋里一片狼藉，劣质烧酒的味道刺鼻，地板上到处撒满了烟蒂和闪闪烁烁的玻璃碴子——是小芬的烟灰缸碎了。一块碎片扎进了墙里，扎得很深。

床上叠着两个人。不，确切地说，是一个男人骑在一个女人身上。男人很肥，肚子上的赘肉一叠一叠的，几乎覆盖住了女人的大半个身子。女人唯一露在外边的，是两条白鱼一样的细腿。

那两人看见他，同时吃了一惊，倏地坐了起来。女人扯过被子捂住了身子，男人滑到床沿上，慌慌张张地套着裤子。

"你是谁？"茂盛大声喝问。

"这个你得问她。"男人指了指床上的女人说。

男人这时已经穿完了裤子。有了遮挡之后，男人的语气里就有了几分镇定，甚至几分油滑。

"滚！"

茂盛喊出这个字，马上知道他的声带撕裂了，因为喉咙里泛上一股隐隐的血腥味。他看见男人的目光落在他的手上，突然蔫软了下去，像猪油见着了火。他这才醒悟过来，原来他手里捏着一把锤子。他已经想不起来他是在哪里找到这把锤子的。

男人贴着墙从他身边溜了出去，溜到门口的时候，嘟嘟囔囔地说了一句："你情我愿的事，爹娘也管不着。"

男人砰的一声带上门走了，屋里安静了下来，静得几乎可以听得见灰尘被搅动起来又渐渐落地的声音。茂盛期待着女人说话。羞愧，感激，道歉，解释，或者哪怕仅仅是哭泣。可是女人没有。女人只是把下巴栽在两个膝盖中间，怔怔地盯着窗户，一动不动地沉默着。窗帘没关严实，正午的阳光从缝隙里钻进来，在地板上投掷下一把白色的长刀。女人脸上的化妆品被汗水扫出一行行的沟壑，像雨淋过的灰土地。

茂盛把锤子咚的一声扔在地板上，转身走了。

"你给我搬出去，马上。我不想再看见你。"茂盛说。

◆　　◆　　◆

晚上茂盛下班回家，推门进屋，小芬没走，正坐在饭桌旁边等着他。

桌上摆着两菜一汤。菜是清水煮虾和西红柿炒鸡蛋，汤是海米冬瓜汤。鸡蛋这次没有炒糊，黄灿灿的，挂着油光。

"我吃过了，这是给你的。"小芬说。

女人的脸洗过了，可是茂盛总觉得那上头依旧留着一道道污渍，白的，红的，黑的……，茂盛便知道，有的脏是任多少水也洗不干净的。

"大哥，我能不能，再住一宿？"女人怯怯地问。

"我不是你大哥。"茂盛说。

"茂……茂盛……大哥，晚上我没有地方去，明天我一定走。"女人说。

茂盛没有吱声。

"你吃饭。"女人把筷子塞到他手里。

"我吃过了。"茂盛瓮声瓮气地答道。

女人站起来，默默地收拾了桌子上的饭菜，进了厨房。厨房里响起了锅碗瓢盆的碰擦声，小心翼翼的。接着，茶壶发出了嗡嗡的震颤——女人在烧水。

茂盛倒出猫粮，给老黄和小黑喂食。平常这个时候，小芬应该已经出门上班。从一开始他们就说好了：她管中午这一顿，他管它们的晚饭。

也许她中午忘了喂它们，老黄和小黑看上去都饿。小黑冲了上来，身子横在碗边，挡住了老黄，猫粮的硬颗粒在小黑两排牙齿的挤压下发出尖锐的碎裂声。小黑吃起食来脖子一扭一梗的，仿佛每一口食物都长着一条尾巴，或是一根骨头，它需要舌头牙齿嘴巴和脖子的通力合作。

其实它完全防御不了老黄——老黄的一只爪子就可以轻

而易举地把它扫出几尺远。小黑这阵子虽然长了些身个，可是论体积它远不是老黄的对手。也许它一辈子也成不了老黄的对手，可是它不需要。它知道它不需要用体力来征服老黄，它的一个眼神就能把老黄化成一摊黄泥浆。从第一眼起，它就已经把巨兽老黄绕在了自己的指尖上。

老黄蹲在小黑身后，静静地看着它一口一口地吃着饭，两只眼睛眯成两条满足的细缝，只有尾巴暴露了目光里所没有包含的内容。老黄的尾巴在一下一下地拍打着地板——那是来自肠胃的饥饿呼喊，脑子和心都管不住。

小黑终于吃完了，开始用小爪子洗脸。老黄这才起身朝那只碗走去，走到一半的时候它又犹犹豫豫地停住了，回过头来轻轻舔了一下小黑的脊背，仿佛在问："你真的，吃饱了？"见小黑没搭理，它才蹲下巨大的身躯，放心地吃了起来——这时的猫碗已经空了一大半。

"贱货！"茂盛用脚尖轻轻踢了一下老黄。

"明天你就自由了，想什么时候吃就什么时候吃，想吃多少就吃多少。"他对老黄说。

茂盛在沙发上坐下，拿出那只他花了三百块钱修好的手机，开始玩军棋。军长师长旅长团长营长、大官吃小官、工兵排地雷……，那是他玩了一整个孩提时代的游戏。大头笑他没断奶，殊不知这却是他开了一天车之后最不耗脑子的休息方式。

女人端着一个木盆从厨房里出来，把盆放到他的脚下——是一盆热气腾腾的水。女人拖过一张板凳坐下，就来扒茂盛的袜子。茂盛吓了一跳。

女人把茂盛的脚按进水里，茂盛不情愿地挣扎了一下，可是水很情愿，漂浮着中药末的水生出一万条温软的舌头，轻柔地舔着茂盛踩了一天油门和刹车的脚。那脚一秒钟前还是一块硬冷的石头，这会儿却跟棉花糖似的化在了水里。接着，腿也跟着化没了。

"你问过我到底是做什么的，我是个洗脚妹。"小芬说。

他早该猜到的。她这样的女人，除了发廊和按摩院，还能干些什么？

"我给你好好洗一次脚，今天，多亏了你。"女人的话论道理应该是感激的意思，可是不知怎的听起来不像。至少不完全像。

"你带多少人，来过这里？"茂盛问完了才意识到，这句话他已经憋了整整半天，从中午到现在。

女人的眉头轻轻地蹙了几下，仿佛在进行一次艰难的心算。

"没数过。"女人终于说。

"那些人，都是你店里的客人？"茂盛追着问。

"都是我洗过脚的，我觉得稳妥的，才敢带回来。"女人说这话的时候，没看他。女人只是看着他的脚。

茂盛的脚在水里颤了一颤。她已经成功地把他变成了一个她洗过脚的男人，就在这一刻。

"今天这个，也算稳妥？"茂盛冷冷一笑。

女人没吱声。女人把他的一只脚从水里捞出来，搁在她的腿上，擦干了，抹上油，开始揉搓。他没想到女人在家里也收藏着全套的洗脚工具。在他不在的时候，她还给多少男人洗过脚？

女人的腿并不丰腴，他的脚隐隐觉出了底下的骨头。他想起了她那两条露在那个猪一样肥壮的男人身下的裸腿。他没看过女人的身份证，他不知道她的确切年龄，兴许她还是个没完全长好的孩子。

可是这一切都将和他毫无关系——这个女人，连同她的年纪，她的蕾丝内裤，还有她全套的洗脚工具。因为再过一夜，她将彻底淡出他的生活，连个水印子都不会留下。

女人的手法一看就是没经过正规培训的，女人丝毫也不在意经络穴位，女人规避了一切可能产生疼痛的途径，女人只求用最少的力气抵达最大的舒适。

可是他感觉受用。

"他是熟客，……今天，是我不让他用我的烟灰缸，……

惹翻了……"

茂盛发现自己的思绪开始断片，女人的五根手指已经把他轻而易举地引入了清醒和睡眠中间的那个灰色地带。

"我弟弟要换肾，医药费二十万……"

茂盛知道，这是一个苦情戏的开场。他希望睡去，因为那是最安全的一种抗拒。可是他的耳朵不肯和他的脑子配合，耳朵大大地睁着眼睛，他发觉自己在听。

"我妈生了五个女儿，才有了这个弟弟。我爸说他要捐一个肾，剩下二十万医药费，五个姐姐都出去挣，年底各带四万回家。"

"我爸把我们送上火车的时候，交代我们，不用告诉他钱是怎么挣的。"

茂盛怔了一怔。他妈送他到火车站的时候，也留下了话。他妈的话是："挣不来钱就赶紧回家。"

当然，他没有一个需要换肾的弟弟，也没有一个需要献出一个肾的爸爸，因为他的爸爸已经变成了一坛子灰，埋在村后的一片山坡上。

"那些人，一次给多少钱？"茂盛问。

茂盛其实是想问"给你多少钱"的，话走到舌尖的时候，舌头自作主张扣住了那个"你"字。有那个字和没那个字，意思是大不相同的。有那个字的时候，他打听的是人，而没那个字的时候，他打听的是事。

"最少五十，偶尔一百，就像今天这个。"女人的神情和语气里没有任何波纹和皱褶，仿佛她仅仅是在比较着某种货物在不同超市里的价格。

现在他终于明白了，为什么赵小芬如此着急，几乎没有认真还价就同意租下了这个房间：她图的不是便宜，而是他白天不在家。他从她那里收取的房租是五百五十块钱，也就是说，用这个价格，他其实每个月可以和她痛快十一次。隔两天一次。

原来女人的身体竟然如此便宜。

可是她却从来没跟他开过口，连个暗示也没有。她明明可以用十一个急匆匆的夜晚，抵消一整个月的房租的。哪张床上不是睡呢？皮肉大多是不认床的，尤其是她这样的皮肉。

"那酒呢？酒不算钱？"他又追着问。

小芬迟疑了一下，才说："超市啤酒减价的时候，一块钱三罐。我大姐说男人喝点酒后，能……能痛快些。"

痛快？是给钱的痛快，还是……？茂盛为自己的联想感到无耻。他知道自己在占着她的便宜——占着她的理亏，或许还有，占着她的感激。可是理亏和感激是橡皮筋，弹性再好也有扯断的时候。他不能毫无限制。

女人的表情只是安然。冰箱门上那些字条上表现出来的毫厘不让的斗志，此刻已经荡然无存。

"为什么还要抽烟？不能省一省吗？"茂盛说。

"抽了烟，日子好过些。"女人说到"好过"两个字的时候，咧嘴笑了。茂盛发觉她的门牙已经染上了一丝黄渍。

女人终于把他的脚洗完了，每一根脚趾每一寸皮肤都得过了慰抚。脚失去了重量，坠不住身子，他觉得他有些飘浮。

"还短多少，离四万？"他听见自己问女人。

这话听起来像是某种暗示，他一下子警醒了。水是迷魂汤，女人的手指也是。脚一离开水和女人的手，立时就清醒了，他重新落到了地上。他有他的日子，她有她的。她的苦情戏或许很真，可是他不想在里头扮演角色，哪怕是最不起眼的一个。

"还短四千，眼看就到年底了。"女人站起身，捶了捶腰。女人的这个动作叫她一下子从中学生变成了祖母。

"注意点……安全。"茂盛说完这话，急急地就往自己的房间走去。女人的眼神和话语都生着千万根看不见的线，像暗夜里结的蜘蛛网，他一不小心就有可能绊在里边。他得尽快逃离。

"茂盛……大哥。"女人从身后犹犹豫豫地叫住了他。

"我明天搬走，离月底还差六天。月租五百五，算到每天就是十八块三。你能退我一百一十吗？就算顶我今天给你洗脚的费用？"女人说。

女人说这话时声气理直气壮，没有丝毫的扭捏和不安。

蠢猪！

茂盛暗暗地咒骂着自己。女人之所以给你捏脚，不是感激，不是愧疚，不是难堪，甚至也不是解释，而仅仅是为了那一百一十块钱的房租。女人到底给多少人下过这样的套子？又有多少个像他这样的蠢猪，睁着眼睛落进了套中？

茂盛从口袋里数出几张纸币，扔在地上。

"明天，你一定走人。"

◆　　◆　　◆

茂盛第二天下班回家，不用推那个房间的门，就知道赵小芬已经搬走了，因为他看见冰箱上贴的那些浸泡着各样情绪的字条已经全部不见了。曾经密不透风的冰箱门，一下子赤裸了，看起来有些陌生。他觉得屋子很大，大得似乎可以感受到风。

她在这里住了两个多月，在这期间他总共见过她四面。不，他总共才见过她两面，因为另外那两面她是化着浓妆的，他看见的不是她，而是一堆脂粉。其实平常他下班回家时，她也不在，可是那些字条总在隐隐约约地提示着她的存在，给了他某种错觉，总以为他并不是一个人。

他发现沙发左边的那个扶手上，新盖了一块手帕。那是她留下的，目的是遮掩底下那个被烟头烧出来的大洞。这个沙发是屋主的旧物，茂盛搬进来时懒得动，就留下了。他，还有后来的她，都对扶手上那个昭著的疤痕熟视无睹，因为他们从来也没有把这里真正当作过家。而在她走的时候，她却突然想起来遮掩这块丑陋，替他。

他拿起那块手帕看了一眼，是一块白色的亚麻织物，应该是新的，还带着未经洗涤的挺括。她对一切都是那样地潦草和漫不经心：被油垢沾成一团的头发，被脂粉修改得面目全非的脸蛋，脏得辨不出颜色的手提包，还有包里那些同样脏得辨不出颜色的纸币……。可是，这块干净的，白色的，还带着浆味的亚麻手帕，却在提醒着他：她其实也可以不潦草，或者说，她甚至还可以上心。

他不由自主地联想起那个被摔成了一万块碎片的烟灰缸。大凡是人，大概总得守着一两块干净的地盘，不许别人碰脏的。对有的人来说，那可能是母亲身上的味道；对另外一些人来说，那可能是老家门前的青石板路。对他叶茂盛来说，那可能就是桔子。而对这个叫赵小芬的女人——不，女孩——来说，兴许就是这块帕子，还有那个吹成一朵花样式的敞口玻璃烟灰缸。她可以把身体最隐秘的通道打开来，由着人进进出出，却无法容忍别人和她共用一只烟灰缸。

多么奇怪的洁癖啊。茂盛想。

老黄今天一反常态，没有到门口迎接他，而是蹲在墙角默不作声。茂盛走过去抚弄它，它无精打采地看了他一眼，却没有退后。它任由他把它的毛发揉乱了，再顺平；顺平了，再揉乱。茂盛突然觉得老黄的皮松了一些，他的指头竟能夹起一叠。

早上搁在碗里的猫食，几乎没动过。茂盛又换了半碗新鲜的，送到老黄跟前。老黄闻了一闻，依旧没动。茂盛突然醒悟：从前老黄总是等着小黑吃完了才过来的，老黄的每一顿饭都是由小黑开场。没有了小黑，老黄竟然不知道如何吃饭了。其实在有小黑之前，老黄也是孤单的。只是有过了小黑的孤单，和没有过小黑的孤单，又是很不一样的。

"你总得习惯，一个人吃饭。"茂盛拍了拍老黄的头说。

这天睡到半夜，尿急，茂盛起床上厕所，突然发现老黄蹲在窗台上，仰着头，怔怔地盯着窗外。刚开始茂盛以为它在看路边的树。时已腊冬，树叶早已落尽，露出枝丫间一只乌蓬蓬的鸟巢。老黄爱鸟，从前也时常蹲在窗台上看麻雀在树枝间飞来飞去的。那时的树枝叶茂密，鸟巢藏得很深。这会儿鸟巢裸露着，却不知里头是否有鸟雀栖息。没有风，光秃秃的枝丫和孤零零的鸟巢像纸剪的景致，边角犀利，纹丝不动。

过了一会儿，茂盛才明白过来，老黄不是在看树，而是在看月亮。月已经圆了一大半，澄澈透亮，照到哪里，哪里就像抹了一层清鼻涕。

老黄的眼中也有一层那样的光亮。

那是眼泪。

◆　　◆　　◆

在接下来的三天里，老黄一直不吃不喝，一动不动地蹲在墙角。茂盛去宠物店买了一个湿肉罐头回来喂它，它只轻轻舔了一口，就作罢了。老黄平日最爱吃湿肉罐头，只是罐头太贵，茂盛不怎么舍得买。

"我拿什么来拯救你，你这个大傻瓜？"

茂盛无可奈何地叹息着。

茂盛打开电磁炉烧水，正准备煮面，突然发现蹲在墙角的老黄耳朵抖索了一下，喉咙里发出一阵低沉的呜咽声。顺着老黄的目光望过去，茂盛发现在半明不暗的路灯光亮里，外边的窗台上出现了一团模糊的黑影。那团黑影先是圆的，后来就变长了。它把自己拉成细长的一片，紧紧地贴在窗户上。紧接着他听见了一阵刺啦刺啦的声响——是黑影在抓窗。

老黄的身子一下子紧了起来，纵身一跃，嗖地跳到了窗台上。老黄猝然醒了，仿佛刚刚经历了一场漫长的冬眠。几乎是同时，老黄和窗外的那团黑影各自伸出了舌头，疯狂地舔着对方——隔着一层窗玻璃。它们的口涎在沾满灰尘的玻璃上清理出一大一小一里一外两个干净的蒸腾着热气的圆。茂盛终于看清楚了，窗外的黑影是三天前离开的小黑。

茂盛刚把门打开一条缝，小黑就迫不及待地把自己的身体挤了进来。茂盛下意识地看了看小黑身后——路上没有人。

小黑冲进屋时用力过猛，身体一下子失去平衡，滑倒在地上。小黑挣扎着想站立起来，却没能站稳，茂盛这才发现小黑瘸了一条腿。小黑的身上沾满了草秆和泥沙，皮毛脏得起了结子，前爪的肉垫上扎进了几根刺。茂盛拿过一块湿布来，正想擦一擦小黑的身子，老黄咆哮着冲过来，挡住了茂盛的路。老黄的毛发根根竖立如针，茂盛在它的眼神里看见了丛林和火焰。

茂盛明白了，老黄也有自己的地盘。小黑就是老黄死守着的那块干净地儿，容不得别人闯入。清洗和疗伤只能是老黄的事，他插不进去。

等他煮完一碗挂面出来，小黑已经是一个湿淋淋的线团，一路沾染的泥尘已经随着口水吞咽进了老黄的肠胃。小黑簌簌地发着抖，大概是饿，也是冷，一只前爪蜷缩在胸前，正在大口享用猫碗里的湿肉。湿肉放久了，已经结了一片泛白的硬皮。它吃饭的样子依然如故，一梗一梗地扭着脖子甩着头，仿佛湿肉里藏着尾巴，或是骨头。老黄蹲在它身后，静静地看着它，两眼眯成一条细缝，尾巴一下一下地敲着地板，仿佛在为小黑的舞蹈打着节奏。

小黑吃了一半，突然停住了，似乎想起了什么。它犹豫了片刻，才一瘸一拐、恋恋不舍地离开了猫碗。老黄起身，朝猫碗走去，在它们相互交错的那一刻里，老黄习惯性地停住了，扭头看了一眼小黑，仿佛在问："你真的，吃饱了？"小黑没有回头。老黄这才蹲下来，将自己下半身的重量安然地放置在地板上，开始低头吃饭——这是三天以来老黄第一次进食。

老黄很快吃完了那半碗湿肉，茂盛又添了一碗干食。老黄再一次回头看了一眼小黑——那是呼唤。小黑站起来，慢吞吞地走了过来。小黑坐在碗的那头，老黄坐在碗的这头。老黄没退，小黑也没抢。它们各自吃着各自的饭，猫粮干硬的颗粒在它们的齿间发出尖利的碎裂声。

终于吃饱了，它们躺在猫碗旁边的地上睡着了。它们都已经精疲力尽，甚至没有力气将身体挪移到沙发上。温暖和饱足像一层丝绵裹着它们的身体，将它们瞬间推入睡眠的深谷。小黑既没有枕在老黄的胳膊上，也没有趴在老黄的身上。小黑不再蜷成一个紧紧的球，它把自己的身体肆无忌惮地摊开了，像老黄那样，露出一片粉红色的肚皮。茂盛惊奇地发现，小黑几乎是一只大猫了。小黑和老黄脸对着脸，鼻子挨着鼻子，四肢相触，搭成一个一头小一头大的圈圈。

茂盛掏出手机，发出一条短信息："小黑在我这里。"

可是他一直没有收到回复。

◆　◆　◆

茂盛下班回家，看见门前坐着一个人，正靠在一只箱子上睡觉。那人的头埋在臂弯里，他看不清脸，衣服和箱子他却是认得的：衣服是一件脏得泛着油光的桃红色腈纶棉外套，箱子是一只拉链已经爆开的蓝色拉杆箱。

是赵小芬。

她睡得很沉，当他把她推醒时，她嘴角上挂着一丝口涎，一副不知身在何处的蠢相。她的脸依旧脏，倒不是化妆品，而是尘土。

他知道她会过来的，只是没想到她会不打电话直接来了。

他打量了一眼她的拉杆箱，不知道该不该让她进屋——她下过的套子他还记忆犹新。

她看出了他的犹豫，就笑了，说："大哥我不会给你添麻烦的，我已经买好明天早上的动车票回家。"

他吃了一惊，问："你挣够钱了？"

她离开这里才四天。假如她没有在路上踢到一个金元宝，她得洗多少双脚，经手多少个男人，才能挣够那四千块钱？

"我大姐来电话，把我短的那份也挣出来了。"小芬说。

茂盛犹犹豫豫地把女人让进了屋。女人走在他前面，佝着腰，一只手护着肚子，身形有些古怪。他的心抽了一抽，不由自主地产生了一串龌龊的联想：一间光线不足、四面透风的屋子里，一个即将失去一只肾子的父亲出来开门。在朦朦胧胧的夜色中，他看见门口站着五个浑身尘土、体态臃肿的女儿。

女人一进屋，躺在沙发上酣睡的小黑突然惊醒了，呼的一声跳下来，呜呜地叫着，叼住了女人的裤腿，尾巴摇得像一阵风。

女人用脚尖勾起小黑，一下一下地晃悠着，嘴里喃喃自语："你这个……你这个……良心叫狗吃了的坏东西。我哪儿都找过了，怎么就没想到你跑这里来了。十站地，十站地啊，你怎么就认得路呢？"

老黄警惕地跟了过来，围着女人绕了一圈又一圈，鼻子里发出响亮的咻声。老黄的神情跟几个月前第一次见到女人时一模一样，可是茂盛知道，老黄的心情却大不相同：那次是狐疑和试探，这次是嫉妒和提防。

女人终于放下了小黑，解开外套，从里头掏出一个内容饱实的塑料袋，放到桌子上。

"我买了两个盒饭，油爆虾，挺香。"

茂盛这才醒悟，女人一直把盒饭捂在身上保暖。

"请你吃的，没毒。"女人见他不动，就把他推到了饭桌跟前。

茂盛想说我吃过了，可是他的肚子却发出了一阵不知廉耻的呼喊。

两人便坐下来，开始吃饭，却都无话。女人的额角一会儿鼓，一会儿瘪，那是女人的话在寻找出路。

"小黑是救了我一命的，因为我不想活了，那个时候。"女人终于开口。

又是一个苦情桥段。茂盛想关闭一切感官的闸门，可是耳朵好像不是脑子养的，耳朵总在寻找任何一个时机悖逆着脑子的教管。

"那一天，我第一回带人回家。完事了，心里闷，就到街上散心，……走一步，都疼。"女人断断续续地说。

"走到街口，风一吹，我突然醒了。天，这是我的第一次，我怎么就没给李云九呢？

"李云九住在我家那条街上，小学中学，我们都同班。他缠了我好多回了，每一次我都说，等你找下了工作，再来找我。到后来，我倒是把自己，给了一个连名字也不晓得的陌生人。

"我怎么……这么傻呀，这么傻。"

女人反反复复地说着同一句话，像是一架年久失修的唱机。

茂盛觉得一只虾卡在了他的喉咙口，往下咽往外吐都扎着喉咙，一样疼。

"那天我不知怎的，就走到了江边，越想越郁闷。这才是第一回啊，还要多少回我才能挣到四万块钱？我怕熬不到头，我不想熬了。我正要往栏杆上爬，突然有个毛烘烘的东西，绊住了我的脚。我低头一看，是只猫。其实它哪是猫啊，看上去也就比一只老鼠大不了多少。我抱起来，它还盖不全我的手掌。我心想哪个心狠的娘，能扔下这么小的崽呢？我要是不救它，它活不过一个晚上。我就把它带回家来了。

"它太小了，还不会喝奶。我就去药房买了个针筒，往它嘴里推牛奶。后来它就活下来了。我救了它，它也救了我。"

茂盛不知说什么好。他是个的哥，一天到晚在路上走，他不知听过了多少个故事。他的耳膜，早已被各种各样的故事磨出了老茧，他自以为刀枪不入。他已经练就了一样本事：他总能用一两句话，或某种表情，甚至一声哼哈，来应对那些讲故事的客人，叫人觉得他在听，也听进心里了。而只有这个故事，这个叫赵小芬的女人的故事，叫他第一次感觉词穷。

"你这几天，都住在哪里？"半晌，他才换了个话题。

"同事家里挤一挤。"她说。

她说的并不是实情。至少，不是全部的实情。

她在同事家里挤了两夜，后来同事的男友来了，她只好去长途客运站的候车室里过夜。

"今晚你就在这儿睡吧。明天早上，我开车送你去车站。"他说。

她没有推辞。她的嘴唇轻轻地翕动了一下，他看得出来她还有话说。

"茂盛……大哥，你能帮我收养小黑吗？它现在大了，在背包里待不住。他们不让我……带上车。"她迟迟疑疑地说。

茂盛踌躇了片刻，终于点了点头："反正把它们分开了，两个都得死。"

两人便接着吃饭，又是一阵长久的沉默。

突然，女人噗嗤一声笑了。

"大哥，我知道你看过我的内裤。"

茂盛从椅子上跳了起来。他想说的是"胡说八道"，可是话出口的时候，不知怎的，却成了："你怎么知道的？"

"我晾内裤的时候，都是面朝外的，我妈说这样就不会沾上脏东西。可是那天我回家，发现裤子翻了个个，里朝外了。"

茂盛的面皮涨得赤红，烫得像点了一盏火油灯，汗水流下来，发出嗞啦嗞啦的响声。

他是一个窃贼，就在手里捏着赃物的时候，被人拿了个正着。他纵然有一百条簧舌，也找不到一个可以逃脱的借口。

"其实也没什么。我大姐夫在广东打工，我大姐常说男人一个人在外边，不好活。"女人说。

茂盛脸上的火油灯渐渐暗了下去，赤红终于退尽。女人就有这样的本事，能把最丑的东西摊在光亮底下，不动声色地说了，叫人觉得那不过是一桩每日都有可能发生的寻常小事。和女人身上的那些幽暗的秘密相比，他的秘密算什么？大不了是一粒尘土。

"那你……为什么……没找我？"茂盛突然有了胆气。这句话其实是句老话，在他肚子里已经捂了好几天了，差点捂出了霉味。

女人低着头，一下一下地撕着手指上被中药泡出来的裂皮。撕狠了，流出血来，就把指头含在嘴里咝咝地嘬着。

"因为你是好人。我不找好人。我不想你对不住，日后你要娶的那个女人。"她说。

◆　◆　◆

早晨茂盛开车送小芬去动车站。

"路上多长个眼睛，放点零票在身边就行了，别在人眼前掏钱包。"他叮嘱她。

她说："知道了，钱已经缝在贴身口袋里了，钱包里只有五十块钱，应急。"

过安检的时候，女人从手提包里拿出一个纸包，塞到他手里。

"一会儿再打开。难熬的时候看一眼，说不定好受些。"女人进了安检门，又回头补了一句："我没洗。"

茂盛打开纸包，是一条内裤——那条黑色的、缝着蕾丝、钉着一朵红玫瑰的内裤。

茂盛抬起头来，大声喊着女人的名字。

"过完年，你还回来不？"

女人也许听见了，也许没听见，却没有回头。女人拖着那只拉链已经爆开的蓝色拉杆箱，融入了熙熙攘攘急于归家的人流。

其实

我一直都在期待着他的一声呼唤，有了他的呼唤，我会跨越万水千山，义无反顾地投入他的怀抱。

玉莲

张翎

那个夏天，我终于在上海的一所名校里熬完了四年的大学生涯。当时我的同班同学都结伴南下到深圳、珠海、广州，雄心勃勃地要去淘他们一生中的第一桶金，而我这个南蛮子却像一只孤雁，执意要往北飞。"从今往后，我们做我们的铜臭商人，你做你的达官贵人。下回见面，我们坐吉普，你坐红旗。"同学们嘻嘻哈哈地上了路，大约真是年青，竟把一些本该很是沉重的离别之言说得如此轻狂。我在班级里一直是班长，班会上发言也爱引经据典，大家由此认定我去京城是踏上仕途的第一步。殊不知我只是要向一个远方的男人证明，我是完全可以离开南方的暖巢，到未知的北方去闯天下的。那些日子里我一直在等待着一封远方来信，这封信可以顿时改变我已做的和未做的任何决定。

可是这封信一直没有来。

我决定北上之前回一趟老家，辞别双亲。我的家乡在浙南一个叫温州的小城，那时它与外界的交往还只能依赖于海路。轮船抵达温州港的时候，天在下着雨，是那种江南特色的不成点也不成条的淅淅沥沥的雨。码头的泥浆厚厚重重地黏着我的鞋底，昏暗的街灯中我根本看不清来来往往的人群中哪个是接我的人。我提着两只大箱子在雨中站了很久，才听见哥哥高一声低一声地喊着我的小名。等到他把我和我的行李塞进一辆蚕茧般大小、破旧不堪的菲亚特出租车里时，我们早已全身湿透了。

　　还没有来得及抱怨，哥哥就推了推我，说："玉莲来了，住在家里。"我吃了一大惊——在我的记忆中，玉莲住在大西北一个连名字都叫不顺的小县城里。凭我极其有限的地理知识，我知道她得从小县城倒几趟长途汽车辗转至兰州，再从兰州坐火车到上海，从上海转轮船到温州，路上怎么也得一个星期。路费加上住店吃饭的费用，她哪来的钱？哥哥叹了一口气，告诉我："听说你大学毕业了，要到北京去做事，就死活也要来看你一眼。她男人的劳保赔偿，也拿出来花了。"我听了连连跺脚说不得话，心里却怨我妈多嘴。

　　一会儿功夫车就开到了家门口，临下车哥哥吩咐我，见了玉莲不要表现出惊怪的样子——自从她女儿小青死后，玉莲受了些刺激，神志有时清醒有时模糊，说话也有些神叨叨的。

　　推门进去，就走进了一屋的烟雾里。屋里坐了三个人，我爸，我妈，还有一个长得十分老相的瘦高女人。爸和女人都在抽烟。爸抽的是凤凰牌，正是那年流行的，文文雅雅地带着些香气。女人抽的是自制的卷烟，辛辛辣辣地割着人的喉咙，熏得人几欲流出泪来。女人穿了一件白底细花短袖的确良衬衫和暗灰色的府绸布裤子。那套衣裤隐约有些眼熟，过了一会儿我才想起原来是我妈妈的旧行头。衣裤明显地短了，女人的手脚长长地从袖子裤腿里伸出来，鹭鸶般地笨拙着。女人的脸在细皮嫩肉的江南小城里也算是一奇景了，肤色极黑，却又不完全是黑，双颧泛着些隐隐的红，毛毛糙糙的像一张风干的柿子皮。

女人见我进来，咚地扔了嘴里的烟，站起来就抓了我的手，脸上的皱纹生硬地挪动起来。

"阿玲我的娃，你可平平安安地长大了——都以为你过不了那个坎儿了呢。"

女人的手很长很大，极有劲道，指甲深深地掐进我的掌心。女人身上的羊膻味熏得我后退了一步。女人觉出来了，就讪讪地松了手，转身对我爸说："张同志你们好福气，世界上这样机灵的孩子统共也没几个，倒都生在你们家了。我们青青小时候，就是阿玲这个样子的——我奶大的孩子，都像是一个模子里出来的。"

我妈正弯腰捡拾女人扔下的烟头——地板上早烧出一个浅坑来了，听了这话就摇头："玉莲你又犯糊涂了，你到我们家来还是个什么事也不懂的小姑娘呢，阿玲哪能是你奶大的？"

女人也不恼，只是嘿嘿地笑，露出两排被烟熏得黑渗渗的牙齿。

"反正阿玲是我带大的。"

◆　　◆　　◆

　　算起来玉莲到我们家的那年大致是十八岁。而我才五岁。

　　那年我在幼儿园里感染了一种奇怪的肾病，小便化验单上红血球、白血球、浓球的格子里总有长长一串的"＋"号。这种病在医学十分发达的今天实在算是小菜一碟，可是在那个年代里医生却束手无策。病一急性发作，我就住进医院，靠打链霉素、庆大霉素针来控制。病情一缓和我就出院。出了再进，进了再出。这样的循环周期越来越短了，我的鞋子几乎都是在医院的门槛上磨薄了的。有一天，我听见主治医生叹着气对我妈妈说："再这样下去，就怕尿中毒。"尿中毒是什么东西我并不懂，不过我知道我们隔壁姚苹苹的妈妈，就是死在尿中毒上的——头肿得像个大冬瓜。于是我猜测我大概也会死了。

　　那时候我爸爸和我妈妈都在市委机关里做着不大不小的官，忙得四脚朝天，顾不上我，只好雇了个保姆来照看我。由于我的身体状况，医生吩咐我不能跳绳，不能踢毽子，甚至不能像别的小孩那样上井边玩水。而且我还得禁盐。用无盐酱油烧出来的菜味同嚼蜡，让我忍无可忍。于是我吃饭闹，睡觉闹，打针闹，服药闹，上幼儿园闹，不上幼儿园也闹，直闹得家里鸡犬不宁。

　　玉莲是我们家那阵子换过的第五个保姆。

　　玉莲来的那一天是大年初二。我们一家人刚刚吃完晚饭，就听见邻居王阿姨来敲门。王阿姨的丈夫是机关食堂的炊事员，跟机关上上下下都熟。王阿姨是个热心人，谁家有事她都爱帮一手。那天王阿姨身后跟了个瘦高个的乡下女人。王阿姨进了门，女人却不肯进门，依旧远远地站在走廊上。王阿姨把那个女人推到我妈跟前："这就是上回说的那个玉莲，是我们老家龙泉镇的。玉莲上过几年学，识得几个字，只是不懂城里的规矩，你们尽管放心指教她。"又指了我爸我妈对玉莲说："张同志陈同志两口子都是大学生，在市府机关里工作，人也和善，家事也简单，你就只管把阿玲这孩子照管妥了就好。算你的福气，头回到城里做事就碰到了这样体面的人家。"

　　玉莲不说话，只是点着头笑。走近了，才看清，管玉莲叫女人未免有些夸张。其实她至多是个刚刚长成的女孩而已。玉莲剪了一头黑得流油的齐耳短发，右侧的头发用一段绿玻璃丝头绳束起小小的一绺；穿了一件葱绿灯芯绒棉袄，海蓝灯芯绒棉裤，足蹬一双黑布棉鞋，手挽一个红花细布包袱。那一身衣装大概还很新，在胳膊腿弯处绽出一些生生硬硬的皱纹来。灯芯绒在那个年头算是稀罕的货物，玉莲的家道想必还过得去——后来我们才知道，玉莲到温州城里当保姆，其实并不是为了钱。玉莲是地地道道的山里人打扮，可是玉莲长得却不像是山里人。玉莲的五官其实也没有什么惊人之处，却因了皮肤的白净，便衬得眉黑目深的。她的嘴角弯弯的，颊上隐隐跳着两个小酒窝，不说话时也是一副喜庆的模样，便先讨了人的欢喜。

玉莲放下手里的包袱，就要来收拾桌上的碗筷。我拿筷子在空碗上敲了敲，大声对我妈说："她怎么不脱鞋就进屋？"玉莲的脸腾地涨红了，弯下腰来，就解鞋带。偏偏鞋带绑得很紧，解了半天才解开，玉莲的额上，早已渗出些细碎的汗珠子来。待玉莲终于脱了脚上的棉鞋，换上家里的布拖鞋，我妈就拉着她去了里屋，关起门来说了会儿话。出来时，两人的眼圈都是红红的。我知道她们在说我。

玉莲走过来，把我抱过去坐到她的腿上，叹了一口气，说："这么轻。阿玲，我非要把你养胖了不可。"

这是玉莲跟我说的第一句话。玉莲的声音软软的，让我想起家里过年时蒸的桂花糯米糖糕。以前我们家的保姆都是些脏老婆子，一开口嗓门嘎嘎的，像鸭子叫。从来没有人和我这样说过话。

我是从那一刻开始喜欢上玉莲的。

◆　　◆　　◆

在我妈的眼里，玉莲并不是个称职的保姆。

　　玉莲不会煮饭，不是把水放多了，米放少了，就是把米放多了，水放少了。如果哪天米和水都放得正好，那么饭一定是焦糊的。玉莲也不怎么会洗衣服，两只手在搓衣板上揉来揉去，只揉大面子上的，却很少关注袖口衣兜这些阴暗角落。玉莲在龙泉用的是蹲坑，不会用城里的马桶。洗马桶时只知道拿水冲一冲了事，却不知道要用竹刷子刷刷桶底。妈妈看玉莲做事，看得着急，忍不住要说道她几句："玉莲你怎么什么都不会呢？"我爸听了，就扯我妈的袖子："阿玲肯跟她就行了——忘了先前是怎么闹的？"我妈立时就闭了嘴。玉莲也不恼，却憨憨地笑，说："我会做针线呢。"

　　玉莲没有吹牛。玉莲果真做得一手绝好的针线活。玉莲闲着的时候，就给我们纳鞋底。玉莲纳的鞋底，有时候是回字针，有时候是云型针，细密如黑蚁。纳完了再钉上两块防水胶皮，做了鞋子穿在脚上，竟如腾云驾雾似的温软。剩下来的布头，玉莲就拿来缝成小包，装上细沙子，和我玩丢沙包。玉莲把沙包扔得高高的，让我猜会落到哪里。我说嘴巴，就一准落到她的鼻子上。我说耳朵，就一准落到她的脑门上。

　　玉莲还把家里的旧毛衣都搜寻出来拆了，将毛线洗干净了放在锅里蒸平整了，晾干之后再重新织一遍。当然，再织出来的就不是原先的样子了。玉莲给我爸我妈织的是青灰色的圆领衫，领边、袖口、下摆加一圈黑的，老实古旧里略带一丝新潮。给我哥织的是蓝白相间的海魂衫，腰下斜斜地插了两个兜。给我织的是玫瑰红的开衫，领边上缝上两个小绒球。邻居见了，都说张同志一家穿得这么漂亮，是要去拍电影哪？玉莲听了，就将嘴掩了吃吃地笑。玉莲爱笑。玉莲的笑像那个冬天街上盛行的流感，碰上谁就传给谁。

　　玉莲干活的时候，嘴也不闲着，不是哼歌，就是嗑瓜子。我之所以用哼字而不是用唱字，是因为玉莲从来没有把一首歌从头到尾地唱完。玉莲的嗓子圆圆润润的找不到一道沟坎，可是玉莲永远也不会成为一个好歌手，因为玉莲永远记不住歌词。玉莲往往只开了一个头，就把后边的扔了，再去开别的头。有时她甚至能在一个调子里开出好几个头来。玉莲最爱唱的一首歌是关于一朵鲜花的。它是这样开的头：

　　　　金河岸，鲜花千万朵，
　　　　最美的有一朵。
　　　　雪山下，骏马千万匹，
　　　　最俊的有一匹。

　　玉莲唱来唱去，只会唱这两句。我缠着她往下唱，她就又从头唱起。于是她的歌声就像失修的唱盘一样，无休无止混混沌沌地重复往返着。有一天，我实在忍不住了，就问玉莲，那最美的花到底是哪一朵呢？玉莲看过了左右无人，才点着自己的鼻子说:"这朵呢。"我便长久地纳闷着——我懂得人和花之间的某些共性,是很多年以后的事了。

玉莲不唱歌时,就嗑瓜子。玉莲嗑瓜子的样子很奇特,很少用手。玉莲抓一大把瓜子扔进嘴里,接下去手就完全派不上用场了,舌头便顶替上来将瓜子一颗一颗地送到牙齿跟前。剥皮的过程是猜测出来的,看见的只是瓜子皮井井有序地落到地上。我妈妈虽然不喜欢家里的地板上总有瓜子皮,却因为瓜子是玉莲自己花钱买的,也就数落几句,要玉莲常常扫地,便睁一只眼闭一只眼了事。

玉莲在我们家一个月的工资是十块钱。可是玉莲并不像从前的那些保姆那样着急地往家寄钱。玉莲拿了工钱,先去街角的酱油店换成零票,用一条粉红色的手绢包裹起来,压在枕头底下。偶尔从里边抽出一张角票来,买一包瓜子、一瓶雪花膏之类的小东西,又将剩下的仔细地包裹回去。玉莲买完瓜子,有时也给我买一小块麦芽糖。我拿了糖,并不能马上就吃,总要待到我爸我妈都看过了,说过"玉莲你这么宠她做什么",我才能开吃。当然,这样的待遇全家仅我一个,我哥哥是不够级别的。

玉莲不寄钱回去,是因为玉莲的家里并不缺钱花。玉莲在家是幺女,有三个哥哥两个姐姐。玉莲的爸爸和哥哥都是木匠,一年到头有做不完的活计。玉莲家里挣钱的事情,都由男人来操心。家务琐事，又有妈和姐姐。一家的忙人养了一个闲人，所以玉莲就只会做针线活了。大凡人一闲，心思也就多了。读过高小的玉莲只在书里学到过关于城里的种种趣事，却从来没有迈出过龙泉镇一步，于是就撺弄了爹娘，让进城去当保姆。现在回想起来，玉莲关于城市生活的种种想象里，大概很早就包括了爱情的。

◆　◆　◆

玉莲命运的转折其实是由一件极小的事情引发的。

有一天我哥哥拉屎时拉出了五条蛔虫。我们都是第一次见到这种肥肥白白的虫子，又兴奋又害怕。后来妈妈给哥哥吃一种形状像宝塔一样的糖块，哥哥又拉出了更多的虫子。医生说蛔虫可能来自弄堂里的那口井。紧挨着水井就是一条阴沟，洗菜洗衣服洗马桶都在一处，难免有寄生虫进入食道。妈妈怕我也得蛔虫，就吩咐玉莲不要再用井水洗菜。那时候我们家还没有装上水龙头，用自来水得去一条街外的机关大院家属楼去挑。玉莲挑不动水，挑水是我爸的事。我妈心疼我爸，为了让我爸少挑几担水，玉莲的工作日程里就增添了一项新内容：去机关大院洗菜。

我至今尚清晰地记得玉莲第一次去机关大院时的每一个细节。

　　那天是个阳春四月天，泥泞的春雨停了，天上出了一轮大大的太阳。从街头到街尾都是阳光，照得人遍体酥痒。沿街的夹竹桃树一夜之间就绽出了满树的红点。玉莲脱下夹袄，换上了春装。玉莲的春装是一件翠绿带黑格的线呢单衣，是进城的前一年做的。玉莲在那一年里真正长起来了，衣服显得又瘦又短，身子在衣裳的钳制下发出半是无奈半是欣喜的叹息。玉莲左手提着一个菜篮子，右手牵着我，行走在夹竹桃树的荫影里——自从玉莲来后，我就待在家里，再也不上幼儿园了。玉莲的菜篮子里放着一条肥大的金灿灿的黄鱼，一大捧包在荷叶里的满是污泥的白蚶，两根碧绿的黄瓜，一细条猪肉，一把豆芽，一包马铃薯和一捆菠菜。玉莲的菜篮子里有很多的颜色和重量，可是玉莲挎着菜篮子走过街面时的步态却很轻松。玉莲那天走路的样子让我想起一些没有腿的东西，比如游在水里的鱼，飘在天上的云。

　　当然，那时无论是玉莲还是我都没有想到，命运之神已经将他的绳索牢牢地套在玉莲的脖子上，一步一步地拉着她走向那个无法回避的深渊。

　　玉莲走到机关门口的时候，脚步突然缓慢了下来，因为玉莲看见了一个身着绿色军装、荷枪直立的士兵。那时小城正坐在三年大饥荒和后来的十年大浩劫中间的缝隙里战战兢兢地喘息，街上很少见到荷枪实弹的士兵。大山里来的年青姑娘玉莲，一生中第一次猝不及防地、面对面地遇上了一个真正的士兵。兵很高壮，军服里结结实实的都是内容，玉莲仰着头才看得清他的脸。兵的皮肤很黑，眉目很粗很浓，不说话时脸面里就隐隐藏了些威严。但是兵并没有把他的威严保持得很久，因为兵很快就开口说话了："工作证。"

兵说话时嘴角忍不住含了点浅浅的笑意。兵一笑，顿时就很年青了起来。兵的普通话有些大舌头，一听就是外乡人。

玉莲愣了一愣："水……水龙头在哪里？"

玉莲文不对题地问。还没问完，玉莲的脸就红了起来。玉莲脸红的过程就像是在生宣纸上滴了一小块丹朱，慢慢地洇开去，从双颊洇到额头，再洇至脖子。玉莲知道自己脸红了，就不再看兵，把头低垂了下来，盯着脚尖。所以玉莲并不知道，其实当时兵的脸也红了。

兵和玉莲红着脸，面对面地站了一会儿，都不说话。后来说话的是我："我爸爸是我的家属，在三处工作。"

兵和玉莲同时笑了起来。

那天玉莲洗菜的时候就有些心不在焉，把豆芽头摘了扔在水里，却把豆芽皮归在篮子里留着。

第二天玉莲再去洗菜，兵就没有再盘问她。她走过他的跟前，彼此轻微地点了一个头，却没有说话。

后来我就跑去找兵："你叫什么名字？玉莲阿姨没有叫我

问你。"

　　兵嘿嘿地笑了，露出两排细碎的重重叠叠的牙齿。兵弯下腰来，从口袋里掏出一块大白兔奶糖给我："你也不要告诉你玉莲阿姨，我叫欧阳青海。"

　　　　　　　　　　◆　　◆　　◆

　　"陈同志，井水洗的衣服不干净呢。你看张同志的这件衬衫，领口都是黄的。"玉莲指着我爸的衣服对我妈说。

　　那阵子玉莲突然很讲究起卫生来了。我妈有些吃惊，却没阻拦她："你要不嫌烦就用自来水洗吧。"

　　于是玉莲去机关大院的次数就越发频繁了起来。玉莲洗菜，是在早晨。玉莲洗衣服，总是挑下午两三点钟的时候去。那时候使水的人少，不用排队等龙头。

　　玉莲去机关大院，有时带我去，有时一个人去。有一回我跟玉莲去洗衣服，发现站岗的是一个陌生人，就问兵哪里去了——我嫌欧阳青海的名字太长，叫起来拗口，就依旧管他叫"兵"。玉莲摸摸我的头，说："他也得歇息呀，总不能一天站到黑的。"

　　玉莲让我在石阶上坐稳了，就把木盆放在水龙头底下，接了水来泡衣服。玉莲那天洗的不只是衣服，还有床单被褥。玉莲将衣物打好了肥皂，搁在洗衣板上来回搓揉着，两只手就消失在一堆白花花的肥皂泡里。玉莲揉衣服时，摆动的不仅是手。腰肢，肩膀，脖子，还有头发，都在一颤一颤地动着。玉莲的头发长了，梳成了两根麻花辫子，发梢上拴了两段红头绳。玉莲搓了一阵子衣服，突然停了下来，抬头望着围墙边上的那棵大树发呆。那是一棵老法国梧桐，树身上都是黑褐色的疤痕，叶子倒还茂密，在午后的风里轻摇慢舞着，像一只只绿色的手掌。可是树上并没有鸟。我问玉莲在看什么，玉莲摇摇头，却不说话。

这时候又来了一个洗衣服的人。玉莲把自己的木桶挪开了，让那人接水，也不看那人，就问："怎么这么晚？"

那人笑笑，说："开会呢。"我这才听出来那人原来是兵——兵那天没穿军装，换了一件白色的细布衬衫，领口敞开着，就一点也不像兵了。

我看见兵，很高兴，就跑过去问他枪藏在哪里了，可不可以拿出来让我摸一摸。兵把我的头发揉得乱乱的，说："女孩子要什么枪呢，我教你玩别的。"就跑去路边扯了一株空心草，将叶子摘了，芯子吹干净了；又拿自己的肥皂盒，从玉莲的桶里舀了些肥皂水出来，教我吹泡泡。我对着太阳吹出满天的泡泡来，五颜六色的，很是好看。兵给我舀的肥皂水很多，我吹了半天也没有吹完，倒吹出了满眼金星。

兵的衣服很少，三下两下就洗完了。兵洗完了自己的，就来帮玉莲拧床单。床单很大也很厚，玉莲拽一头，兵拽一头。玉莲往左拧，兵往右拧。床单就渐渐细小了起来，只剩了中间大大的一个水包，死活不肯瘪下去。兵把自己的这头夹到腋窝下，腾出手来朝水包擂了一拳，水就哗地流了出来。玉莲低声对兵说："看你的衣服，都湿了。"兵只是笑。

后来玉莲也洗完了衣服，兵说坐一坐吧，玉莲就拉着我在石阶上坐下。兵从裤兜里掏出一个小小的铁盒子，塞进嘴里，兵的嘴里就流出了一些咿咿呜呜的声音。后来我才知道，那个铁盒子叫口琴。兵先吹了一个尖尖的急急的欢欢喜喜的调子，说那是他们家乡结婚迎亲时的曲子。兵说到结婚两个字的时候脸红了一红。后来兵又吹了一个不紧不慢四平八稳的调子，说是他们那里的求雨调。兵最后吹的是个极慢极低的曲子，呜呜咽咽的，仿佛是一汪溪水给堵在了泉眼里似的。兵吹完了，看着天，却不说话。玉莲问："这是什么调呢？"兵叹了一口气，才说："思乡调。"

那天玉莲洗了很久的衣服才回家。饭桌上，玉莲的话很少。只吃了小小的一碗饭，就说吃不下了。

"陈同志，你说青海这地方，比上海还远吗？"玉莲问我妈。

◆　　◆　　◆

　　玉莲来后的半年里，我一直都没有犯病。全家人刚刚松了一口气，夏天里我却又进了一回医院。

　　是一场流感引起的，发烧发到40多度。烧到半夜，我开始口吐白沫，说起胡话来。玉莲吓得嗓子都变了调，叫醒了我爸我妈，就背我去了医院。玉莲到了医院才发现脚上套错了鞋子——左脚穿的是右脚的鞋。

　　进医院以后的事情我记不清楚了，因为在去医院的路上我就昏迷了过去，醒来时已经是一天之后了。睁开眼睛，我看见我妈、玉莲和我哥都坐在我的床前。我哥把一个糊着牛皮纸的方盒子放到我的枕头上，说："给你了。"我知道那是我哥装香烟壳的盒子。我哥爱收集香烟壳子，从早先的炮台、美人头、老刀牌，到后来的前门、牡丹、飞马，再到新近的大联珠、工农、劳动牌，他都收齐全了。那盒子平日是他的宝贝，碰都不让我碰一下的。我是从那一刻里知道了我病情的严重性的。

　　我妈伏下身来，问我要吃什么。我说要吃腌萝卜条。我妈就哄我："萝卜条有什么好吃的呢？妈给你做莲藕羹，放好多葡萄干沙果干。都是你小舅从新疆寄来的，甜极了。"我对莲藕羹毫无兴趣，有气无力地坚持要吃萝卜条。玉莲听了，眉开眼笑地对我妈说："我说了，脑子没烧坏。"就把我抱起来，坐在她的怀里，从兜里掏出一把细齿梳子来替我梳头。玉莲给我梳的是两根四股辫子，到最后总成一根，用一条红手绢绑成一个结子。玉莲一边梳，一边问我妈："陈同志，这孩子常年吃不得盐，身子骨怎么能长得硬，抗得了病呢？"我妈叹着气，说："玉莲，这医学上的事你不懂。"

　　我在医院里一住就是好几个星期。高烧虽然退下去了，低烧却持续不断，一直到入秋时分才渐渐好些。住院的日子里，除了晚上睡觉，白天玉莲都来医院陪我。若逢天色阴凉些，玉莲就背我到住院部楼下的院子里走动走动——那阵子我病得身子很虚，连路也走不动了，上上下下都要玉莲背。院子里长着一棵遮天蔽日的桑树，很有些年月了。低矮处的桑叶，都被人摘了喂蚕。高处的叶子，依旧茂密翠绿，浓荫里还藏了几个零星的桑葚。玉莲踮着脚尖拿枝条打下几个来，我们分着吃了，吃得一嘴一牙青紫。我看着她笑，她看着我笑。

　　那天我们在院子里玩了一个下午，大约是招了点风凉，回来热度就升高了。护士过来打点滴针，直骂玉莲蠢。玉莲不敢回嘴，一味小声小气地求："轻点，啊？找个软点的地方扎，啊？"护士就给了玉莲一个白眼："你来找找，哪还有什么软的地方？都扎遍了。"那天护士扎了好几针才找着血管，扎得特别疼，我扁了扁嘴，想哭，又忍了回去。玉莲抓了我的手，说："娃呀，想哭，你就哭吧，哭一小会儿就好。"我问玉莲："打了针我就不会死了吧？"玉莲听了，不说话，却流下泪来。

几天以后，我午睡醒来，突然看见兵坐在我床前的凳子上。兵那天军装穿得很是齐整，风纪扣一直扣到领下，绿领口里露出一丝白衬衫。可是兵没有戴军帽——军帽脱了放在茶几上。兵大约刚理过发，剃过胡子，颏下鬓边都是青青的。我有一阵子没见过兵了，就觉得兵又长高了一些。

兵的手里提着一个小热水瓶。兵见我醒了，就拧开水瓶往杯子里倒东西。兵倒出来的不是水，而是两根冰棍。兵剥开包装纸，递了一根给我，一根给玉莲。兵买的是那个夏天最贵最好的红豆奶油冰棍，七分钱一根的。玉莲不肯吃，递回去给兵。兵也不肯吃，又递给玉莲。两人推了半天，还是玉莲推不过兵。冰棍很凉，我和玉莲咬一口，咝地抽一口气。两人咝咝地吃了好久才吃完了。

我就要兵吹口琴。兵果真带口琴来了。兵先吹了一个《草原英雄小姐妹》，又吹了一个《歌唱二小放牛郎》。兵那天吹的歌曲我们都会。兵一边吹，我和玉莲就一边唱。旁边病房的小朋友听见了，都围过来看热闹，看得兵和玉莲脸都红了，就歇了。我不肯，要兵教我吹口琴。我拿过兵的口琴含在嘴里，吹了半天才吹出蚊子般的一丝嘤嗡来。玉莲就对兵说：

"刚养好些了，又来这一场病——哪有元气吹这个东西。"兵看着我只摇头："你们南方人太娇嫩了，要让我带去青海，吃几天粗粮，百病都没有了。"

那天是个极热的天，兵又穿得严严实实的，早捂出了一头一脸的汗。兵没带手巾，只好撸了衣袖来擦汗，衣袖就湿了一大块。玉莲拿出自己的手绢来给兵，兵犹豫了一下才接过去，擦完了汗，放在鼻子上闻了闻，就放进了口袋里。后来玉莲送兵到门口，我听见她低声对兵说："脏死了，也不还给我。"

后来玉莲就把针线活带到了病房里做。那阵子玉莲做的活计是绣花。玉莲买了两条大方手绢，一条白，一条青。白的上面绣的是两只蝴蝶在一蓬荷花上跳舞。荷花是粉红的，蝴蝶是金黄色的，翅膀上长着几个暗红色的斑点。青的那条手绢上绣的是两座山，山顶上飘着几朵白云，山脚下弯弯曲曲地流着一条河。河边灰灰地走着几团东西，像马，像驴，又像是羊。现在回想起来，这大概是玉莲有限的视野里对北方景致最初始的想象了。

我妈看见了玉莲绣的花，掩了嘴半晌无话，后来才叹了一口气，说："你要生在城里，也就是一个艺术家了。"玉莲不知道"艺术家"是什么东西，但听得出是句好话，便也叹起气来："我们乡下人的命啊，没得怨的。"我妈问玉莲这手帕是给谁绣的，玉莲顿了一顿，才说是给姐姐做陪嫁的——

玉莲的二姐要在年底出嫁，一家人都在忙着替她准备嫁妆。

这是玉莲在我们家撒的第一个谎。

◆　◆　◆

欧阳青海的名字被再次提起，是半年以后的事了。

有一天夜里，我被尿憋醒，摸了摸身边，发现玉莲不在床上，就光着脚跳到地上，四下找玉莲。当我找到玉莲时，她正坐在客厅里哭。其实我是从她的姿势上猜出来她在哭的——玉莲哭的时候从来没有发出过声响。玉莲用一条手帕堵住了嘴，脖子一抽一抽的，似乎要背过气去，颊上歪歪斜斜地沾着几缕湿头发。屋里不止是玉莲一个人。我还看见了我爸我妈，隔壁的王阿姨夫妻，还有一个兵。我仔细地看了一眼才看出，这个兵并不是那个兵。这个兵个子比那个兵小，脸也白净一些。这个兵的军装上有四个口袋，而那个兵只有两个。我马上知道了这个兵是个官，是管那个兵的。

屋里的人都在看玉莲哭，却一直没有人说话。兵呵呵地咳嗽了好几声，从喉咙里湿湿地咳出一口痰来，没地方吐，又咕噜一声咽了回去，轻声说："欧阳青海年底就要复员了。群众影响，咳，这个群众影响……"我爸对兵一连点了好几个头，才结结巴巴地点出一句话来："是我们……咳，咳，没管好。"王阿姨憋不住，咚地站了起来，说："谁没管好谁呀？

他一个解放军，我们一个老百姓。只听说老百姓学解放军的，没听说解放军学老百姓的。军民鱼水情，也不是这个情法呀。"众人听了，想笑又不敢笑，眉眼就有些歪歪咧咧的，不怎么好看。王阿姨的手指，又直直地戳到玉莲鼻子上："祖宗你说句话，你让我怎么跟你娘交代？"玉莲依旧不说话，只是把气抽得更急了。

那天晚上，玉莲过了半夜才上床。玉莲上了床，脱了衣服，关了灯，却又不睡下。玉莲用两手抱了两腿，将脸抵在膝盖上，一动不动地呆坐着。那夜是个大月亮夜，西北风溜过窗棂格，发出细碎的声响，树影鬼魅似的在墙上舞动着。月光里玉莲的脸色很白，像纸，像墙，也像石头。我突然害怕起来，就爬过去偎到玉莲的腿上。玉莲将棉被抖开，在我们身边实实地围了一圈。在这样温软的包围中，我们坐了很久，却没有说话。后来我伸出手来寻找玉莲的手。我一把摸到了玉莲掌心一个硬硬的物件，这个物件已经被玉莲的体温捂得几乎有些发烫。

那是一把口琴。

玉莲是第二天下午回龙泉的。

从前我淘气的时候，玉莲也多次说过要走的话。我当然知道那只是一种威胁。可是这次玉莲什么也没有说。然而当我看见玉莲在收拾那个红花细布包袱的时候，我一下子意识到事情已经完全没有挽回的余地了。

那天玉莲像往常一样喂我吃午饭。我的菜依旧是分开单做的。那天我吃的是米饭和鸡蛋豆腐羹。我一辈子都没有吃过那么好吃的鸡蛋豆腐羹，又白净又松软，上面铺了一层碧绿的油汪汪的葱花。我三口两口就吃完了，像家里那只猫那样把碗舔得干干净净。那天我从那碗豆腐羹里尝出了一种久违了的味道，过了一会儿我才明白过来那是盐味。我妈惊异地对玉莲说："什么时候见她这么吃过饭？总得哄上半个时辰才肯吃一两口的。"玉莲看着我笑了一笑，没有说话。我也看了玉莲一眼，没有说话——这是我和玉莲之间的一个小秘密。

收拾了饭碗，玉莲蹲下身来，掏出兜里的手帕给我擦嘴巴擤鼻涕。"阿玲你是大孩子了，小孩子才哭，大孩子是不哭的。"后来她站起来，也不看我妈，低头盯了脚尖，嚅嚅地说："陈同志你放心，我这次回龙泉，这事就算了结了——看把你们连累的。"我妈叹了一口气，说："别怪我们，都是为你好。那地方太苦，不是我们南方人去的。"就从抽屉里拿出一张钞票，硬往玉莲手里塞。玉莲死活不肯要，两人推来推去的，直推得面红耳赤起来。后来我妈指着我，说："去，叫玉莲阿姨收下来。"我走过去，抱住了玉莲的一条腿。玉莲哑哑地叫了一声"阿玲"，才将票子揣进贴身的衣兜里，回屋拿了包袱就走出门去。

玉莲走的时候穿的还是那件葱绿灯芯绒棉袄，那条海蓝灯芯绒棉裤，那双黑布棉鞋。她的眼睛微微有些红肿，可是她颊上的酒窝使她的脸看起来依旧像藏了些隐隐的笑意。一切似乎都和她来的那天一样，而一切又都不一样了。来的时候玉莲是一张白纸，去的时候这张纸上已经有了景致了——而且是很深的景致。

我倚在门口看着玉莲跨下门槛，走到街上。她走过了一棵树，又一棵树。当她走过第五棵树的时候，我终于撕心裂肺地哭了起来。她停了一停，却没有回头。风呼呼地撩拨着她的辫子，后来她的棉袄就渐渐地变成了一个绿点子。

◆　　◆　　◆

玉莲走后一直没有消息。半年以后，我们突然收到了一个盖着青海邮戳的包裹。包裹里是两件手织的女童毛衣。一件大红，一件翠绿。红的那件前襟缝了一只鸭子，绿的那件袖口绣了两只白兔。毛衣口袋里有一个小信封，信封里是一张用薄信纸包着的两寸黑白照片——是玉莲和兵的合影。兵依旧穿着军装戴着军帽，只是没有了领章和帽徽。玉莲梳着两根粗辫子，穿的是一件花夹袄，脖子上围了一条纱围巾。两人坐得板板正正的，肩抵着肩，脸上阔阔地都是藏不住的笑。

信纸上却没有一个字。

我妈拿了照片翻来覆去地看，看完了就感叹："到底还是没断了。"我爸便摇头数说我妈："你管他们呢。苦不苦的，乐意就行。你跟着我受的苦还少吗？偏你乐意呢。"我妈啐了我爸一口，却又忍不住笑："你说玉莲这丫头是不是长得有点像王丹凤？"

后来玉莲断断续续地和我们通过几封信，信很简单，都是些问好的话。关于自己的情况，她一笔带过，没有细说。倒是从王阿姨那里，我们辗转听到了些故事。欧阳青海复员后回到原籍，分配到县城的一家伐木厂工作。玉莲是从龙泉家里偷偷跑出来，坐了几天几夜的火车到青海成婚的。玉莲在龙泉的娘家伤透了心，就一直不肯认这个女儿。直到玉莲生下第一个孩子，满月后两口子带着孩子回龙泉认亲，娘家人见生米已经煮成了大熟饭，才渐渐恢复了联系。

玉莲的头胎是个男孩，跟着他爸的名字叫了小海。第二胎是个女孩，也跟着她爸取名叫小青。玉莲做了娘之后，就一心在家带孩子。幸亏欧阳青海的工资不算低，一家人日子凑合着还过得下去。只是没过上几年太平生活，家里就出了大乱子。欧阳青海在厂里卸货时被一根木头压伤了腰，县城省城都去过，治了好几年，时好时坏的，就成了半个废人。厂里虽然每月发些补贴，孩子一大就不够用了。玉莲只好靠给厂里的工人浆洗缝补衣服挣些家用。偏偏祸不单行。女儿小青十岁那年，突然得了脑膜炎，被厂里的医务室给误诊了。后来找了辆板车将孩子推到县医院，在半路上就断了气。玉莲哭女儿哭伤了身子，精神头就大不如从前了。

我妈每次和王阿姨说起玉莲来，神色就免不了有些黯然，都叹红颜薄命。女人长得出挑些，一生就多坎坷；不如那长相普通平常的，反倒能过一辈子太平日脚。

◆　　◆　　◆

玉莲那次在温州住了五天。我妈拿了两百块钱，让我带玉莲上街买点东西。那时温州的个体企业已经很发达了，国营商店倒是门可罗雀。我领玉莲去了一个叫妙果寺的个体商场，在五彩缤纷、光怪陆离的女装世界里，玉莲目瞪口呆，不知所措。我挑了几件衣服让她试，她比了比就放下了，说："这么小的腰身，给小鸡儿穿还差不多，人哪里穿得进去。"周围的人听了，都窃窃地笑——玉莲似乎完全没有意识到"鸡"这个词在南方文化里的含义。后来她就直直地朝童装店铺走去。她在童装店铺里待了很久，大大小小春夏秋冬四季的都买了几件，捆起来就是沉甸甸的一包。我问玉莲买这些衣服做什么——小海才上高中，离做祖母还远呢。玉莲说是买回去做样子的——她想开个童装剪裁铺。我建议她不如做批发生意，转手快，又有我哥在这边帮她订货发货。玉莲连连摇头，说："他爸这个身体，我哪脱得开身来做大事，只能在家里小打小闹的。"

买完衣服，我问玉莲还想去哪里转转。玉莲顿了一顿，才说："你带我去老地方看看吧。"其实市委机关两年前就迁到新城区了，当年的旧址现在已经成了一片建筑工地。我们转了几个圈才找到了从前的家属区。那个家属大院早连根拆除了，取而代之的是一幢拔地而起的高级住宅楼。楼才起了一半，钢筋混凝土隔成的方块里，不时地有人在走来走去。那个自来水龙头还在，却早锈得斑斑驳驳的，拧不出水来了。那几级石阶也还在，只是爬满了暗绿色的青苔。玉莲从衣服堆里抽出一个塑料袋，扯开了铺在台阶上，我俩就坐了下来歇脚。天色晚了，太阳像个硕大无比的火轮盘，坠挂在楼顶上，将楼抹了一头一脸的血。风一起，就有黑压压一片的鸽子，呼呼地从头顶飞过，鸽哨声嘤嘤嗡嗡地响了很久，不绝于耳。

"阿玲，你有相好的吗？"玉莲突然问我。

玉莲在青海待了这么多年，话语里自然带了些北方腔调。听到"相好"这样的词，我忍不住想笑——这个词让我无法不产生一些粗俗的诸如野合之类的联想。可是那天我并没有笑。不知怎的，我就和玉莲说起了铁木辛。

铁木辛是电机系带职研究生班的学生，蒙古族人。我们俩是在组织学校的国庆联欢时认识的。他是唯一一个不肯哄我的男人，所以他就成了世上唯一一个让我动心的男人。我们已经暗地里谈了两年的恋爱了。今年年初他结业回到了赤峰，我们炽热的联络在我毕业前夕突然冷却了下来。我知道这是铁木辛在试探我。铁木辛祖祖辈辈生活在赤峰，他绝对不会离开那个生他养他的地方。我们之间唯一的可能就是我毕业后也去赤峰。铁木辛知道这个选择的分量，所以他把这个选择完完全全地丢给了我一个人，他要我独自为此承担所有的责任。其实我一直都在期待着他的一声呼唤，有了他的呼唤，我会跨越万水千山，义无反顾地投入他的怀抱。

可是他一直保持着沉默。

玉莲听了长长地松了一口气，说："没找你就好。你哪抗得住他来找你呢？赤峰那个地方，咳。"

我愣了一愣，才问玉莲是不是后悔去了青海。玉莲不说话，却从口袋里掏出一包烟丝来，慢条斯理地卷了一支烟。卷好了，放进嘴里，才含糊不清地笑了一声：

"你说现在这些兵，哪能和那时候比呢？"

女人

往前走，遇见的不是男人，而是自己，只有自己是自己的终身伴侣。

楚雅如的寂寞

陆蔚青

陆蔚青，加拿大魁北克华人作家协会理事会理事，加拿大华裔作家协会会员，北美中文作家协会会员，加拿大华文刊物《七天周刊》专栏作家。曾荣获第二届"文化中国·四海文馨"全球华文散文大赛二等奖，第二、三届"莲花杯"世界华文诗歌大赛铜奖，第22届美国汉新文学奖优秀小说奖，第一届加华文学奖小说组第二名，第一届魁北克华文文学奖二等奖等多项文学奖。代表性著作有小说集《漂泊中的温柔》、散文集《曾经有过的好时光》及长篇童话小说《帕皮昂的道路》等。

一

自从认识威廉之后，楚雅如常常感到寂寞。这寂寞来得很突然。奇怪的是，寂寞的来临，都是同威廉在一起的时候，而她独自一人却并不寂寞。这些年，她有严格的作息时间，又有很多事情做。比如读书，同朋友聊天，写作。她有一本小说一直没有完成。同威廉在一起，她需要说话，而威廉却不说话。

"你为什么不说话？"有一次她说了很久，威廉也不说话，她忍不住问。

"我只看着你，听你说话就行了。"威廉说，一副沉浸在爱情里的样子，少年维特的样子。

楚雅如习惯与人对话，并在交谈中学习新的知识或者看法，这是她知识的来源之一。她并不常读书。这并不是因为老花眼，她年轻时也是这样。与读书相比，她更喜欢与人交谈。但威廉明显不是，他本来是个书斋里的人，如今从书斋走出来，只是想见到她。

楚雅如就沉默下来，生出被迫陪客人而浪费时间的寂寞。

这样想着，楚雅如却不好意思扫威廉沉浸在爱情中的雅兴。她是一个温婉的女人，不会让别人尴尬，就转一个弯，问威廉："你有没有寂寞的时候？"

"有呀，"威廉说，"当我见不到你的时候，我会感到寂寞。"

这句话倒引出了威廉谈话的兴趣，他便坐直本来靠在沙发上的身体，兴致勃勃地说起来。

他说人生好奇怪，在原来的婚姻中，他并没有感到寂寞。那时他看书，看电影。回到家，凤已经做好饭。他们就在宽大的桌子旁坐下，说一点无关痛痒的话，就像马路上随时可能遇见的人，聊两句有关天气的话。

有时凤也有新闻。

"你知道吗？燕燕的丈夫对她很不好，还在外边养了外室。"她张大眼睛，很兴奋地告诉他。

但这与他有什么关系呢！他不喜欢这样的话题。

"是吗？"他刚想这样说话，却连同米饭一起咽下去了。

这样说无疑鼓励她，把这个腐烂的话题继续下去，耳边会传来更多的噪音和污染，干扰他平静的心情。他于是只管低头吃饭。

没有对手，凤也会感到寂寞。其实她很久以前就知道威廉是不爱她的。当年若不是威廉孤身一人寂寞难耐，也不会与她结婚。说到底，她只是坐船来加拿大的难民，而威廉，是坐飞机来的，是让她敬仰的大学教授。

但这样的生活，威廉并没有感到寂寞，因为他不想说话就不说。他有满满一室的书要读，还有一些文章要写。没事时他会独自去图书馆，看电影。楚雅如就是他在看电影时认识的。

那天是泛亚电影节。楚雅如本来说好同怀素一起去，怀素却抽不出身。新移民的生活，比楚雅如刚来时难得多。魁北克这几年失业率又高。怀素说老板让加班，本来头昏昏了，只等着下班去看电影，如今却不敢拒绝老板，失业可不是好玩的。

楚雅如就一个人去了，买票时，遇见了威廉。

威廉看见一个头发花白的亚洲女人，正在翻看手中的电影日期单。她保留了白头发，并没有像怕老的女人们那样，染成漆黑一团。她穿着亚麻色的长裙，闲闲地半靠在栏杆上，好像慢慢的时光就是她，她就是慢慢的时光，不着急，也不松懈，不匆忙，也不动摇。

他忍不住要同她说话。

"嗨，今天天气真是好极了。"他说。

凤是个乖巧的女人，知道看他的脸色，会适可而止。他吃饱饭，站起身，施施然走进书房里。残羹剩饭他是一律不管的。他进了书房，读书，写信。他过他自己的生活。他并没有感到寂寞。那时他是浑圆一体的，身心没有空缺。

因为那时爱情是沉睡的，他想。当爱情沉睡，他亦承认年老如他，很难找到爱情，于是他便清清静静地生活。他不知道爱情并没有遗忘他，还会在电影院的售票口等他。

他看到楚雅如时，很有点一见钟情。她不仅风度翩翩，还说一口流利法语。这在亚裔移民中很少见。

"我喜欢看这个，关于瓦格纳的生平的纪录片。"他向她推荐说。

"瓦格纳，也是我喜欢的。但是听说至今犹太人还是不喜欢他的音乐，并且禁演。你以为音乐是不是没有国籍的？"她说。

"当然。"他说，"有一句话说得好，音乐是没有国籍的，但音乐家是有国籍的。比如肖邦的爱国主义。"他一高兴，就滔滔不绝起来。这位女士不仅风度好，脑子也很好。他喜欢色艺双馨的女人。

他们就这样走进同一个影厅。随后的几天，他们也结伴同行。

威廉失眠了，每天晚上，满脑子里都是楚雅如的影子，甚至还能听到她说话的声音。幻影移动了。楚雅如无处不在。威廉知道，自己有麻烦了。

但威廉是个勇敢的人。他这样对自己说："年龄老了，去日无多。我是不是还要守着凤这样无趣的人过完人生？"

在最后一场电影结束时，他的手掌出了汗。他决定伸出这个手掌，不然，今夜他又会失眠，他会因为自己的懦弱而责备自己。

他颤颤地拉住了楚雅如的手。

楚雅如没有缩回她的手，却用另一只手捂住了惊讶的嘴。

现在威廉却常感到寂寞了，尤其当他一个人在公寓里时，他会想起楚雅如，这时他就会感到寂寞难耐。他以为看书能让他平静，却不能。他以为写信能让他平静，也不能。时光无声逝去，他的心焦躁不安。这时，他就会打电话过去，但楚雅如并不是每天都想见他。

"爱我少一点。"终于有一天，楚雅如这样对他说。

他知道为什么。自从在咖啡馆里马修扬长而去，他们之间晚间的问候也变得简短很多。以前每晚电话道晚安时，他会说，我爱你。楚雅如会说，我也爱你。但经过那次谈话，楚雅如不再说这句话。

"我欣赏你,我相信你,我爱你。"他最后说,"我愿意改变我自己。"他像一个20岁的痴情少年那样说。

他已经不再奢望她会做他的妻子,即使在他从和凤的家里搬出来,住在离楚雅如家一个街区的单身公寓之后。

二

楚雅如对威廉这种炽热如火山喷发的感情很不适应。

在经历了两次婚姻和数次交友之后,楚雅如对人生的认识早已与众不同。单身的女人扎堆在一起,大多谈论如何交往男友,好像人生中除了男人之外,其他都是附庸。女人的一生一直向前走,都是朝向男人的。楚雅如不这样想。楚雅如在自己的经历上圈圈点点,最终总结出:女人往前走,遇见的不是男人,而是自己,只有自己是自己的终身伴侣。确定了这样一个人生观念,楚雅如对男人的依赖立刻锐减,好像从一个茧中蜕出了,变了蝴蝶一样,立刻就变成了不一样的女人。

这个对女人的认识问题,其实是威廉和楚雅如之间最重要的问题。威廉虽然叫着洋名,其实是个第二代的华裔;楚雅如倒是有着一个中国名字,却是个由里到外都西化了的中国女人。

导致楚雅如必须说出自己的想法的，正是那天发生在咖啡店里的事情。

那天楚雅如约了马修喝咖啡。马修一度是她的上司，如今住在老人公寓中。威廉很希望认识更多楚雅如的朋友，所以楚雅如也约了威廉。威廉来得稍早，于是他看见楚雅如正姗姗来迟的情景。楚雅如穿一身淡蓝色的长衣长裤，挽住马修的手臂，正缓缓走在繁茂的树荫之下。两个人不知在说什么，说到兴头，楚雅如开怀大笑，笑得花枝乱颤，一个包着印花纱巾的头歪在马修的肩上。

这两个人，完全就是一对情投意合的伴侣。威廉的心好像被刺中了一样。

他很不快乐。聪明的马修立刻就看出来了。所以在沉默地喝了半杯咖啡之后，马修一拍脑门，恍然大悟地说："我突然想起我还有另一个约会。"

马修摊开手，做出一个戏剧性的姿态，好像在演戏一样。

马修知趣地退场后，楚雅如和威廉第一次相对沉默。

"你就是喜欢西方男人，是不是？"威廉开门见山地说，气愤让他不再扮演绅士了。

"我只是想挽着个手臂。"楚雅如说。楚雅如是个老牌好莱坞电影的追随者，只要身边有男人，她就会挽着男人的臂弯。

"那你为什么不挽我的？"威廉说。

"你……对我来说，有点矮。"楚雅如说。这样说时，她自己都感到了刻毒。威廉是很在意他的形象的，照相时，他喜欢站在高一节的台阶上。

威廉的脸色立刻黑了下来。

"好了，好了。"楚雅如息事宁人地大笑着说，"上帝造人，是让我们快乐，不是让我们愤怒。"

楚雅如的笑其实是可以分成几种的。当她想化解矛盾时，笑声很大，有点夸张，有点化装舞会般的矫饰。

威廉沉默了一会儿，然后说："我是无条件爱你的。如果你需要一个器官，我会捐给你。"

"你这并不是无条件。无条件的意思是什么都没有，而你是有的。"楚雅如说。

"我没有。我有的只是爱。"

"你有的。就像你坚持我做你妻子一样。你要我的自由。"她叹口气说，"这是最大的条件。"

"啊，原来条件可以这样来理解。"威廉说，"可是，那是因为我真心爱你，我才会真心要求你做我的妻子。"

"可是，做别人的妻子，是要牺牲自由的。"楚雅如这样说。

他们相识不久后，有一天去商店买东西。一个金发碧眼的售货员看到他们，以为他们是白头偕老的一对。

"先生，你妻子挑选的樱桃在这里。"他说。

这句话让威廉感到喜悦。

"我喜欢别人说你是我的妻子。"威廉兴奋地说，脸上放射着光彩。

那时楚雅如以为他是因为爱情。但有一天威廉说："像我们这样的年纪，还被人男朋友女朋友这样地叫，别人会认为我不是正经人。"

楚雅如不以为然。楚雅如一辈子都被人这样叫的。早前的男友约瑟，他们交往了近三十年，没结婚，两个人住在各自的房子里。人与人的关系不要太亲密，太亲密了就没有空间了。

三

对一个男人来说，女人说以下的话对他的自尊心是一种伤害，但楚雅如还是忍不住这样说。

"那你就去嘛。"她淡定地说，"你甚至不必说不，也不用在是与不是之间思索。你只消穿上你的西装，扎好你的领带，把皮鞋打得锃亮，然后约上她，找一家法国餐馆吃上一顿，看看她到底要干什么。"

这是威廉第 N 次说有人喜欢他之后，楚雅如的回答。这次是一个阿尔巴尼亚女郎，在药房工作。每次威廉去买药，她都会热情洋溢。

"我们一起去喝杯咖啡怎样？"她摇着一头波浪般的金发，一双大眼睛目不斜视。她穿亚麻色低胸的上装，看起来又职业又开放，这种职业妇女的开放，更增加了她的魅力。

威廉拎着一根拐棍，站在玻璃板的那一边。最近他的腿不太好，医生说是膝盖有问题。

"开始老化了。"医生说。

威廉说他一路都在想阿尔巴尼亚女郎的邀请。他一开始不太明白她为什么看好他，但后来他确定了。"我是有魅力的。"他对楚雅如说。

楚雅如莞尔一笑。从现实生活的角度说，楚雅如比威廉经验丰富——那女郎不过是想解决身份问题，这样的事情并不少见。威廉看上去书呆子一个，眼睛却闪闪发光，一看就是不服老的那种人，而他又的确老了。这种人容易上当，年纪又老，是一个不坏的选择。不过威廉不这么想，他认为自己心灵二十岁，头脑四十岁。身体老一点，但他依然有旺盛的精力和爱的能力。他爱楚雅如，但楚雅如对他的若即若离，让他很难过。

　　威廉从楚雅如的态度里看出许多问题。第一个问题是楚雅如还没有遗忘去世不久的男朋友约瑟。她甚至还同约瑟的女儿交往。这是他不喜欢的。"她又不是你的女儿，何况约瑟已经去世。翻过一页就是一页。"威廉这么说时好像十分潇洒。

　　第二个原因，他认为楚雅如过于西化。有一天他在楚雅如家的沙发上坐着，黑人乔治来敲门，居然送了一盆花给她。

　　"一个男人给女人送花，除了爱慕还能有其他的解释吗？"威廉固执地说。

　　乔治是楚雅如刚到魁北克时学法语的同学，是个园丁。前几年都是约瑟和乔治一起料理楚雅如的花园。

　　"他是个好人，做事又细致。"楚雅如说，"有时他工作晚了，我会请他吃个饭再走。"

　　"吃饭？"威廉更加生气起来，"那就更不像话。一个女人和一个男人在房间里吃饭，难道就仅仅是吃饭这样简单吗？吃饭是不是还要再喝一点红酒？喝了红酒是不是还要跳舞？跳了舞是不是就更有吸引力了？"

　　楚雅如也生气了："你在说《廊桥遗梦》的故事吗？"她气得两道眉毛耷拉下来，脸也板板的。

　　"我们只是一般朋友，没有别的关系。"楚雅如声明说。

　　但威廉不相信。他是靠逻辑推断的。

"抛开你的逻辑。"楚雅如说,"生活就是生活,可以很简单,没有你想的那么复杂。"

在他们的关系中,威廉是那个企图抓住不放的人,而楚雅如是天上的鸟。

"你并不爱我,"威廉说,"如果你爱我,就应该同我结婚。"

"我不想再结什么婚了。"楚雅如叹口气说,"几十岁的人了,还是简单快乐的生活好。"但威廉坚持要结婚。在外面,他常说楚雅如是他妻子。有一天在电影院里,一个男人跟楚雅如搭话,问哪个厅上演什么电影,威廉就很不讲理地说:"有人想偷走我妻子。"

楚雅如不理解他为什么这么没有安全感,以前他跟凤过日子,骄傲得很。

"因为你是我唯一的爱人。"威廉甜言蜜语地说。这个时候,威廉就显示出他在法国生活过的本性。威廉在西方混迹四十年,从法国到美国,从美国到加拿大。而西方男人的好处之一,就是甜蜜。

自从楚雅如明确表示她不会嫁给他,威廉就开始时常有艳遇。

"最近,袁女士又约我喝咖啡。"他说。

他总容易遇到一些女人对他有好感,他这样说时用眼睛瞄着楚雅如脸上的神情；他在自己不能平息的嫉妒中挣扎，也希望楚雅如能够产生嫉妒的心情。

威廉的嫉妒让楚雅如感到窒息。她学会了掩盖，甚至撒谎，比如她去给约瑟扫墓，或者参加约瑟女儿的生日派对。甚至今日威廉新买了一辆别克车，黑色的。"真是巧，马歇尔生前的车也是别克，黑色的。"楚雅如话到嘴边又咽了回去。她不能说，如果说了会很麻烦，快乐的气氛就会立刻降到冰点，或者威廉会赌气去换另一部车。

这是爱吗？楚雅如有时很困惑，她一生嫁过两次，也爱过别的男人，但在两性关系上，从未遇到过这样的困惑。

"这才是爱。"威廉很肯定地说，"没有嫉妒的爱是虚假的，不真实的。嫉妒是爱的试金石。"

"嫉妒不能给人快乐，而爱是为了快乐的。"楚雅如说。

"爱是排他的。"威廉说，"爱是唯一的，这是爱的定义。"

威廉为她疯狂。但楚雅如在这样的爱中，越来越改变了自己。爱没有给她翅膀；相反，爱像一座大山压迫着她，让她的自由越来越少。

她想起小时候爷爷和奶奶的故事：年老的爷爷和奶奶常年坐在院子里晒太阳，像两个向日葵，只是爷爷不能看不到奶奶，一转眼看不到，爷爷就说奶奶跟别人跑了。

是嫉妒还是依赖呢？楚雅如那时认为是依赖。

"那就是爱呀。"威廉叹口气说，然后用手抚摸着楚雅如的后背，"你真是个不幸的女人。"

"为什么？"每到这时，楚雅如就很警惕。

"因为你从没遇到过爱，所以你困惑。你不懂什么是真正的爱。"

"真正的爱是什么？"楚雅如有些抵触地问。

"真正的爱就是你爷爷对奶奶的控制。"威廉这样说时，握紧他的拳头。他个子小，手也不大，但因为他眼中时常闪烁的强烈的火光，他成为一个很有气势的人。

"脾气还挺大的。"楚雅如心里想。

威廉有时会因为一点小事而激动，比如去看电影，他泊车时遇到施工工人让他把车开走，他就会气愤起来，拒绝开走，而且指责工人对他不够尊重。

每当这个时候，楚雅如就会沉默不语，实在不能忍受了，就会打开车门下来，独自走开。

"你为什么走？"威廉拎着拐杖，像拎文明棍一样，一路走得飞快，"你是不是以为我丢人？"

楚雅如只是沉默。既然他知道他丢人，为什么还去做？

"我有我的道理，我是有理的。"威廉拦着楚雅如说。

"我不想在马路上谈论这个。"楚雅如垂下双手，无奈地说。

　　威廉便住嘴。他虽然自视甚高，却也不敢妄自尊大。说到底，在他们的关系中，爱情是主题。

　　其实威廉也陷入了一个怪圈。他感到嫉妒也在摧毁自己，尤其当他阅读楚雅如的作品时。楚雅如最近去参加了一个创造性写作班，她开始写诗歌。

　　"除了写发生过的事情，我还不会纯粹地抒情。"她说。她开始写抒情诗歌，写爱恋的幸福，也写失恋的痛苦。

　　"你是这样一个有丰富情史的女人。"威廉一边读诗，一边心酸地说，"与你相比，我就是少年维特。"

　　"可你也是有过两度婚史呢。"楚雅如说。

　　"可是我从未爱过，你是我的初恋。"

　　楚雅如用手捂住自己的嘴，她不想喊出声音来。

　　这样说之后，威廉越来越感到自己的无辜，他如此爱楚雅如，却得不到回报。于是他越来越嫉妒了。

　　"嫉妒是不好的。"天主教徒楚雅如说。

　　"但嫉妒是人的本性。"无神论者威廉说。

　　关于嫉妒的话题，他们僵持了很久，一直理不出头绪。到后来嫉妒成了他们交往的考试，楚雅如在这样的试卷中保持着空白。她开始不再说很多话，她看着爱情的天使慢慢飞走了。

四

冬天来到的时候，楚雅如作了一个重大的决定，她决定要把房子卖了，搬到老人公寓去住。她的身体很好，没有什么问题，这样的决定让很多人惊讶。楚雅如心里知道是为什么。她看到约瑟临终时的凄凉——生病到离世，只有两个月。房子被儿女们卖掉，他平日里喜欢的东西，被陌生人拿走——楚雅如决定自己解决问题。

楚雅如看到约瑟到阿尔卑斯山时穿的蓝色防寒服，想起那年他们一起去滑雪时约瑟的英姿飒爽——那衣服上还有他们拥抱时的体温呢。楚雅如心酸地想，但她却不会要求留下它，她看着不相干的人把它拿走。

楚雅如要主宰自己的命运，要主宰自己的所有物。她开始不紧不慢地处理东西——书籍，衣服，装饰品；这些东西对谁有帮助，就送给谁，没有人适合的，就捐给慈善公司。与此同时，楚雅如开始寻找老人院，威廉对这个也感兴趣，他希望能同楚雅如住在一起。

"我不会打扰你。"他说。

"但是我不同意。"楚雅如说。

如果两个人生活在一起会是怎样呢？想到房间里突然多出一个人，他会在你身后看着你，即使是满怀爱意的眼神，但终究是别人的眼神，而且在身后。楚雅如不禁打了个冷战。

"遇见你，我的幸福指数由零上升到一百分。"威廉情意绵绵地说，"你呢？"

"我吗？"楚雅如认真想一想，那时他们刚刚开始交往，楚雅如还没有感到寂寞，"九十到九十五分，可以吗？这么说吧，以前我是快乐的，现在我是幸福的。五个点，说明两者不同，足够了。"

"你是在用理智爱。"威廉有些不满地说。

"理智不好吗？感情太多伤身体，我们都偌大年纪了。"楚雅如说。

他们会在字词上纠缠，也会在感情上纠缠。他们不像两个老人，相反好像两个不知世事的青涩少年。

"也许我唯一的错误就是爱你太多。"威廉很悲哀地说，"但爱也是错误吗？"

"重要的是我们不平等，爱情总是不平等的。"

这完全是他未曾见过的课题，他想。

他的第一个妻子是患脑癌去世的。她本来就是不爱说话的，很爱他，非常爱，给他做饭，给他生儿育女，话不多，却爱笑。无论他说什么，她都笑，笑里含着无限爱意，好像他是一个永远高大正确的英雄。也许她那时就有脑癌了，他后来想，只是他们不知道。

第二个妻子，就是凤，也很东方，请求他娶她时，只是哭，说："朋友们都知道我们在一起了，你若不娶我，我就是人们眼里堕落的女人。"

威廉从未见过像楚雅如这样的女人——有头脑，有感情，有一双媚眼，有一整套自我实现的生活方式，而且，还能指导自己。

"我有两个博士学位呢。"威廉说。他是经济学和哲学博士。经济学在美国读的，哲学在法国读的。

"可是你的博士学位都不能指导生活。生活是另一回事。"

"你好像是个博士导师。"威廉笑。

"人生哲学并不一定需要上学。我在生活中学习。"楚雅如说。

在楚雅如的眼里，威廉是个住在象牙塔里的呆板的人，不爱笑，也不爱开玩笑。

"你应该学会笑。"她说。她让他在书桌旁放一面小镜子，练习笑："笑是对生活的态度。"

楚雅如周末去学唱歌，第一项，老师就是让他们笑。

"张开嘴笑，只要你可以呼吸，就可以笑；可以笑，就可以歌唱。"老师这样说。

楚雅如就笑，她笑得很欢快，好像回到年轻的十八岁。笑完她顿了一下，她很惊讶，好像好久没这样笑了。"是我的生活让我不快乐了吗？"她反问自己。

楚雅如从来都是不寂寞的，然而现在，楚雅如却是寂寞的，尤其当威廉在她身边时。楚雅如根本没想到，当她年老之时，还会有人这样地爱她，爱到丧魂失魄、不知如何是好的地步。这让她开心，同时也让她烦恼。身边有个绅士是件好事，但如果你不再爱他，就成了负担。

楚雅如是个漂亮的女人，但生不逢时。那时她还在大陆，第一次婚姻的对象是个退伍军人，总说她是小资情调。所以后来走不下去，也在情理之中。第二次婚姻是个英雄救美的故事，"文化大革命"时楚雅如处境艰难，全凭他的仗义维护。报恩或者寻求保护，总是缓兵之计。好在当楚雅如认识丹尼之后，丈夫放开了她。这让她常想起那个老歌——《放开我》：

放开我，我已不再爱你

放开我，让我再爱一次……

但是寂寞到底是什么呢？楚雅如用她丰富的情史诠释这个词——寂寞就是不再爱了。不爱了，才会在面对他时感到寂寞。

"天好冷。"威廉说。这几天这个城市好像被冰冻住一样，树枝上都结满冰雪。

"其实你应该去佛罗里达。"楚雅如说。威廉的女儿在那里。

"我不知道我是不是应该去。"威廉挣扎着说,他听出了楚雅如的画外音。他感到他的心在寒冷中缩紧,他抱住臂膀,好像要温暖自己一样。

"我舍不得你。"他挣扎说。好像一个溺水的人,在用尽全力高喊救命。

"这要看你认为健康和爱哪个重要。如果你的身体重要,你就应该去。但是,如果没有了健康,那又怎么能谈到爱呢?"楚雅如眼睛盯着窗外,仿佛自言自语地说。

威廉也盯着窗外。窗外的树上结满了冰,形成了美丽的树挂。这树挂有好几天了。这个城市的冬季,平均每天日照时间是三小时。这就意味着,很多天都是没有太阳的。太阳却在这时露出笑脸,树挂在太阳的笑脸和渐渐和煦的风中轻轻摇晃,不几时,就开始显出树枝被湿润的黝黑色。昨日那美丽炫目的冰挂,转瞬就烟消云散了。

威廉和楚雅如都陷在寂寞之中。他们坐在对方的对面,无言地寂寞着,因为爱情那矛盾而复杂的多面性。

天空最后一丝光正在飞走。其实按照光速计算,当我们看到它的时候,那光源自身早已消失了。

这地方 过日子，

媳妇就是半壁江山。

纽约春迟

陈九

陈九，旅美作家。作品散见于《人民文学》《花城》《江南》《小说月报（原创版）》《上海文学》《作家》《散文》《星星诗刊》等杂志。主要著作有小说集《纽约有个田翠莲》《挫指柔》、散文集《纽约第三只眼》《曼哈顿的中国大咖》《活着，就要热气腾腾》、诗集《漂泊有时很美》等。曾获第14届百花文学奖、第4届"《长江文艺》·完美（中国）"文学奖及首届"中山杯"华侨文学奖等。

一

我在楼上，老鲍在楼下。可以听到咚咚的撞击声，还有老鲍粗粗的喘息。几次欲下楼，想到他的交代又止步。老鲍是管儿工，专修水管。

那天家里发水，济南趵突泉呲地搬到我家。太太惊呼："九哥呀，地下室发水啦，快来呀！"太太打搞对象起就叫我九哥，一直没改。我建议她改称九爷，被断然否决，她说还不想当九奶奶呢。听她一叫我也慌神儿，说："发水这事九哥也没办法，要不咱因势利导撒把鱼苗如何？"太太怒斥："就知道臭贫，还不赶紧看报纸找广告叫师傅来通呀。"我连忙翻出《侨报》，胡乱挑个广告扎进去，正是老鲍。

电话里的老鲍京腔京韵，令我不解："你怎么说北京话？"

"我北京人干吗不说北京话？"

"你为什么是北京人？纽约干这行的华人不净是广东、福建人吗？"

老鲍一听有些不乐意，说："您有事没事，没事我挂了。"

我这才想起自己的使命："别，别别，我只是喜出望外，我也是北京人，就住东四九条。"

"哪儿？"

"东四九条，原来的纳兰府。"

"门口有棵老槐树？"

"哎哟喂，您哪儿住家呀？"

"钱粮胡同，您斜对过儿。"

约二十分钟，老鲍到了。他个子不高，模样比声音苍老，稀疏的花白头发枯草般散落双鬓。没听我细说，他已提着一堆工具朝地下室走去。我紧随其后，想给他搭把手，被拦于楼上："您别下来，跟这儿等着，我一会儿就得。"令我不解的是，干这种粗活，老鲍怎么还戴一副乳胶手套？好像他不是来通水管，而是发掘东汉古墓。

等来等去，时间开始放慢，像迷途的司机犹豫不定。我趁机溜进厨房，想对太太突然袭击来个"掐点儿"。不好意思，"掐点儿"就是从背后拦腰抱住，掐住她的"点儿"。我相信每对儿夫妇都有自己的一套，谁也甭装。没想到太太的情绪此刻不在服务区，一晃肩膀甩开我："闹什么，快去看看人家通得怎样了？"

"他说不让我下去的。"

"噢，他不让去就不去，挺听话的嘛。你要这么听我话就好了。"

正调笑，只见老鲍用螺丝刀挂着一串长长的物件走来。

"瞅瞅，就这东西把下水道堵住了，费好大劲才掏出来。"

还没等我看清是什么，太太冲了过去，边冲边数落："肯定是我先生扔的什么乱七八糟，说过他多少次，他……"

声音突然停顿。我定睛一看，原来是条女人的长丝袜。我窃喜，九奶奶呀九奶奶，这回可让我逮个正着。咳咳。我先咳嗽两声清清嗓子，刚要开口，太太红着脸说："这才不是我的。"

"不是你的是谁的？"

"是你九哥的！"

"什么，再说一遍？老鲍，你给评评，有男人穿这玩意儿的吗？"

老鲍张开脸笑，他的脸舒展时，能听到皱纹打开的嘎嘎声。他的微笑很像叹息，刹地一下，刚到喉咙就缩了回去。他说："跟自己媳妇儿较什么劲呐，人都是你的，东西能不是你的？拿她当孩子不完了吗？"

这话让我浑身松软，充满陷溺感。我们坐了下来。

"老鲍啊，真巧，咱竟是街坊。钱粮胡同我那时天天走，里面有条小巷正对隆福寺后门，可以抄近道儿。"我徐徐开聊，"东四六条胡同口的上海裁缝，手艺虽好价钱太贵。七条合作社的胖大妈，孩子们下学都找她——大人上班，胖大妈卖酱油兼义务幼儿园。还有十条胡同口的委托行，那时想买洋货就得奔委托行。"

"您还记得那家委托行？我们家当年就靠它过日子。"老鲍说这话时屁股离开了沙发。

一聊才知，老鲍祖籍并非北京，而是台湾台中市。他父亲早年为抗日瞒着爹娘跑到北京，当时叫北平，阴错阳差进了协和医学院，毕业后娶妻生子，在北京东四北大街与钱粮胡同交口处开设"平安医院"。新中国成立前后，老鲍父母带着他大姐回台奔丧归途受阻，老鲍和二姐就自己在钱粮胡同长大，生计全凭变卖家产，所以他说"靠委托行过日子"。那时老鲍不过四五岁，二姐也就十来岁。这么小的孩子自己谋生，我心里不由一阵空旷。"平安医院"我全无印象，只记得路边有座三层小楼，老鲍说那就是他父亲的医院。

后来我曾打电话给北京的老母亲："您可记得平安医院？"

"记得。纳兰家最后的格格纳兰大姑服毒自尽，就在平安医院抢救。"母亲对纳兰大姑的印象似乎更深。

不知不觉街灯初上。我对老鲍说："光顾聊了，连茶也没给您沏。干脆您跟这儿吃，咱炸酱面，摊个鸡蛋再切盘儿蒜肠。我有二锅头，一块儿喝点儿。"

太太也劝他："是啊，五分钟就得。"

老鲍脸泛红润，似被说动。我刚示意太太准备，老鲍突然变卦，说："我得赶紧回去。"接着摇摇手，稀里哗啦开车走了。

"你看？"我迷惑不解。

太太说："原以为就你不正常，看来胡同出来的都一样。"

二

我家曾有个常联系的管儿工老蒋，好饮酒，每饮必醉，几次找他都因酒醉无法开车而作罢。这下好了，遇上老鲍，还是咱北京街坊，对我来说其意义远大于修水管本身，颇有他乡遇故知的惊喜。怀旧是漂泊者的通病，每谈及往事，总不免提及老鲍。太太开始还好奇，对胡同故事颇感兴趣。虽说她也是北京人，但在校园里长大，没住过胡同。胡同是北京文化的根，没住过胡同能算北京人？纽约华人移民能算纽约人吗？恐怕够呛。纽约人喜欢吃纽约热狗，像北京人爱喝豆汁儿一样。你问问，这里华人有几个好吃那玩意儿的，酸不溜丢的。

　　但什么事说多了定招人烦。那天提到老鲍又讲起胡同的事，说的是纳兰府后院儿有只野猫，那野猫……，刚说到这儿，太太忍无可忍："打住，怎么连野猫都出来了，我看你就像野猫，整个儿一胡同串子！"

　　"嘿，胡同串子怎么了？胡同串子做人懂规矩有原则。赶上薄情寡义的，为了钱能把你卖了信不信？"

　　"哟，你还不够薄情寡义呀？什么时候你像念叨老鲍这么念叨过我呀？干脆娶他做二房算了。"

　　"有你这么说话的吗？怎么连老爷们儿的醋都吃。你要真给个名额咱得好好挑一个，别再给名额糟践了。"

　　"好哇你陈九，臭流氓。老娘我还不侍候了，今天不开伙！"

　　就在"不开伙"当天傍晚，洗手间马桶坏了，抽水后依旧哗哗猛流，让人倒吸一口凉气。我俩都傻了，大眼儿瞪小眼儿。

　　我说："别耽搁，有什么要洗的赶紧拿来洗，特别是长丝袜，这可是活水，当年西施浣纱也就这意思。"

　　气得太太大叫："还不给老鲍打电话，让他赶紧来呀。"

　　"来，来干吗？"我故意逗她，

　　"来，来，来上学，

　　学，学，学文化，

123

画，画，画图画，

图，图，图书馆，

管，管，管不着，

着，着，着大火，

火，火，火车头，

头，头，大奔儿头。"

"是来当二房还是修水管呀？您得明示。"边说我边给老鲍拨电话，"老鲍呀，不行了不行了，马桶成尼加拉大瀑布了。"

老鲍在电话里让我别急，先把马桶底下的阀门儿拧死，他一会儿就到。我赶紧猫腰关上阀门儿，屋子咣啷静下来。

这次老鲍干完活儿，我本没想留他，刚跟太太拌嘴，死活兴奋不起来，没有聊天儿的欲望。聊天儿是一种欲望，跟食色相同，只有饥渴才能尽兴。但老鲍看上去并无马上就走之意。他仔细向我讲述马桶的原理，水为什么流不停，下次再发生先怎样后怎样，听得我一头雾水。

我突然想起他上次匆匆离去，说："你那天怎么话没说完就撤了？"

老鲍面带歉疚，表情婉约得像女人："嗨，那天我突然想撒尿。"

"那你撒呀。"

"我不愿用别人家厕所，怕人家嫌。"

"这你就见外了不是，我欢迎你用，欢迎欢迎，热烈欢迎。"

老鲍咯咯笑出声，这笑声让我无法催他走。

我正要给他沏茶，他连忙阻止我："别沏了，给我瓶矿泉水就行。"

我们坐下，窗外寂静，远处灯火轻轻吟唱。我心里深为此时不能留老鲍吃饭惭愧。咱什么都行，就不会做饭。太太正看准了这点，一吵架就以此要挟并屡屡得手。

老鲍未觉出我的尴尬，神情松快，笑容似乎也浸着水色。他说，年轻时他也想上大学，可家里没钱，就上了护士学校。毕业时因父母在台湾，成分不好，被分到远在新疆鄯善的县医院工作。

"鄯善，传说的古楼兰？"

"没错，可不就那儿。"

在那里他结了婚，有了两个女儿。父母去世后，移民美国的大姐牵挂一对弟妹，十多年前给他们办了移民，从此定居纽约。谈话间，老鲍仍戴着乳胶手套，像考古学家，这与楼兰古国倒蛮贴切。他几次提到两个女儿——老大婚后随先生移居法国，老小读大学，跟他一起住。

我不禁问："太太呢？"

老鲍犹疑了一下："离了。"

"离了？"

"她妈这人心眼儿倒不坏，就是二百五。'文革'时红卫兵非说我里通外国，她妈也跟着哄，晚上连觉都不让我睡，逼我说清如何向台湾提供情报。我一气之下离了婚。现在她一个人还在新疆，我带孩子在纽约。我英语不行，就靠给人家修水管为生。"

我们的谈话渐渐热络，像两根木头架着烧，把屋子烤得暖起来。我实在难忍心中郁闷，说："对不起老鲍，不是不留您吃饭，刚跟媳妇吵架，她正罢工呢。我媳妇也有点儿二百五，说不起伙就不起伙。她可以不吃减肥，我怎么办？哪天急了也休了她！"

老鲍摇摇头，颇显沉厚："兄弟，别跟自己媳妇怄气。这地方过日子，媳妇就是半壁江山。美国几亿人咱认识谁，谁认识咱呀？"

我频频点头称是："下次，下次您来咱好好喝一回。按说现在正是香椿下来，老鲍，还记得咱北京胡同的香椿芽炒鸡蛋卷春饼，外加绿豆粥，什么劲头？"

"是啊，"老鲍接过话头，"纽约的椿树很多，全是臭的，从来没遇到一棵香椿，难怪人家说一方水土一方人。"

三

老鲍走后很久未见。我家水系统进入相对稳定的历史时期，西施浣纱或撒鱼苗景色再未浮现。用洗手间时我甚至会陷入遐想——马桶哗哗流不停，太太呼曰：关关雎鸠，在河之洲。我对：窈窕淑女，君子好逑。又曰：蒹葭苍苍，白露为霜。再对：所谓伊人，在水一方。

正胡乱思想，厨房传出太太的怒吼："你掉进马桶里还是怎么着？专拣吃饭时蹲厕所。"

我赶紧提上裤子冲进厨房，刚要端碗，被其一把夺下："洗手了吗？说你是胡同串子还不服，土得掉渣儿！"

我牢记老鲍教导，不跟她怄气："你算什么半壁江山，火山，说喷发就喷发，搞得咱家像庞贝古城，我都快成石膏像了。我要成石膏像看谁来掐你？"

"去你的！"太太看上去若有所思，"九哥，你倒提醒我了，老鲍不也需要半壁江山吗？"

"对呀！你要认识个什么老太太，赶紧给介绍介绍。"

"慢。"太太一个"慢"字透出运筹帷幄的威严。她说："六十多岁人，与其娶老太太，不如夫妻复婚。跟谁凑合不如跟孩儿她娘凑合，完璧归赵嘛。"

"哎哟，"我大吃一惊，"你太神奇了，简直是神仙奶奶。

就按你说的办。你不是跟老鲍的小女儿真真通过电话吗？这么着，你们单线联系尽快促成，这可是积德行善的好事。"

纽约春迟。过去听人常说，清明前后种瓜点豆。在纽约，清明前后既无法种瓜更不能点豆，天气很冷，下雪都说不定。那是个周六早上，我蜷在被窝儿里像只蚕蛹不肯出茧。这是最美妙的时刻，半醒半睡无忧无虑，被窝儿就是我的天堂。这时楼下门铃乍响。谁呢？也不先打个电话。我丁零当啷下楼开门。哟，没想到竟是老鲍。他双颊赤红额头浸汗，双手捧个大盒子。

"您这是？"我疑惑。

"香椿！"他的音调像绷紧的琴弦，咚咚作响。

香椿？我仍没闹懂怎么回事，当初说过香椿的事早忘了。

"这是我二姐刚打北京带来的，钱粮胡同院儿里的香椿苗。"

"什么！"我如梦方醒，注意到他胸前纸盒里有两棵树枝，底部带泥土，外边包着塑料袋，"这是钱粮胡同的香椿？"

"没错。"

"这……太不可思议了！"我四处张望下意识寻找纳兰府的位置，真是梦里不知身是客，"快说说，你怎么搞到这东西的？"

我赶紧把老鲍让进屋，为他沏了上好的涌溪火青。他却说:"不喝茶,来瓶矿泉水吧。"

我马上想起上次他来时也要矿泉水,还戴着乳胶手套。眼前的老鲍居然还戴着同样的手套。我纳闷儿,今天又不干活,戴手套干什么?本想问,话赶话就岔了过去。老鲍说,自打上次我提到香椿芽炒鸡蛋,他就动了心,非弄几棵钱粮胡同院儿里的香椿苗来不可。正赶上他二姐回国探亲,他们制定了几种将香椿苗带入的方案。一共六棵,四棵被海关查获,仅这两棵成功登陆。

我激动万分,说:"咱俩一人一棵,别都给我。"

"哎,这不行,活得成活不成还不知道呐。您先种着,等长成再给我不迟。"

"瞅瞅,这怎么话儿说,您费这么大劲儿都给了我,实在是……"

老鲍把手哗地一扬:"兄弟,咱不说这个,赶紧种起来,别耽搁了。"

哇,看来思乡不光是白发三千丈,汴水流泗水流,它分明是看得见摸得着的能量,愣把胡同的香椿苗魔幻般移到纽约庭院之中。望着刚种好的香椿,我有种错觉:后院的门紧挨着当年的七条合作社。我扒着篱笆往外看,啥也没看到,但依稀听见胖大妈边卖酱油边对我们吆喝的声音。头一回收获香椿芽那天,太太说给老鲍打电话,让他来尝尝香椿芽炒鸡蛋，外加春饼绿豆粥。"不知我做的对不对味儿？"她有些犯嘀咕。可电话打过去没人接，座机、手机都没人接。

"不对呀，老鲍指着电话做生意，不会不接呀。要么给他女儿真真打个电话，对了，她爹妈复婚的事怎样了？"

太太叹口气说："真真没吭声，根本不接茬儿。"

太太边说边拨打真真手机，通了，还是没人接，响到最后总是留言。我们留了几次言，心存疑惑地吃完饭，连香椿芽炒鸡蛋的味道也没大品出来。

那天都很晚了，已经躺下，突然电话大作，像爆炸一样，震得我恨不能把全世界的电话都砸个精光。太太抄起电话，脸色沉下来："九哥，真真找你。"

我预感不祥，心怀忐忑接过电话。真真只是不停地哭泣。我耐心劝她："你看，你找九叔一定有事，你先哭着，九叔等你。"

"我爸他……"

"你爸他怎么了？"

"让警察抓了。"

"什么时候的事儿啊？"我惊讶得非同小可。

"昨天晚上。"

"到底为什么呀？"

"他……他……我说不出口哇……"

接着又是一顿哭泣。经反复追问才知，老鲍昨晚因嫖妓被警察扣了。据说他经常光顾法拉盛的"蓝月亮"发廊，就在朗西街与大庙街交口处二楼。凡开在二楼的发廊都不简单，内容可能丰富得不同寻常。该店老板是个叫王师师的女人，法拉盛街面上无人不晓，警察局出进平常，是个狠角色。老鲍曾为王师师修水管，她拒不付钱，说用嫖抵，唤出姑娘团团围住老鲍。这谁顶得住，抵来抵去抵成习惯，老鲍还对一个叫凤兰的半老徐娘情有独钟。真真不提爹妈复婚之事就因这个凤兰。据说老鲍几次劝凤兰从良，不知为何一直没谈成。这次被抓就在凤兰的房间，碰巧警察抽查，把老鲍从床上拽下来。真真打电话找我，因为警察让她为老鲍付两千块保释金，她付不出，向我求助。

我连忙说："你别急真真，我这就去把你爸保出来。"

放下电话赶紧穿衣服。太太已被这消息彻底惊傻，不停地嘟囔："怎么干这种事……他怎么干这种事……真的吗？"

我说："你打住，人家还在监狱等着呐，快拿钱吧，我得马上走。对了，明天得给汉森律师打个电话，请他代理老鲍的案子。"

其实我对此事也深感意外，看着人挺规矩，怎么说嫖妓就嫖妓了。不过这些年华人社区的色情业也忒猖獗。报上到处是广告，"学生妹""俏佳人"，一看就不正经。新移民的大量涌入，已使法拉盛成为纽约第二大中国城。这里的很多华人不懂英文，生存渠道非常狭小。加上美国政府紧缩移民法，堵新移民活路，有些女性找不着工作养活不了自己，一念之差就能堕入风尘。老鲍老实又怎样？这跟老实不老实没什么关系。食色性也，他身边又没老婆，如何抵抗肉欲诱惑？将心比心，换了咱能比他强？他中意风尘女子倒说明他有情有义，并非胡天胡地的淫乱之辈。不过保出来后得好好劝劝他，别再跟什么凤兰厮混了，早点把老婆接来——离了婚两边都单身就还算是老婆，守着老婆过日子，这把岁数原汁原味儿的比什么不强？

四

纽约的警察体制跟中国差不多，分片儿管理，北京叫片儿警。法拉盛的片儿警是 109 派出所，位于友联街大停车场对面。我停好车，带着真真往派出所走。这地方咱从没来过，更别说保释什么人，头一回，心里七上八下。晚春的凌晨依然寒峭，除偶尔有车子驶过，街上几乎没人。我听见清晰的脚步声，我的慢，因步子较大，真真的快，插在我步伐之间，恍若二声部合唱。

派出所大门灯火通明，震得寒夜轰轰作响。快到门口时，我发现不远的阴影处站着个人，中国女人。她夸张地穿件巨大的深色羽绒服，戴围巾，一直盯着我们不放。原以为她跟我们一样，也是来此保释谁的，这年头进监狱太容易了，尤其男性，酒后驾车，打老婆打孩子，都可能进去。刚要上台阶，这女人突然叫住我："您是……陈先生吧？"

我一惊，接着马上意识到她的身份，莫非是凤兰？我连忙转身问真真："你见过她吗？"

真真摇摇头："没有。"

说着真真像头发怒的狮子，哭叫着向凤兰扑去："你这不要脸的骚货，还敢到这儿来，关进去的该是你，不是我爸。"真真一把扯掉凤兰的围巾，攥住她的一头乱发。

我还没来得及阻止，只听凤兰在哀嚎："真真，真真，你听我说，你骂我啥都行，千万别碰我，求求你了。"

凤兰的惨叫令我震颤，心房咚地收紧喘不过气。这声音不像只为自保，更充满百分百的急迫和真诚。我叫真真立刻放手："真真放开。派出所门口闹事你不要命了。你爸还没出来你再进去，怎么这么不懂事！"

就在真真放手的瞬间，凤兰失去平衡跟跄倒地。我想上前扶她，被其喝阻："陈先生，我自己行。"

这时我看清了她的面孔，一张五十岁左右女人的脸，素面朝天色泽青黄，眉宇间仍带着似有若无的往日风采。看得出，不是刁钻之辈。

"你是凤兰？"

"我是。"她点点头。

"你到这儿来干吗？"

"给您送钱。"

说着她掏出一卷儿现金，有百元的，也有二十元十元甚至五元的，厚厚一捆儿用猴皮筋儿勒着。她说她知道我，在此等我一整天了。还说这事都赖她，可她没合法身份不能作保，否则怎敢惊动我，咋好意思再让我垫钱呢。

我忙解释："我是真真叫来的，朋友落难责无旁贷，何况老鲍还是我老街坊。快把钱收起来，回去吧。"

"您不会……嫌这钱脏吧？"凤兰深深埋下头。

我望着她蓬乱的头发，发根处隐约闪烁着灰白，顿时语塞。我长叹了口气："回去吧凤兰，听我一句，回去吧。"

保释手续比想象的简单很多，像手机开户，填表交钱，再听到一串铁门开启的隆隆回音，老鲍就站在了眼前。几月未见，他一下憔悴许多，眼眶了，腮陷了，两鬓一片苍白。关键是他的眼神儿，散了。这让我不由倒吸一口凉气。

以前我在俄亥俄大学的同学马文龙就这样，你能觉出他模样与以往不同，到底怎么不同又说不清。一天晚上我俩在图书馆看书，我无意一瞥，发现灯光下——就像此刻看到老鲍的情形——马文龙的目光失焦。咱们正常人的目光像手电筒，两道光柱聚成一点，可他的却不相交。

我问他："想什么呢？"

他说："没想什么。"

"没想什么干吗不看书？"

"我在看呐。"说这话时他的语气非常认真，绝不像打马虎眼，弄得我倒不好意思。

几月后，马文龙突然心脏停跳死在睡梦里。听到消息我唰地一身冷汗，连裤衩儿都湿了。小时候在胡同里听老人们说过，人死挂相。我要是真懂这话，让马文龙早点上医院检查不就挽回一命吗？这段经历让我刻骨难忘。

老鲍望着我木然一笑，说："陈先生，给您添麻烦了。您说，我这张老脸往哪儿搁啊。"一股老泪奔涌而下，让我悲恸异常。

真真走上前说："爸。"说着把头靠向老鲍的肩膀。

老鲍的泪水流得更猛，像我家漏水的水管。他欲抚摸女儿的长发，手举到半道儿突然停下，说："真真，你都是大姑娘了，快别这样，啊。"

走出派出所，我把老鲍拉到一侧："鲍兄，你给我交个底儿。警察抓你时屋里有别人吗？"

"没有。"

"凤兰呢？"

"凤兰下楼买奶茶去了。您的意思是？"

"我准备给你介绍个律师，他叫汉森，是老美。到时你实话实说，我帮你翻译，放心，应该没什么了不起的，只要当时屋里没人就没什么屌事儿。"我故意说"屌事儿"，是为让老鲍放松些，这要九奶奶在场非给我脸子看。

我们徐徐走向停车场，路边草木早已春发，嫩绿的叶子被路灯照得油润闪亮。我掠过一簇树叶对老鲍说："鲍兄你看，多像枣树！还记得咱胡同里的枣树吗？我们纳兰府北院儿那棵枣树，专拣下霜的时候结枣，号称冬枣，又脆又甜。美国这鬼地方不光没香椿，还没枣树，怎么咱中国有的它都没有。"

老鲍怔了一下，似在思索："对啊，您这么一说我想起来了，你们纳兰府那棵枣树的枣我还真尝过，绝不是一般的甜。"

边走边聊。老鲍的步伐总比我的慢两拍，腿仿佛被绳子缠住，迈不开。就在我回头看他的时候，发现不远处一个影子跟着我们——凤兰，我看出那个影子正是凤兰。老鲍发现我看到了凤兰，索性也转过身，与凤兰隔空相望。我一把攥住真真的手继续往前走："老鲍，我和真真前边等你，你别急。"天已渐亮，晨光似水洗涤着街道和楼宇树木。老鲍和凤兰的身影既没接近也没拉远，停在那里。

我把老鲍、真真送到家门口儿，真真去开门。我拉住老鲍说："鲍兄，官司的事你别担心，估计问题不大。不过最好还是别跟凤兰再纠缠，看在孩子分儿上，真真也这意思，把嫂子接来好好过日子吧。"

老鲍的泪水再次风起云涌，他边点头边喃喃自语："晚了，太晚了。"

"这晚什么，一年半载人就能到。"

老鲍泪眼蒙眬地说："好，陈先生，就听您的。"

五

美国移民法对直系血亲移民给予优先。真真是美国公民，以她的名义为母亲申请绿卡，少则八九个月、多则一年就能批下来。最大的问题是财产担保。真真大学刚毕业才找到工作，老鲍修水管挣不了几个钱，他们既无房产又没股票，外加凤兰这个因素，拿什么担保？好在移民法并不限定担保人须是申请人，任何第三方都可作保，这正是我能帮上老鲍之处。不过家里财产毕竟有太太一半，为这事没少跟她磨嘴皮子。她不是小气或看不起老鲍，关键是嫖妓这事，她怕我顺藤摸瓜也动这份心思。

我说："九哥怎么保证才行？要不咱把那玩意儿割了，你演老佛爷我去李莲英。我这模样还真有几分神似。"

"呸呸呸。"她又呸呸呸。

"割了不行，不割也不行，你倒给条活路。依我看老鲍和凤兰绝非单纯的嫖妓关系，咱总不能让他把妓女娶进门儿吧。"

到底九奶奶还是通情达理，她只提一项条件："办完这事让老鲍两口子好好过日子，咱别总打搅人家。"

"没问题，就听奶奶的。杀人杀死，救人救活。等老鲍太太一到，咱就功德圆满，以后再不管那么多屄事。坏了，又说'屄'了。口误，口误。"

经过一夏天疯长，老鲍送来的香椿苗已树高逾人。香椿芽炒鸡蛋、香椿芽拌豆腐成了我家"保留节目"。有几个北京同乡专点这两道菜："九兄，明儿上你家吃香椿炒鸡蛋啊，接接地气。"听见没有，除了吃还得接地气。他们说的"地气"就指这两棵香椿树。纽约的香椿肯定不只这两棵，但打北京胡同里移来的香椿，我家恐怕是独一份。结果闹得这两棵香椿名气很大，在法拉盛华人社区，一提钱粮胡同的香椿，"对对，听说过，好像在什么人家后院儿种着呢，味道非常不同"。

我和太太一直期待老鲍能尝尝我们做的香椿芽炒鸡蛋，不仅因为树苗是他好容易弄来的，毕竟这是人家老宅的物件儿，其中他寄托的情愫肯定更胜于我们。太久的漂泊似乎令人麻木，其实不然。新移民把故乡挂在嘴上，老移民把故乡藏在梦里。老鲍的心思，只有多年背井离乡的人才明了。可打了好几次电话，他都推说没时间。直到一天我家厨房的水龙头坏了，滴滴答答漏水，老鲍才出现。

老鲍瘦多了，原来的方脸变长了，双目深陷，颇有几分古楼兰人的味道。他仍带着乳胶手套，不过这次他没让我走开，而是主动请我帮他装卸螺丝，凡用力的活儿都由我来。我发现他的手在抖，无法将橡胶垫儿塞进槽里。我开始怀疑，如果此刻不是我，而是别人家的龙头坏了，他会接这活儿吗？太太抓紧时间做了盘香椿芽炒鸡蛋，举到他面前。他闻了闻，像老马识途那样闻了闻，没动。

"你快吃呀。"我递上筷子。

老鲍犹疑了一下，接着把手里一次性纸杯中的水倒光："陈先生，您往这里给我拨点儿。"

我拨了小半杯，他扬头一下倒进嘴里："嗯，是这味儿，真就是这味儿。"他边嚼边对我们微笑。我和太太叹了口气，一点儿也笑不出来。

新年后的一天，真真来电话，说她母亲的绿卡批下来了，现已转到美国驻广州领事馆，面谈就定在下个月。我知道面谈是最后程序，只是走过场，不会有什么问题："太好了，你爸他高兴吗？"

"他……他高兴。"真真欲言又止。

"到底怎么了？"

真真这才告诉我，她已从家里搬出来，与几个同学在曼哈顿合租了一套公寓，因为她在华尔街上班，早六点就得进办公室，晚上十点才下班，实在没办法。

"那你爸呢？"

"他……他和凤兰在一起。"

"什么？凤兰搬你家去了？"

"对。"

"这怎么行！请神容易送神难，你妈妈说话就到，到时候赶都赶不走怎么办？老鲍怎么糊涂了？"说完这话我突然觉得不大对，按说真真的心情应比我更急，怎么她听上去稳稳当当，并无抱怨之意。

真真解释说："爸爸最近身体很不好，身边需要个人照顾。爸爸说，等妈妈来了凤兰肯定会走，他用性命担保。"

"那好，让你妈一天别耽搁，拿到绿卡马上来。"

"行，其实爸爸也这么说，妈妈越快来越好。"

"你爸……他也这么说？"

六

时光悄逝，又见东君。

纽约春迟。过去听人常说，清明前后种瓜点豆。在纽约，清明前后既无法种瓜更不能点豆，天气很冷，下雪都说不定。那是个周六早上，我蜷在被窝儿里像只蚕蛹不肯出茧。这是最美妙的时刻，半醒半睡无忧无虑，被窝儿就是我的天堂。这时楼下门铃乍响。谁呢？也不先打个电话。我丁零当啷下楼开门。哟，没想到竟是联邦快递。邮递员是个年轻人："您是陈先生？"

"我是。"

"请签字。"

我在他手中的收据上签了名。接着他交给我一只大纸盒，很大，快半人高。

"这是什么？"太太问。

"不知道。"

"为什么不拆开？"

"等等，再等一下……"

太太二话不说剪开盒子，两根树枝样的东西显露出来。"这是什么东西？谁寄来的？"太太嘁里喀嚓除去包装，只见两根树枝底部带着泥土，外边包着塑料袋，呈现眼前。

我顿时大叫起来："这……这不是枣树苗吗？"

太太也惊呼："你说什么？难道是老鲍？他不是死了吗？他和凤兰不是因艾滋病自杀了吗？九哥这到底怎么回事？你倒说话呀！"

　　我赶忙把树苗彻底取出，发现底部泥土下沾着一张已被浸湿的纸条，上面字迹依稀可辨："陈先生，这是纳兰府北院儿的冬枣树苗，我答应弟弟一定带给您。赶紧种起来，别耽搁。"后面还有两字，应是签名，但被水浸得看不清楚。

　　我们相视无言。窗外谧静，后院的香椿树已经抽芽，根部还窜出几枝细小的幼苗。我问："你听说过有句话叫'桃三杏四梨五年，枣树当年就还钱'吗？"

　　"什么意思？"

　　"是说枣树当年就能结果，不像其他果树要等好几年。"

　　"你是说，咱现在种下去，下霜时就能尝到纳兰府的冬枣喽？"

　　"没错，绝不是一般的甜。"

　　"真的？"

　　"真的。"

我只有亲手将它抹去，才能获得真正的平静。

我是欧文太太

陈谦

陈谦,生长于广西南宁。美国电机工程硕士,曾长期供职于芯片设计业界,现居美国硅谷自由写作。代表作有长篇小说《无穷镜》《爱在无爱的硅谷》,中篇小说《繁枝》(获2012年度人民文学奖、《中篇小说选刊》2012—2013年度优秀中篇小说奖及第五届《北京文学·中篇小说月报》奖,并入选中国小说学会2012年度中国小说排行榜)、《望断南飞雁》(获2010年度人民文学奖)、《特蕾莎的流氓犯》(获首届郁达夫小说提名奖并入选中国小说学会2008年度中国小说排行榜)、《莲露》(入选中国小说学会2013年度中国小说排行榜),短篇小说《我是欧文太太》(入选中国小说学会2015年度中国小说排行榜)等。

丹文从那个曾追击我多年的梦魇里满血复活、踩着我的心跳一路前行而来的时刻,趁回国出差返家乡探亲的我,刚领着几位从深圳飞过来避暑度周末的老美同事在阳朔西街的肯德基店里坐定。

肯德基里凉飕飕的冷气扑面而来,让人精神一振。店里灯火通明,十足的快餐店派头,一点情调都谈不上。虽已是夜里九点多了,店里仍坐满了人,大部分的人都在喝冷饮,看来和我们一样,都是来蹭空调的。大家分头找位子、买饮料。看同事们终于坐定,捧着大杯的冰镇饮料,孩子般地说笑起来,我吐出一口长气。

这时,我一眼看到一对身材高挑的母女说笑着闪进大门。

"闪进"肯定是我的心理感觉，因为后来再回想，她们当时映到我眼里的影像竟是慢动作——一步一步，衣衫的边缘虚化起来；细长的手臂交错着甩开，闪成雪亮的光圈。两人都是一身的白，在阳朔西街尽头亮如白昼的肯德基店堂里，瞬时翻出漫天雪花。

　　一个熟悉的影像，一晃而过。我的身子腾地坐直了，目光首先落到那个高挑的女孩身上。她一头浅栗色的长发，在脑后高高地扎成个马尾，虽然个子很高，但脸上带着明显的稚气，应该只是十三四岁的年纪。女孩穿着月白色的长款针织背心，胸前有个银灰闪亮的大骷髅图案，一条带着毛边的超短款白色牛仔短裤，一双银白色厚底泡沫拖鞋。健康的浅棕肤色，长长的腿形非常好看，让我想到那些个没事就躺在海滩上晒太阳的加州少女。女孩的五官带着东方的圆润，一看就是混血儿。我的目光很快扫过她，在她身边的母亲身上停住。这一停不打紧，我忍不住轻叫起来："噢！我的天！丹文……"我一眼就认出了她，虽然已经隔了二十年的时光，虽然那个曾追击我多年的噩梦也已被时光的雪尘埋葬经年。

　　可乐的冰凉漫过手心，顺着手臂急速传遍全身。我感到地下有冰碴，下意识地低头看向双脚——裸露的双足，踩在雪地上星星点点的血迹上。那么冷，我回到了美国西北爱达荷腹地林海边缘的雪原上了。我下意识地往后靠了靠，定睛再看，我那些涂成石榴红色的趾甲在灰蓝的荧光下稳稳地踏在人字拖鞋里。

周边的桌椅开始悬浮。红蓝黄绿白的男女飘过，我再听不到他们的声音，只看到穿着白色无袖直身连衣短裙的丹文，侧过头来，望着我笑。她一头短短的酒红色短发，身材还是那么修长，看来二十年的光阴是从她身边溜过的。我晃了晃脑袋，发现她其实是在专注地望着她身边的女孩笑。她笑得太好看了，细长的眼睛几乎眯成两条长线，脸上的线条能让人感知那眼里闪亮的光。这是我最难以想象的画面——这些年来，在我的记忆里冒着风雪奔走的她，永远是一张悲苦决绝的面容。她倒像她的年纪了，却没有老。我在蒙大拿的风雪里遇见她的时候，她不过三十出头。前些年，每每想到她，我总会算算，然后叹一口气：如果她还活着，应该三十五了；应该四十了；四十五了……。后来，我停止了想象，或许在潜意识里不愿意见她老去。而在十五年前，当得知我当年的房东、丹文的前夫逸林在亚特兰大郊外的高速公路边离奇死亡之后，那些追击我多年的噩梦再也没有寻来。我无法解释这里面的因果，也不再想寻到解释。从爱达荷的风暴中出走，这二十年来，我已从满身青涩的年轻女博士，变成了典型的硅谷人——在一堆堆的经济泡沫里游泳、挣扎，频繁地跳槽，又尝试创业；做着功成名就的硅谷梦的同时，结婚生子，样样都不肯落下，好事都想占全。生活画板落得个杂色斑斑，层层涂写之后，不再为过去留下空隙。

真没想到，二十年前的风雪却在故乡的暑夜里突然卷土袭来。最要紧的是，丹文竟还活着，眼下竟近在咫尺。我将手中的饮料啪地搁在台面上，站起身来。年轻的老美同事们正在享受各自手中的冷饮，嬉笑着聊起当天各自撞到的趣事，没人注意我。

丹文当年留给我的最后一句话是："记住，你从来没有见过我。所有跟我有关的事情，都是一个梦境，你最好忘了它。"这么多年都过去了，我已年过不惑，却还是一如当年，没能管住自己。

◆　　◆　　◆

这些年来，我从没跟人提起过，我曾有过成为一个女教授的理想，也曾有过实现理想的机会。我更不曾告诉过人，命运的改写，其实是与一个叫丹文的女子和我在美国西北的暴风雪中陌路相逢有关。我一直对那次相遇给丹文带来的灭顶之灾，怀着深深的自责。它曾作为我生命中的重大秘密，沉重地压在心头，变成噩梦，对我围追堵截。

有很长一段时间，我常常在梦中遇见丹文。她总是穿着那件跟我在蒙大拿的灰狗长途大巴上相遇时披在身上的半旧军绿色棉大衣，在雪地上一脚深一脚浅地跑着。梦境是黑白的，除了她棉衣的军绿和脖子上那条围巾的一抹鲜红。她惨白瘦削的脸被狂风的手扭着，凌乱的头发急速地抽打着她的面颊，左眉间的那颗大痣，像一枚狠狠扎入皮肉的铁钉。我听不到梦里的风声，这让她看上去像无声电影时代残片中走投无路的女主角，命悬一线，却呼天不应，叫地不灵。我不愿意将这个梦境当成是对丹文命运的暗示，虽然我已经接受了她的结局凶多吉少。

遇到丹文，是在二十年前的圣诞节前夕。我刚从美国西部腹地蒙大拿的冰山镇面试教职出来，因为多年不遇的大风雪，小镇机场停飞。为了赶回我所在的爱州莫城，和在爱大任助理教授的房东逸林夫妇去往著名滑雪胜地太阳谷过圣诞，我选择了坐灰狗长途大巴上路。正是这个机缘，让我碰到了冒着横扫美国北部的大风雪，从纽约一程程地换车、千里寻夫而来的丹文。

"是前夫……"丹文在那一路的风雪里断断续续向我诉说自己的前尘来路时，谈到她要去西北寻找的人，总是这样强调。遇到我的时候，一口京腔的丹文正好从广州来到美国两年半。她在新泽西一所大学里念了个软件工程专业的硕士学位，半年多前，刚在纽约城里找到了工作，公司已开始给她办绿卡，在美国的生活算是安定了下来。可这朝九晚五的生活不是她来美国的目的。她的心情又变得时好时坏。她觉得必须要见到前夫胡力，只有听到他当面说出负她的真正原因，她才能从创伤里康复。提到胡力的时候，她优雅地用左手食指轻轻撩了一下右边的衣袖，将右手递到我面前。我看到她的右手腕上有一只狐狸的刺青。那狐狸的大尾巴高高翘着，栩栩如生，很是可爱。"所谓解铃还须系铃人啊。我付出了全部青春的感情，难道不值得讨回一个 why ？"丹文看向车窗外的茫茫雪原，悲戚地说。

胡力是丹文在大三的暑假里，第一次离开北京到在广州羊城大学任教的姨妈家度假时认识的。胡力比丹文大十来岁，当年在海南岛的建设兵团里割了十年的橡胶。那是部队的编制，但兵团战士的军装却没有领章帽徽。也许因为有过那段经历，胡力回城多年后，仍很喜欢穿军装。听到这里，我下意识地看了一眼丹文小心折好搁在座位下的那件军绿色棉大衣。

胡力"文革"后回城，因照顾重病的父亲，错过了前几届高考，后来进了羊城大学实验员班，留校成了化工原理实验室的实验员。他平日里一门接一门地旁听着本科课程。几乎是一张白纸的丹文，喜欢听胡力的青春故事，更爱听他悲凉的手风琴声。她在那个暑假里，总是泡在胡力的实验室里。第二年早春，丹文不顾家里的强烈反对，报考了华南理工大学的研究生，去了广州。到了那时，为了尽快在人生里追回一程，胡力决定直接申请去美国读研究生。他们编造了一份胡力的本科成绩单。胡力考下托福和 GRE 后，由他在香港的亲戚做经济担保，申请到美国新泽西大学的录取。正在这节骨眼上，丹文发现自己怀孕了。她背着胡力去做人流，术后的大出血让事情败露。因丹文已临近毕业，学校只对她做了留校察看的处分。丹文却觉得无颜见人，连到手的学位也没拿，自动退学后漂在广州。

"那真是我人生的最低谷了。随胡力去美国，成了前程里的一丝曙光。"丹文自语般地说。胡力临行之前，领着丹文去办了结婚登记。

胡力在美国只花了一年多的时间就读下了环境工程专业的硕士，转学到西雅图的华盛顿大学攻读博士。为了省钱，也为了看看美国，在那个冬天里，胡力在风雪中一程程地坐着灰狗，从新泽西去往西雅图。而丹文的探亲签证却屡屡被拒，她的情绪变得十分不稳，经常给胡力打对方付费电话哭诉，要求胡力中止学业回国。"为了爱，这是值得的。"丹文哭着在昂贵的越洋电话里反复说。胡力说："我可以回去，但不是为了你说的那个爱。你的爱，就像一把刀爱它割出的伤口。"事情到了这份上，胡力再没有实际行动。他接着换了电话，并通过律师发来离婚协议书。丹文在离婚协议上签字的时候心情平静了下来。健康地到美国去，要胡力当面给她个解释，成了丹文生活的新目标。

丹文的故事，在我们到达华盛顿州斯波坎时告一段落。我要从那儿再转一趟车回我所在的莫城。而丹文要去往城里的大学寻找胡力。我们站在候车大厅里道别时，丹文忽然问我想不想看看胡力长什么样。我没有忍住好奇，点了点头。丹文伸手去军棉大衣里掏照片，竟掏出一把很小的勃朗宁"掌心雷"手枪，很快地又塞回另一兜里。"你有枪！"我失口轻叫。她拍我一下："防身用的，嘘！"她接着拿出一张过塑的彩色照片递给我。我没有想到，那竟是我的房东逸林。照片里，逸林穿一件色泽很新，却没有领章的军衣，额前的长发扬起几缕，带着英勃的孟浪，跟如今终日若有所思的逸林大不一样。

我强抑着心里的震惊，将照片还给丹文。我意识到事情的严重性。如果丹文说的属实，那么逸林牵涉其中的还不仅仅是情事。他伪造学历那档问题，很可能会毁了他在爱大的前程，甚至他将来在美国学术界发展的前程。当然，那也许不是绝路。美国是如此现实的国家，逸林凭自己在美国的一贯优良业绩，也可能会逢凶化吉。可其间会有多少的沟坎、变数，只有天晓得了。我让自己镇定下来，劝她若到城里找不到胡力，就赶紧回到自己的生活里去——"未来才是我们活下去的理由。"我学着书本上的口气说。丹文点点她右手腕上的那狐狸刺青，冷笑一声："瞧你说得多轻松。我只有亲手将它抹去，才能获得真正的平静。听说他都当上教授了。他拿到来美国的签证那天，跟我说：'我成了一个新人了。'我要让他明白，如果一个人选择了做坏人，他将什么也不是。我甚至只用花一张邮票的代价，向学校告发他伪造学历的劣迹，就能让他建立在谎言和我青春血泪上的大厦轰然倒塌。我来美国后看到一个故事，说的是一个被负的女人，直到杀掉了负她的男人，将那男人的睾丸压成一对耳环，天天戴在耳边，她才获得了解脱。这个故事让我哭了……"丹文说到这儿，见我脸色大变，马上很轻地一笑："瞧你吓成这样，我在讲故事呢。"

◆　　◆　　◆

　　按丹文的意愿，我们彼此没有交换联系方法。"如果有缘，我们就还会相见的。"她倒退着走出几步，像想起了什么，忽然站定下来冲着我叫："你也帮我留意你们学校，看那只老狐狸是不是在那儿。"说到这儿，丹文突然伸出右手，用大拇指和食指做出手枪的样子，朝我站立的方向一点："你如果见到他就告诉他，我在找他。"她说完，没等我回话，转身径自走了。

　　我在那个夜里，带着深深的焦虑回到莫城。逸林和许梅的房里一片死寂。我悄悄地从侧门进到了我租住的那依坡而下的半截地下室。我非常疲倦，却怎么也无法入睡，迷迷糊糊地翻来覆去，隐约感到窗帘四周有了天光时，才迷糊过去。一觉竟睡到了第二天近午。起来匆匆梳洗之后，我赶忙往楼上客厅跑，想马上见到逸林。

客厅里非常安静，我绕到餐厅，一眼看到逸林压在餐桌上的字条——

"阿兰：许梅母亲在加州摔断了腿，她已飞去。很抱歉，太阳谷之行只能取消了。我实验室里有些事还没弄完。你先好好休息一下，见面再聊。——逸林"

我失望地收起纸条，转身走回自己屋里，忽然电话铃声大作。我拿起电话，那头传来丹文冰冷的声音："真是老天有眼，怎么就让我碰上了你呢？"

"啊，丹文，你在哪儿？"

丹文在那头冷笑一声，说："他居然还改了名字！太荒唐了！可狐狸再狡猾，也躲不过猎人的枪口。只要他还在喘气，我就能嗅着气味找到他！"我未及反应，丹文在那头又说："一看到他的照片，你就吓成那样，我怎么能错过这条线索。哼！他很快就要混上终身教授了？可他是心虚的，你看他照片上的那双眼睛！"

听丹文的口气，仿佛她就站在我身边，正在给我指看逸林的照片。我汗毛倒竖，下意识地转过头去，快快地扫了一眼我的屋子。"可事情过去这么久了，它造成的伤害，已经成了无法改变的历史，放下它吧！"我将手摁在胸前，想让急速的心跳慢下来，断续地说。

丹文不耐烦地打断我："如果你不作了结，历史不会自动断裂。我必须走了。记住，你从来没有见过我。所有跟我有关的事情，都是一个梦境，你最好忘了它。"说完，她在那头就将电话给掐了。我顺着床沿滑坐到了地毯上，手里的话筒传出空洞而寂寥的嗡嗡声。胃有一阵短暂的痉挛，到了这时，我觉得至少应该让逸林知道丹文已经来到莫城。

那是没有手机的年代。我一遍遍地往逸林的实验室打电话，没有人接。我冒着雨雪，焦急地在小城里转着。圣诞节即将来临的大学城里一片静谧，我不时停下来抹抹脸上的雪水，印证自己不是在梦游，直转到天色已经完全暗下来，才往回走。逸林家门前自控的圣诞彩灯已经亮起，可逸林还没有回来。

风雪开始大了，呼呼的风声，拍打着门窗。偶尔听到楼上客厅里的电话响几下，然后重新陷入长长的死寂。在风雪中跑了一天的我，很早就倒下睡着了，却一直无法睡踏实。直到下半夜听到了车库门开启的声音，知道逸林回来了，我才妥帖地入睡。

第二天一早醒来，我匆匆洗脸刷牙，换了衣服就往楼上走去，在通到二层的楼梯上，与神色凝重的逸林撞了个正着。他朝我点点头。逸林看上去好像瘦了一圈，眼睛都凹了下去，眼圈很黑，手里提着个小旅行箱。"逸林，我……"我刚开口，就被逸林立刻打断，他一字一顿地说："记住，你只是房客，什么也不知道。"我正要再说话，逸林一摆手，恶狠狠地说："别的不用再说了。"我呆在那儿。逸林往上走了两步，又停下来，转过身很轻地拍拍我的肩膀："我马上飞加州。许梅母亲病危了。这里没有你的事，好好过你的生活去吧。"他转过身去，急步走进车库。我趴在起居室的大窗边，看着逸林的车子滑出车道。他那吉普的车身非常脏，满是雪泥飞溅留下的痕迹，像是在雪地里长途跋涉过的样子。

丹文和逸林应该是见过面了。丹文得到了她想要的回答吗？她现在在哪里？这样的念头在我的脑子里缠成一团乱麻，令人抓狂。我只得出门去找系里的中国同学打牌吃饭，直到夜里十点多钟，因不胜酒力，被同学送回家中。

我斜坐在椅子里，喝着解酒的茶。屋里静得令人害怕，我拧开电视，漫不经心地看向屏幕。这时，镜头一个切换，画面上出现了一辆陷在莫城郊外湖边峡谷雪中的车子。记者说，因为下大雪，通往这个谷地的路架了封锁栏，今天下午，几个到这一带越野滑雪的年轻人看到了车子后箱盖边飘着的红色围巾，才意外地发现了这辆车子。"红围巾"这个词一下抓住了我。我跳起来，凑近电视机看。电视镜头摇近了，那是一辆老旧的棕色 Toyota SR5 双门小跑车。那条被车后箱盖夹住、在寒风中飘摇的红围巾，是那么地眼熟。镜头拉得更近了，我看清楚了围巾两头中国灯笼式的须结，这分明就是丹文脖子上围着的那条！

血冲到脑门，一阵眩晕。电视镜头转到车厢里。车子的方向盘、仪表盘和座椅下，有一些由血冻成的红色冰块，前车窗上，还有些血点。电视里又说，由冰血的状态看，应该是打斗后草草处理过的现场。消息来源指出，这是一辆拆下了车牌的旧车，警方呼吁知道线索的民众报案。我跌回到椅子上，大气也不敢出，双手震颤着握到电话上，很快又放开了。看来丹文出大事了。是自杀，还是他杀？丹文如果死了，她的遗体在哪里？我屏住呼吸，感觉到身体绷紧起来，有股内力，在身体里游走，马上就要将我的身体撕裂开来。

当天夜里，我发热病倒了。躺着病床上，我最大的挣扎是该不该给警方打电话。整个事件带给我的震惊，让我失去了对各种细节真伪的判断能力。因为自己的率意而引来了丹文的这一教训，让我的神经变得十分过敏。以往听过的美国司法制度的瑕疵给当事人带来的伤害，被我在脑中无限放大，在意识到自己无法对整个事件和各当事人作出理性的思辨时，我选择了沉默。

在那个寒假结束之前，我决定飞去硅谷，投奔在那里的表姐。离开之前，我一直没能联系上逸林夫妇，只好将房租和钥匙留下。我在圣诞之后，婉拒了来自蒙大拿大学冰山分校提供的教职，留在了加州明媚的阳光里。那是长年无雪的地方，它隔断了我跟寒冷的联系。

只是丹文常常出现在我的梦中，我看到她光着双脚，在漫天大雪里奔跑，头发散开，最后仰面倒下。我总是在雪地漫出一片血红时惊醒。我再也没跟逸林、许梅联系过。早些年，从由爱大来硅谷的同学那儿听说，逸林和许梅都先后顺利地拿到了爱大的终身教职。逸林发展得特别好，拿到了美国国家科学基金一笔数目可观的环保基金，拥有了自己的实验室，成了爱大的名教授。我忍不住想，看来当年丹文是还没来得及去告发，就遭遇了不幸。有时我又会想，当年就算爱大校方收到了丹文对逸林的揭发，逸林也未必就前程尽毁。美国的伟大，正是包括它永远给人机会，甚至第二次、第三次或更多次的机会。我也曾不时查一下莫城警方的消息，却从没有获得那个红围巾血案侦破的消息。我也不曾在北美中文媒体上看到过任何相关的消息。我慢慢接受了丹文人间蒸发的事实。有时从梦中惊醒，我甚至会像自己曾看过的心理医生那样，怀疑我自己的记忆。我真的见过那个叫丹文的中国女子吗？她真的向我讲述过那一切？那会不会全是我的幻觉？

直到离开莫城五年之后的一个中午，我在硅谷一家中餐馆里等朋友们一起吃午饭，随手翻看当天的北美读者最多的中文报纸《世界日报》，突然看到一则黑体标题——《亚特兰大华裔男教授陈尸旷野；警方呼吁知情者提供线索》。对这类新闻下意识的敏感，让我一口气读了下去。说的竟是时任亚特兰大一所私立名校教授的胡逸林的遗体，在亚特兰大郊外高速公路边的花生地里被发现。报道说，死者身上并无明显外伤，现场也无搏斗痕迹。那报道很短，有一处久久地抓住了我的眼睛：死者遗体上盖着一件老旧的军绿色棉大衣，但他的家人和朋友从来没见他生前穿过它。目前警方正在展开调查，希望有线索的民众与警方联系。

我之前并不知道逸林已经转到了亚特兰大，这时突然看到逸林曝尸南方旷野的消息，非常震惊。我拿起报纸，强迫自己将报道又读了一遍。逸林为什么离开了已经拿到终身教职的爱大？他到底扛不住内心自责的煎熬，终于做了自我了断，追随丹文而去？但这显然不大可能。他一路走来，经历了多少的风浪，不可能在功成名就的时候做这样的傻事。这里面的隐情，应该跟那件神秘的军大衣有关？它竟然盖在他的遗体上，这个意象，让我打着哆嗦，抬起头来，看到漫天雪花。我连忙离座去到卫生间里独自揩泪。这么多年来，虽然我再未跟逸林夫妇联系，但我从不曾忘记，他们曾经是我最亲近的朋友，帮助我度过了在美国留学时代最初的艰难。我为逸林的离去感到了深切的悲伤，也为自己未能阻止这样的悲剧发生感到深深的痛心。出来时，满桌的人已经到齐。大家热闹地说笑寒暄，没人注意我。

像当年在莫城一样，我再次选择了沉默。那个关于丹文的噩梦，又开始出现。奇怪的是，那梦境慢慢地不再是雪地，而是无边无际的沙滩，旷无人影，从白，变到金红，远远的，总有两个一前一后远行的身影。我的日子从此睡牢了。我就想，看来丹文和逸林都安息了。

♦　　♦　　♦

我站到柜台边时，丹文母女已经拿到她们的奶昔和可乐，正在等店员找钱。我听到丹文用英文对女儿说快去找个座位，那声音很沙哑，好像患了重感冒一般。那乖巧的女孩拿好冷饮，转身走开了。

"丹文……"我站过去，很轻地叫了一声。我听到了自己急剧的心跳。

她的身子绷直了，像被人用枪顶住了腰。"丹文。"我再次将她的名字像石榴籽儿似的咬着，又一粒一粒小心地吐出来。她回头了，带着与人狭路相逢的野猫的眼神。她左眉间的那颗大痣不见了，原来那两道浓黑的长眉剃掉了，像时尚杂志上的女模特那样文出两条带拐角的细长眉线；眼角有了很多不长却很深的皱纹；肤色还是很白，却不再有当年那种细腻的光色。她左手无名指上戴着个白金婚戒，右手腕上戴着一条蒂芙尼银手链，上面串着许多小挂件，一动，就带出细弱的响声。让我惊讶的是，那刺青狐狸竟然还在！我差点叫出声来。只是那刺青已很淡，狐狸的大尾巴看上去有点像水墨画上洇出的小花。丹文显然注意到了我的目光，下意识地握了一下右手腕。

"我是阿兰。"我盯着她的眼睛，报上接头暗号。那是我当年告诉过她的名字。她很快地上下扫过我全身，眼神里带着隐隐的恐惑。作为一对少年儿女的母亲，与二十年前相比，我无论是身材还是容颜都发生了很大的变化，丹文认不出我，并不令人意外。"那年冬天，在蒙大拿……"我刚开口，就看见她的眉毛在跳动，眼睛里发出一道柔亮的光。我的鼻子一酸："我看到了那辆雪地里的车子，一眼就认出了你的红围巾……，这么多年来，哦，对不起，除了祈祷……，真没想到，你还……"我说到这里停住了，将"活着"两个字硬吞了下去，强忍着不让自己哭出来。丹文咬着嘴唇，一言不发，机械地接过收银员递过来的零票，手却摊着，好一会儿才想起什么似的，紧紧捏起。

162

　　站得那么近，我能清楚地看到她薄得好像透明的鼻翼轻轻地张合着。她低下头，铁青着脸，不响。这时，她的女儿走过来了，表情好奇地望望我，又望望她母亲。

　　我赶忙抹了一下眼睛，努力朝她笑了笑："嗨！"

　　小姑娘又看看她那回避着我的母亲，轻声用英文问："妈咪，怎么回事？你没事吧？"

　　我看着那个漂亮的小姑娘，由衷地说："孩子都这么大了，多漂亮的姑娘啊，真为你高兴……"

　　丹文一把扯住女儿的手，面无表情地说："我们走吧！"

　　"丹文！"我追上一步，冲着她的背影叫。她停下来，想了想，对女儿轻声说了什么。那乖巧的女儿拿着两杯冷饮，带着不安的神情，退出几步，站到门边等着。丹文这时向我走来。她的情绪明显地稳定下来。大厅里仍是人来人往，却没有人注意我们这对被清冷的灯光照出一身寒气的中年女子。

　　"你这些年一直在找的那个女人，"丹文开口了，沙哑的声音，我们站得那么近，我感到了她呼吸里的寒气，"如果你相信她还活着，却一直没有能找到，那就是她并不想再见到你。"没等我回话，她转过身去，朝站在门边的女孩摆摆手，示意那小姑娘起步。

　　我冲着她的背影，射出一串子弹："你知道吗，胡力也死了。"我不知道自己怎么会说了"也"这个字。

丹文这下站稳了，没有任何动作，她女儿轻蹙着眉，看向她。她转过头来，直视着我说："跟他纠缠过那么久，是那个女人一生最大的错误，最深的不幸。"

"丹文！……"我带上了哭腔。

她向着我，走近两步，盯着我的眼睛说："对不起，我是欧文太太。"

我站在灯火通明的店堂里，眼巴巴地望着她挽上女儿，雪花一般飘出肯德基大门。当她们转到大窗边上时，我看到丹文——哦，欧文太太——我看到欧文太太侧过脸来，望向仍呆立在店堂中央的我，突然伸出右手，用大拇指和食指做出手枪的样子，朝我站立的方向一点，然后摆了摆手，没有笑，却带着友善。我再一眨眼，她们已经在视线中消失。我揉着眼睛，努力回想着刚才看到的那最后一眼，却怎么也不能肯定，那挥枪的一点，是不是二十年前道别时的记忆被激活了。

这时，我的年轻同事围上来："你还好吗？""你的朋友走了？"他们漫不经心地问着。

"是欧文太太，一个死去的朋友。"我轻声答着。

"啊，你在说什么？！"见我不响，他们知趣地不再追问。

走出肯德基的大门，看到远处西街的霓虹开始稀落，通向霓虹的小道一片漆黑。

『那不是方华。 仿佛那是一句千古不可变更的魔语真言，不可稍忘亦百说不厌。

美女方华

赵淑侠

赵淑侠，生于北平，1949年随父母到台湾。1960年赴欧洲，原任美术设计师，自20世纪70年代开始专业写作，旅居欧洲四十余年后移民美国，现定居纽约。以《我们的歌》一书成名。其他作品有长短篇小说《落第》《春江》《塞纳河畔》《赛金花》《凄情纳兰》，散文集《异乡情怀》《海内存知己》，德语译本小说《梦痕》《翡翠戒指》等三十余种。1980年获台湾"中国文艺协会"小说创作奖，1990年获中山文艺创作奖（小说类），2008年获世界华文作家协会终身成就奖。

"史顿赫寡妇，本名方华，1926年生于中国上海。二次大战时在四川读完高中，考入成都华西坝金陵女子大学音乐系。抗日战争结束后方华返回故乡上海，转入圣约翰大学，于1948年毕业。1954年，方华离华来到奥京维也纳，入国立音乐学院，专攻声乐，卒业前与长其二十岁的钢琴伴奏教授汉斯·史顿赫结婚。此为其第三度婚姻。

"首任丈夫王英节，空军飞行员，1949年与方华在浙江杭州成婚，甫半载，王即死于内战。方华旋即随眷属行列撤退到台湾。1951年与王英节之同袍至友，空军少校梁浩东结为夫妻。但未足两年，梁亦因公殉职。此两次婚姻方华未有所出，与汉斯·史顿赫则育有一子康纳德。

"康纳德·史顿赫为计算机工程师，不谙华语。媳丝蒂芬妮任职金融机构。孙菲利浦，孙女玛璃，现就读小学。

"方华，即史顿赫寡妇，青年时代为著名之美女，中学及大学期间均有'校花'之誉，来到奥京亦被称为'东方美人'。史顿赫寡妇注重妆扮，喜用密司佛托牌化妆品，衣着方面则偏爱紫色。该老妇已寡居十三年……"

"读明白了吗？"护理长指着那厚厚的一沓纸，沉着她富于男性气氛的面孔，冷峻的表情像个主考官。

"明白了，我想不成问题。"玛丁娜亮得透明的蓝眼珠溢着欢喜的笑意，兴奋得额头上的青春痘都在发光。读了两年心理学系，无非纸上谈兵。如今这临床体验的机会，令她无限好奇，是盼望了许久的，何况还有丰厚的薪资可赚，工作对象又是个中国老妇人，当然更加有趣。"您放心，我会把她照顾好的。"她又自信满满地加上一句。

"那就好。因为你是学生，第一次实习，所以我把这个比较容易弄的例子交给你。"护理长尖尖的瘦脸上，终于现出一丝严肃的笑容。一边收起桌上那沓纸，她又道："里面的内容，有关史顿赫太太的特性，你务必记牢。每一个新人进来，我们首先就要掌握他的全部生平资料。这些老怪物有时很难对付，追溯根源，了解背景，对工作十分重要。"

◆　◆　◆

"史顿赫太太，你等等！"玛丁娜连叫了两声，史顿赫太太却头也不回，仿佛那被叫的是个不相识的人。

她左手拎着黑色漆皮提包，右手撑起紫底白花遮阳伞：十九世纪英国上流社会仕女的流行式样，一根细长的金色伞柄，四周缀着层层叠叠花边的小小伞盖。优质的紫色毛呢春秋大衣，足蹬擦得崭亮的半高跟鞋，仿佛表示对谁抗议似的，一步一音，把地板踩出极为激昂的咚咚响声。她挺直着其实已略略现出弓形的背脊，傲岸地朝园中走去。

与过去的漫长岁月中的所有日子一样，走出大门前她必先坐在梳妆台的大镜前。可恨的是，曾给过她满足和愉悦豪情、可爱得让眼光久久不忍离开的镜子，竟如忘恩负义的叛徒，吝啬继续给予优待，甚至故作恶意戏谑，总展出一张她所不认识的、苍老又可憎的脸庞令她面对。她在那张脸上涂脂抹粉画眉，用发刷梳拢染过的稀疏头发，表情里充满轻蔑与爱莫能助的无奈。有时她会耍耍狡猾的恶作剧："你是谁？我方华可不认识。"说罢史顿赫太太咯咯地笑得像个傻女孩，但最后总是被怨恋之潮淹没，恰像她此刻的心情。

◆　　◆　　◆

史顿赫太太沿着石板路前行，道旁衰黄色的草坪，花坛里新栽的秋季草本花，和学校里外貌平庸的男女同学，都不足以吸引她去一瞥。她把金色伞柄斜扛在自己微削的肩膀上，昂扬着小巧的下巴，目不斜视地往夕阳中的庭院深处走去，娉娉婷婷依稀走在圣约翰大学的校园，又似走在杭州的郊野，多少钦羡和赞叹的眼光跟随。同性忌妒异性倾慕，被誉为"校花"和"美目盼兮"的人，自有与众不同的尊贵。她便那么尊贵飘逸地步入后院。

那是一片临河的广阔草原，两旁屏风形密密的松树林，一点也不曾受到季节变换的影响，仍是一味地绿油油，根根松针示威状地展露出它的坚和锐。它耐经风霜，有韧力，但因外表的平凡而得不到方华的眷顾。她胸怀中贮藏了许多属于自己的好花美景，岁月的奔驰和自然演化的强烈现实，是她向来漠视更不屑去正视的。虽然那些大大小小的镜子总与她为敌，但上天历来给她的优越地位和厚爱，她始终相信不会真正收回。

方华不需思索，便一径地坐在长木椅上。隔着一片正趋荒芜的玫瑰花圃、一条沿着河床的小径，是载着云影和夕照的悠悠流水。方华目光空洞地呆坐了片刻，终于放松那仿佛被地心吸力吸得无可挣扎的五官，允许深深下垂的眼角、嘴角和两腮沙囊般顽固坠沉的肌肉，往上提升，浮现笑靥。

◆　◆　◆

史顿赫太太没有一般老人的痴肥和枯瘦，只是腰围较盛年时增加十厘米，背脊微微佝偻，两条曾经修长过的玉腿，爬着几条暗蓝色蚯蚓状、隐隐凸起的静脉。从面孔上谁也不难看出她具有超级美女的根基：虽然太阳穴部位的黄褐色老人斑，已无情地点点片片，但那下面白净细腻的底子，应足以形容出她确曾肤若凝脂过。特别是那端丽的五官：骨梁挺直、小巧精致的鼻子，菱形饱满的唇，开阔而优雅的额头，配上长圆形的脸庞——即使是最痛恨她的人，也不能否认，这是一位媚丽过的女人。纵然那些美巧得几乎无懈可击的器官，刻印着光阴辗过的痕迹。

史顿赫太太对镜梳妆时下功夫最多的总是眼：粗炭笔画眼影，细的画眼线，一次画不妥抹去再画，一次两次三次或更多次，常是画秃了笔，那顽固垂着的眼角仍不肯稍现昂扬，恢复成两只明亮妩媚、眼角微微上斜着、乌黑双眸深不见底的盼盼美目。

"美目盼兮"曾被视为她的特征，也是她的绰号，她当然以此为荣，因此努力拯救，结果却总是徒劳惹气而已。事实上她早有所闻，目下流行的是整形手术，据说将眼形恢复成原状并非难事，只消割去一条皮肉，由原处缝合，三个月后可复原得找不出一点破绽，眼皮回归到青春岁月，整个人忽地倒退二十年般年轻。

史顿赫太太也曾费过思量与挣扎，最后仍是放弃。怕痛心理只占极小部分，真正怕的是血。这点她详细打听过，医生明白告诉："开刀怎会不流血？虽然流得很少。""流血？哼！"她二话不说，快得像逃避恶鬼状离开那诊所。

◆　　◆　　◆

王英节驾驶的战斗机，在执行掩护撤退任务时，被打中起火。那英俊的空军上尉壮烈殉职的消息尚未被通知他的未亡人方华之前，方华已在杭州眷村的深宵中，见他身高180厘米的魁梧躯体，从紧关的门扉上走下来。鲜红的血浆由头顶冉冉涌出，流遍全身。她听到他温柔的声音："方方！方方！"不错，是他，"方方"是他对她的昵称，可是他怎么变成了血人？次日清晨，大队长和他的妻子，英节亲如手足的好友梁浩东，以及与她来往密切的几位手帕交，围成一撮人堵在门口。不待他们开口，她便知自己的预感得到证实，那血淋淋的人形也顿时扩大，充塞在每一角视觉可及之处。她尖叫一声便沉没在重重血影之中，醒来后才发现原是躺在病院的床上。

眷村里花蝴蝶一般青春活泼的寡妇中，增加了万方瞩目的新星方华，那些勇敢又帅气的年轻飞行员，兴奋地把帽徽和胸章擦得更亮，喜滋滋地加入了追逐者的行列。但她很快地便倒入梁浩东的怀抱。英节早对浩东叮嘱过："要是有一天

我出事，你要负起照顾方华的责任。"情况发展得颇为顺理
成章。

　　浩东在同袍间以乐观与善于经营生活著称，跳舞技术傲
视群伦，周末参加新生社的舞会，经常被众人哄着做探戈、
华尔兹、桑巴、吉特巴等表演，赢取如雷掌声。与浩东共同
生活一如与英节，甜蜜多趣而不寂寞，识者亦多赞美他们是
郎才女貌的佳偶，反倒是她本身有种神经质的不安之感。

　　她确实不曾料到，浩东突然变成另一个血淋淋的影子。

　　她住屋的墙壁上血影重重，分不清哪个是英节，哪个是
浩东，总是一片杀气的红，红得像要把人的眼球爆炸开。从
此她恨红色，怕红色，躲着红色。

　　见满圃红艳艳的玫瑰皆尽凋零，她有种幸灾乐祸的快意，
颇是随兴地哼起歌来："夏日最后的玫瑰，独自吐芳蕊……"

　　歌词的错乱颠倒，仿佛一只可怜的母鸡被人扭住喉颈、
苍老尖锐接近声嘶力竭的嗓音，都不足以妨碍史顿赫太太愈
浓愈深的沉浸。她由椅子上缓缓站起，姿态优雅，面孔洋溢
着光彩。刹那间她已回到表演台上，周围的花草树木变成观
众，男士着深色西装打领结，女士是拖地长裙。此乃无须解
释的常规：听严肃音乐会一定要穿正式礼服的。这些人显然
品味高超，她等待他们如雷的掌声。

　　但她如琴弦突断般，歌声戛然而止，面孔上洋溢着因惊喜衍生出的温善，目光亦定定的如遭磁石吸住了。原来她看到年轻的方华在沿河的小路上走着。那方华穿了一身浅紫色的连衣裙，雪白晶莹的肌肤，浅笑盈盈，宽宽的裙角和乌黑的柔长秀发，在微风中频频抖动。她步履挑达而不失庄重，每迈一步，提在手上的长柄紫底白花小阳伞便随势甩颤一下，像是仙女踩着浮云行走，有种形容不出的出尘美姿。

　　史顿赫太太不禁神迷，从心底产生倾慕之情。那样美的形象是任何人都要叹服膜拜的，她自然无法例外。事实上她对那年轻美女从未忘怀过，也曾认真寻找过。可惜那年轻美丽的方华忒吝啬现身，几次照面是数得过来的，而且总是在旁边无人、她独自或行或坐的时候。在这人迹渺渺的后园里，她不止一次见那美丽身影从河岸走过，每次都想留住，或至少坐下谈谈，但年轻的方华尽管笑得妩媚含蓄，骨子里的骄傲和罔顾她的崇拜热忱的冷漠是明显的。无论她怎样召唤，那方华都不睬不理，只是兀自淡笑着在河岸上徘徊。每当她要走近，那妙龄美女便会变魔术般突地消逝，留下一片悻人的虚空。她恨那年轻人的寡情狠心，却又扼制不住想亲近她的渴望。

　　"方华，方华，过来谈谈。"史顿赫太太招招手又指指木椅，表示多么期待两人坐在一处谈心。

绮年玉貌的美女并不答话，仍一味来回踱着，仪态始终优婉从容，步履总仿佛怕惊动了谁似的，一式的安详轻巧。笑容亦保持早春阳光般温煦，把人心抚慰得熨帖舒适。可她就是不肯走近。

"方华，年轻人，念我多年痴想，给个机会坐下聊聊。我知你忙，绝不多打扰，十分钟，只十分钟就够。"史顿赫太太用两个手指比成"十"字，口气接近祈求。

年轻的方华似没听到史顿赫太太的话，也不肯认真地看她一眼，仍那么自信而飘逸地走着，接下去就像时装模特儿表演，每来回踱一遍，便换上一套新装，连发式也配合着变幻，白衣黑裙的校服配齐耳短发，穿天蓝旗袍时梳双辫，紫地白花的细腰肥裙，配以长发太潇洒！那方华仗着年轻身段好，胆子也大，忽而旗袍忽而裙衫，剪裁合度的各式外套大衣，仪态万千，穿什么像什么。巧的是那些衣服都让史顿赫太太眼熟："哟！那件旗袍不是浩东陪我去做的吗？蠢蠢的吴裁缝，改了两次才合适。那件大衣是英节买来送我的，在先施公司……"

史顿赫太太叨叨咕咕地自言自语。方华倒像并不觉察旁边有他人的存在，兀自踩着优雅的步伐，穿着不同衣装，风度飘洒地走过。史顿赫太太倾慕已极，伸长她越来越令人联想到火鸡的皮肉松垮的脖颈，出神地凝目望着，视线直直地不能移开。忽然，那可爱的美女停住了脚步，睁大她那亮晶晶的眸子回望过来，眼光虽妩媚却掩不住冷傲。

这一刻，她把方华看得格外清楚，白中透着淡淡玫瑰色的肌肤，不必触碰便知每个细胞都是饱满的。找不出一丝皱纹的面孔，配上精致秀美无瑕疵的五官，多么让人羡慕的美人啊！"太美了，太美了……"史顿赫太太不住地喃喃，不自觉地往前一步，怎料那调皮的美女竟长发一甩，刹那间骤然隐去。

"方华，方华。"史顿赫太太惶恐地叫，"方华，请你回来！"

"美丽可爱的方华，你真的永不回头吗？"

尽管史顿赫太太又叨咕又央求，年轻的方华终究未曾再现身影。

◆　　◆　　◆

小路上空无一人，河水静静流着，偶尔掠过一阵冷风，掀起层层涟漪，几圈白云飘过又跟上另外几圈，浮腾不断。世界并未中止前行，只是太安静了些。

史顿赫太太绝望地哭泣着，唏唏嘘嘘，曲扭着的面孔上，皱纹毫不容情地清晰浮现，只是眼泪却不很多，像出了毛病的水管，泪水仅达滴滴坠落的程度，要想泪如泉涌竟是困难的大工程了。

史顿赫太太听到有人唤她，从声音可分辨出是照顾她的实习学生玛丁娜。她急忙拿起手袋和阳伞，想遁入树林中躲藏。但身着白衣的玛丁娜已立在面前。

"你已经坐在这里很久了，还没看够好风景吗？""我并没看什么好风景坏风景，只不过睡了一小觉。""哦？睡着了？那也很好。不过无论如何是喝下午茶的时辰了。啊！今天的巧克力蛋糕真棒。"玛丁娜好耐心的。其实她一直在树后守望，史顿赫太太的一举一动皆看得清楚。"我不喝茶也不吃蛋糕，我什么都不做。"史顿赫太太孩子气任性地摇着头，忽地站起身往外走。

"你真能不喝不吃，我可受不了诱惑，味道香哦！"玛丁娜伴在史顿赫太太身旁，边走边说，过一会儿又道："史顿赫太太，你儿子打过电话，说星期天来看你。他很记得那天是你的生日呢！"

"我儿子，不是康纳德吗？"史顿赫太太停住脚步，如梦初醒般的眼光，炯炯地望着玛丁娜红润的脸。

"你说对了，就是康纳德。你媳妇也同他一起来。"

"告诉你，康纳德是个乖孩子，读书不用我操心，气人的是他不肯练钢琴也不肯吃麦片，唔……"史顿赫太太突然想起什么，表情越发严峻，"是他和他老婆送我来这里的，对不对？"

"是他们送你来的。因为，这儿对你最理想。"

"嘻嘻！这儿到底是谁的家呢？"史顿赫太太想了想，笑眯眯地问。

◆　◆　◆

坐落在多瑙河畔的苍松疗养院，医疗水平和服务质量都高，环境的优美清幽，就像春天新剪过的、找不出一根杂苗的高丽草草坪那样无可挑剔。建筑物是维多利亚女皇时期的模式，外表古老，内部则是最新的现代化装修。这使"苍松"远近得名，收费虽高昂，登记申请进入者却需等待经年。

史顿赫太太不懂为何、何时住进"苍松"，唯儿子和媳妇送来的这一点，几乎可以确定。当她撑起紫色小阳伞时，一些影像便模模糊糊、水波似的涌到眼前。媳妇温婉地笑说："我在城外的古董店里，看到一把漂亮的小阳伞，和你丢掉的完全一样。妈咪，我们要买来送你。""唔，唔，出去走走。"儿子有点腼腆地随声附和，她唯一能做的是同意。

车子沿着多瑙河行驶，驾驶座上的儿子不发一语，媳妇不绝口地夸赞风景优美。她安静地坐在后座，紧握新买的小阳伞，像儿童对待心爱的玩具。路途不近，车子一个劲儿地向前奔跑。

"近几年母亲的情形可称每况愈下，记忆力退化，时空错置，常做些我们难以想象的荒唐举动。毫无疑问，老太太虽然生性刚强，也没能力照顾自己了。我们也没办法照顾她。"咬文嚼字，一个男人的声音。

"我们确实没有办法照顾。康纳德坚持接他母亲来我们家。一个月，仅仅一个月的时间，她就把康纳德、我和两个孩子全带进地狱，再下去只怕几个人都会发疯。那日子真可怕，绝不能继续下去。"女性的声音。

史顿赫太太觉得两个声音都来自远方，远得像隔着一道海峡或是一座山峰，不过仍感到熟悉，思索了半晌终想起是儿子康纳德与媳妇丝蒂芬妮，那么谁又是那个没用的、不能照顾自己的老女人呢？唉唉！世间是有那种人，老得叫人生气。譬如汉斯，与她共同生活了二十年，有天竟忽然笑眯眯地端详着她说："这位漂亮太太是谁啊？何以看来如此眼熟？"惹得她哭笑不得。更糟的是他连自己的儿子也不认识，指着康纳德道："哪儿来的混血孩子？邻居的吗？"

"她剥香蕉把芯子丢掉而吃皮，常常半夜爬起来唱歌，扰得全家不能睡觉。梳妆台前一坐两小时，对着镜子发怒，有次丢粉盒把镜子砸坏。不知她为什么跟我过不去，故意把一件我最喜爱也最常穿的火红色大衣，洒上酱油泼脏。因为孩子们看不惯她撑一把破烂的古董小阳伞满街走，偷偷地丢掉了那把伞，她跟我们全家赌气，足足一星期不肯开口讲话。

啊啊！像一场噩梦，荒谬得难以形容，总之一句话，她已经失去了自我生存的能力……"是丝蒂芬妮，仍远得像隔着山山水水，但她能分辨出。

她坐在一间白如霜雪、充满酒精味的空屋里，努力地寻思：到底谁是那个可笑的老太太？她认识吗？待会儿要问问丝蒂芬妮。

◆　　◆　　◆

"妈妈生日快乐！"康纳德·史顿赫在母亲的脸颊上轻轻吻了一下，献上他带来的花束，白色的康乃馨配衬着长长的翎毛状绿草。

"妈妈，我们给你买了个漂亮的蛋糕，你看！"丝蒂芬妮指指桌上插着七根蜡烛并做了"恭贺七十大寿"字样的蛋糕。

"唔。"史顿赫太太淡淡地应了一声，满面困惑地上下打量了儿子和媳妇一会儿，肯定地道："我认识你们，是康纳德和他老婆丝蒂芬妮。"

"对啦，对啦！妈妈又认识我们了。妈妈你进步很快，真叫我们高兴。"金发碧眼的时髦少妇笑得出了声。

"妈妈，你真棒。"修容整齐、着全套西装的康纳德，竖起右手的大拇指。

史顿赫太太又打量了儿子和媳妇片刻，猛地把花束掷在地上，吵嚷着站起身："我要回家，我要去给康纳德煮麦片粥，看他是否练过琴。"她说着就要往外走。康纳德夫妇和守在一旁的玛丁娜忙上前挡住，史顿赫太太气劲足，用力地推开他们，口里不停地叫："我要回去。"小客厅里充满声音，几个人撕扯成一团。房门被推开了，一个脑袋上脱落得只剩几根白发、面孔皱如干橘皮般的老男人，挂根手杖站在外面惊恐地叫："希特勒派兵了，天哪！快逃。"

撕扯纠缠之间，护理长匆匆而入："请让开，让我来处理。"她沉着严峻的尖脸，语气冷如冰霜，一下子便用两只铁腕握住史顿赫太太的双手，命令道："聪明点，乖乖坐下，否则你会被捆在椅子上。忘了上次的经验吗？"

史顿赫太太朝护理长呆望了一会儿，终于坐回椅子里，安静地一语不发。

"玛丁娜小姐，麻烦都是你惹的，这样的工作态度！上个星期你放任她去后院，昨天居然允许她在浴缸里泡一个小时，跟她说笑、唱歌？好啦！当着外人我不多说，这样的工作态度！"护理长失望地摇摇头，转对康纳德和丝蒂芬妮，"两位请回吧！史顿赫太太情况良好，一切没问题。过生日的事交给我，待会我找几个老人来吃蛋糕。"

"护理长，母亲她……"

"史顿赫太太情况良好，两位放心。"护理长截断康纳德的话，笑容和口气都不掩饰送客的意愿。康纳德面色黯然，犹疑了刹那对他母亲道："妈妈保重，我们不久会再来。"临出门时他回头望了史顿赫太太一眼，见她定定地端坐着，有异乎寻常的安静，只是眼神显得荒凉了些，像从来不曾有船只行驶过的海面，正在述说宇宙洪荒的凄凉。

◆　　◆　　◆

护理长与玛丁娜做半小时谈话，指点一些护理原则："对于这种失去意识的精神残废，你绝不能把他们当成正常的人，因为他们不知道自己在做什么，事实上也许更接近兽类，会做出极为愚蠢、讨厌甚至危险的举动。你懂我的话吗？"玛丁娜连连点头，护理长冷漠的脸上飘过一丝笑意，又道："对付这种人，不能胡乱仁慈，而是要有效地控制住行动，要他们安静、听话。"玛丁娜再点头。最后护理长做示范给她看，要怎样使力握住对方的双手，推坐在椅子上，并说对难以制服的病人，最好是捆在椅子上或床上，关上房门，免得影响外面。"必要时通知我，可以用电击或安眠剂。"她如数家珍，娴熟而具专业的权威口吻。

玛丁娜走出护理长室时，只觉一团沉沉迷雾盘踞在心头，重得透不过气。但她年轻乐观的本性，很快地便使她从这种不愉快的感觉中解放出来："像史顿赫太太那样文雅的老人，能做出什么事呢？谁又忍心用那些方法对付她呢？"玛丁娜宽慰着自己，同时想起史顿赫太太最近一些奇特、可笑、有趣的举动。

那天清晨玛丁娜走进史顿赫太太的房里，只见她戴着一副墨黑的太阳镜，直挺挺地仰面躺在床上。当玛丁娜说"你早啊！睡得可好？"时，史顿赫太太只简单地答："晚安。"

"晚安？哈哈！史顿赫太太，已经八点。快梳洗了去吃早餐。"

"晚安。"

"别闹了，快起来。"她去扶起史顿赫太太，同时要摘掉太阳镜，不料史顿赫太太一抬手挡住，五根鸡爪似的手指差不多要剜入她的肉里："你瞧天多么黑，别来捣乱我，晚安。"

那天史顿赫太太便戴着墨镜躺到正午，口中念念有词，忽而中文忽而德文，她一句也没听懂。

另桩趣事是全院集中在餐厅喝下午茶，一边看电视新闻。其中有段报道，是有关蒋介石夫人宋美龄女士，应美国国会之邀，在欢迎茶会中做数分钟的演讲。当夫人出现在荧幕上时，史顿赫太太突然站起身，把一个手指堵在唇上对大家嘘了一嘘，郑重地道："安静，安静。夫人已经莅临本校，校长派我去献花，这事马虎不得。"她说着便拿起桌上瓶中的花束，姿态优美地斜捧着，随后弯腰一鞠躬，声调清脆得像个小女孩般柔笑着道："夫人好！我是音乐系的方华，谨代表全体同学向夫人致敬。"她说罢就要把花塞到电视上，在一片惊呼哗笑中被护理长赶来挡住："玛丁娜小姐，把史顿赫太太送回房间去。"护理长铁青着脸吩咐。

◆　◆　◆

发生在史顿赫太太身上的这类怪事，多得说不清。玛丁娜打心里不觉得对别人有害，而且也不认为史顿赫太太已真的痴呆。"玛丁娜小姐，你是多么和气可爱啊！你是我的小天使。"史顿赫太太总这么说，也从来没有不认得她过。

"你知道我是谁吗？"

"你是玛丁娜小姐嘛！"史顿赫太太有把握地说。

玛丁娜尤其爱听史顿赫太太讲故事："你知道，那时候我是方华，跟史顿赫没啥关系。方华！呵呵！如果你能倒退几十年，就会知道那是多么让人震撼的名字……"

史顿赫太太讲起她属于方华时代的往事，那张原本显得僵硬冷漠、隐约中透露出寂寞的老人脸，便会浮上柔和的感人光辉，面孔红扑扑的，眸子亮得像汪着一窝水，声音也变得生动悦耳。她叙述在成都初入金陵女子大学时，是如何被女同学们和他校的男大学生们惊艳，称她为"华西坝上的明珠"，而附近空军基地的年轻飞行员们，如何倾倒于她。"好多优秀的青年追求哦！我只爱英节——就是我第一个丈夫。

他帅气、英俊，最可贵的是专情。"史顿赫太太讲起她转学到上海的圣约翰大学："他们说，方华到来的第一天，就差点把几幢大楼都震倒。'美目盼兮'的外号就是那时候得来的。"她说着眨了眨凹眼眶里松松下垂的眼皮。然而史顿赫太太最爱提起的一段，乃是在台湾时，一次去参观兰花展览："我那天穿了一身紫罗兰颜色的衣服，一进场大家就震住了，只看我不看花，叽叽喳喳地直说人比花娇。"

史顿赫太太有关自身曾为超级美女的轶事说不完，当工作忙碌时，玛丁娜不免厌烦，但暗中羡慕时更多，后来竟忍不住要讨教了："这些青春痘真可恨，用什么法子能除去啊？"有次她摸着自己的额头说。史顿赫太太端详着她的脸，叹口气道："亲爱的玛丁娜，我倒想长几颗青春痘玩玩呢！"

史顿赫太太从梳妆箱里找出一小瓶油膏叫她试试。玛丁娜当晚便试用了，效果竟是出乎意料地好，那些可厌的颗粒在几天内消失许多，面孔显得光滑了。在玛丁娜的心里，史顿赫太太不可怕也不可厌，玛丁娜差不多有些喜欢她，至少是习惯了她。

◆　　◆　　◆

但史顿赫太太的举动越发怪异，是人人得见的事实。她终日戴着深色太阳镜，并把镜片下的眼皮贴上透明的胶纸条。

玛丁娜要替她取下来，她便两手牢牢挡住抵抗，脸上的表情坚决悲壮，像正在对付战场上的顽敌。护理长带一个东欧籍的男性护佐，硬把那眼镜和胶纸取了下来。为此史顿赫太太拒绝吃饭，冷冷呆坐着一语不发，玛丁娜以为她从此不再开口了，哪知夜深人静时她竟扯着尖锐的嗓音，唱起"夏日最后的玫瑰"。

替史顿赫太太洗浴，向来是玛丁娜的责任，两人合作无间，边说边洗十分轻松。可史顿赫太太不肯合作了，先是乘玛丁娜不备，穿着衣服鞋子钻入浴缸，后来就强力拒绝洗澡，而且顽童一般用莲蓬头朝玛丁娜身上喷水，结果仍是护理长派东欧籍的护佐来协助。那身高 192 厘米的彪形大汉，老鹰捉小鸡般按住史顿赫太太，几下子剥去她的衣服，将她放进浴缸里："哪怕你厉害得像只老母山羊，我也有法子制服你。"他玩笑式轻蔑地说。

史顿赫太太如婴儿般穿着防湿裤已不是一天的事。最初只是小便失禁，她为此感到羞愧，不愿别人知道，特别注意衣裤臀部的部位是否够平整，刻意要装出穿着普通内裤的样子。这一点上她的转变尤其惊人，她已经不止一次将尿布解下来在空中挥舞，脸上喜笑颜开，得意的形状宛若是热情助阵的拉拉队员。

最令院方震惊的一件事是，夜晚大楼里所有的门都锁上之后，她竟撬开厨房的后门溜到院子里，抱着床厚厚的鸭绒被，瑟缩地蹲在大门洞里，次日清晨才被发现。

◆　　◆　　◆

史顿赫太太无疑已成了最引人头痛的老人。她被迫穿上那种给变态人专用的外衣，终日双手抱肩动弹不得。她进院时特别要求自带的梳妆台，也被搬出了房间，原因是她常常从早到晚坐在镜子前，石像般一动也不动，口里反复地叨咕："那老丑女人不是方华，快把她打出去。"有次她说着便集中力量用头撞去，将镜面撞出碗口大的破洞，额角的裂缝流了满面红淋淋的血，被送到外科医生处缝了十三针。

院方当然通知了史顿赫太太的儿子康纳德。

"妈妈，我是康纳德。你跟我说说话嘛！"同样的话康纳德已说了几遍。史顿赫太太仿佛什么也不曾听到、看到，只把眼睛直直地瞪视对面的白色墙壁，口里不停地念叨："那不是方华，那不是方华……"

"妈妈，你连我也不认识了吗？"

"那不是方华，那不是方华……"

"妈妈！"康纳德似在祈求，脸上充满无助的悲苦。

"那不是方华，那不是方华……"

"妈妈……"康纳德踯躅了刹那，终于无奈又无力地走出去，临出门时丢下一句话："你们就按照院里的既定方式处理吧！我也没有办法了。"

◆　　◆　　◆

　　玛丁娜从出纳室领到最后一笔工资，算算数目，实习打工三个月的总和，勉强可供下半年读书生活的开支，收获不能算太小。想到立刻离开"苍松"，她大大地吐了一口气，天知道，她与原来的自己已经切断了——和同学们仅通过几封信，与彼德是从实习开始就未见面，两人只靠电话联络。今天彼德要来迎接她，这使她心头涌着一股暖流，温温热热的。

　　不过她也有种难以解释的矛盾，在这段短短的时间里，她看到了一个以前从来不知道的、人间世界的另番面貌。这个对她而言陌生又奇特的世界，这里面的一群古怪又麻烦的老人，有时会使她感到恐怖、厌恶，但又引起她的不忍、悲悯，更多时候心上像被堆积巨石般沉重。如今离别在即，行囊皆已打好，她竟有些依依不舍起来。其中最不舍的，当然是由她整整照拂了三个月的史顿赫太太。

　　史顿赫太太的情况，未好转亦未更恶化，像只老旧失修但仍能断断续续滴答前行的时钟。她的日常运作并未停顿，有时甚至过分旺盛，食欲好时可把一道全餐从前菜色拉到最后的甜食，吃得碗盘如洗过的一般干净。而只要是醒着，嘴巴准定不停地念念有词，忽而德文忽而中文，说的总是相同的一句话："那不是方华。"仿佛那是一句千古不可变更的魔语真言，不可稍忘亦百说不厌。

但史顿赫太太也曾有过极端衰弱的时候，有次她双手胡乱挠抓胸口，半张着嘴，眼球朝上翻得只见白不见黑。护理长一看便说："是心脏出了大毛病，推到急诊室。"史顿赫太太的生命力量颇出大家预料。在玛丁娜被嘱咐整理房间，以接纳下一个老人时，史顿赫太太已脱离险境，精神反而比以前更抖擞，"那不是方华"的念叨声音高了许多。

史顿赫太太的健康恢复，差不多是令人失望的。那天几位护理人员在一起聊天，就谈到安乐死的问题："活到这个程度，已经失去了生命的意义，给别人造成沉重的负担。""确是很讨厌的事，只有消耗人力物力，这种生存不值得鼓励。""不过上帝是公平的，给人什么样的生命，小小的我们不能论断。""她儿子媳妇也不来探望她了。""她儿子媳妇没有错。他们要生活，要工作。"……你一言我一语，讨论不算热烈。玛丁娜未出一声，心里却有点形容不出的不自在。

事实上，院里的老人并不都像史顿赫太太那样子能活，她已见过几次，前晚还是能动能说的人，第二天躺卧在床上的却是一具苍灰色的僵硬尸体。她也曾想过：会不会某天早晨走进史顿赫太太的房间，见床上躺着一个面色惨白、半张着口和空茫的死鱼般的眼、蜡像状的尸体！她的脑海中确实出现过这样的画面，令她毛骨悚然。

◆　◆　◆

彼德开着他那辆车龄超过十年的老爷车，到达苍松疗养院时，玛丁娜已在大门口等了一阵。

"嗨，玛丁娜，都准备好了？"那浑身都是劲儿的金发大男孩，下了车先抱住玛丁娜吻上一阵，接着就把地上的衣箱、旅行袋和一只装吉他的盒子放入车内。玛丁娜已经安坐在车里，当彼德问："可以走啦？"她点点头。他发动马达开始上路，她又摇头说："不，等等，我得去跟一个人告别。"她匆匆而下，朝那栋维多利亚式的建筑物奔去。

玛丁娜知道，向史顿赫太太告辞，说"再见"，都是无意义的事。她也相信，再与史顿赫太太见面的可能性微乎其微，几乎是没有。但这样连头也不回地绝情离去，似乎是艰难得令她做不下去的事。她想起史顿赫太太对她说"玛丁娜小姐，你是多么和气可爱啊！你是我的小天使"时信任的眼神，也想起她说"我倒想长几颗青春痘玩玩呢！"时的诙谐笑容，坚信史顿赫太太应享受人与人之间的尊重。

玛丁娜推开史顿赫太太的房门，见那肤色枯白、五官清秀的老妇人，仰面平躺在床上，四肢和躯干都被包裹在一个紧套在床上的、为防止病人动弹特制的被子里。史顿赫太太睁大的眼睛定定地对着天花板，眼神里像从来不曾有过任何一丁点儿的喜怒哀乐那样，有种悸人心肺的荒寂空茫。最能表现史顿赫太太生命之力的，仍是念念有词、不肯稍停的嘴："那不是方华，那不是方华……"

"史顿赫太太，请看看我，我是玛丁娜。"玛丁娜用手轻抚了两下史顿赫太太的脸颊，温柔的笑容里流露着怜悯。

"那不是方华，那不是方华……"

"我是你喜欢的玛丁娜。我已实习完毕，是来向你告辞的。亲爱的史顿赫太太，试着想起：玛丁娜，玛丁娜。"

那不是方华，那不是方华……"

"史顿赫太太……"玛丁娜焦躁又失望地叫。

"那不是方华，那不是方华……"

"那是方华，史顿赫太太，你就是方华，方华就是你。"情急之余，玛丁娜倏地灵机一动，换个方式激一激，满心期望能收到效果。可是那史顿赫太太自始至终都无变化，一直两眼空空地对着天花板喃喃不绝地念叨："那不是方华。"

玛丁娜默默地站立了片刻，终于双手蒙面快步跑了出去。

我已经想通了，人的面子也就是个屁。

校庆

施玮

施玮，诗人、作家、画家。曾在北京鲁迅文学院、复旦大学中文系学习。1996年移居美国，获博士学位。任美国《国际日报》文艺部主任，华人基督徒文学艺术者协会会长。20世纪80年代中期开始文学创作，在海内外发表作品约五百万字，出版诗集、长篇小说、学术论著、画集等16部著作。

一

高旗县地处偏远贫穷的山区，县中就坐落在县址的勺把上，靠山面水。看风水的先生说这里风水奇好，这说法有道理，因为全县三十年来，考上大学的文曲星们，甚至包括从村到地县级所有的秘书们，都出自这里。可惜的是，虽然秘书都出自这里，大领导们却都是外来的。于是，高旗县中便不像别的地方县中那样风生水起，它被一条并不宽的河隔着，端起了一番名士的风范，在寂寞上涂染矜持。

然而，这份矜持也端得摇晃，这块风水宝地早就被看中了。两年前，高旗县唯一号称四星级的酒店，就在平板、灰白的县中教学楼旁拔地而起。U形相连的三座楼，豪华大厅、宴会厅、健身洗浴娱乐会所分布在主楼的一二三四层。两旁，两幢七层的客房楼伸向翠绿、幽静的山里。

从此，县里各种大会都在此隆重召开，若不在此，便失了档次，不够级别的会议自然不便请够级别的官员。渐渐地，无论什么会都要努力在这四星级的门楣上挂个横幅，再加上县外各种官员落脚时必须悬挂的欢迎横幅，这里常常非节无庆也是红绸飘飘。

而一旁的县中，竟成了公主身边的丫环，却又是个出身于破落诗书人家的碧玉，空怀一份不甘、一份嫉羡、一份不屑……

不过，今天的主角是昔日的丫环。不仅平日里苍白素面的县中浓妆艳抹起来，连旗舰大酒店的豪华门楣上也悬挂着"高旗县中四十年校庆"的大幅标语。奇特的是在这标语下面还有一条：热烈欢迎82届高三（1）班同学回到母校。明眼人一看便知这校庆的主要买单人必是该届该班的毕业生了。

二

中午，过去的毕业生们陆续来到学校。他们大都骑自行车，也有不少闲逛着走来的，间或还有几个骑摩托车的。他们大都在当地上班，彼此平日在这小小的县城里也免不了常见，此时此刻再见却仍是格外亲热，意气风发，像是回到了学生时代。老师们被三三两两过去的学生围着，更是面泛红光，感受身为人师桃李满天下的幸福，早忘了平日的种种怨言和抑郁。

酒店会议厅里，不算密集却也不稀落地坐满了人。校庆就此开幕了。

主席台正中坐着的，是县中毕业生里官做得最大的人——地区教育局局长高陆云，他正是82届高三（1）班的。人们在下面不由得窃窃私语。

"到底人家班里出了官，我们才能沾个光，也有个校庆大家聚聚。"

"教育局局长能有多少钱？肯定也是掏公家腰包……"

"掏公家腰包怎么了？一个地区有几个县中？四十年了才纪念一下，还不应该？政府不是一直强调重视教育吗？"

"得了！若没出个高局长，政府把应该办的事办上一半，就穷得关门了。"

…………

高陆云，方脸大耳，深色西装，做报告的样子竟然有八九分的标准，若镜头切下来贴到电视上，猛一瞧，也可与别的省市会议报道互换，但细一听，却在彰显自信的底气、节奏和速度上差了不少。但这已经是他今生做报告的最高峰了。原因很简单，他——高陆云——是这群同学中走出来的级别最高的官，并且是个教育系统的文官，自然就成了本次校庆的主角。一旁坐着的倪鸿书副校长倾侧着身子，一副专注、赞同、惊喜的表情。他比另一边的老校长活跃多了，虽

不能插嘴说话，却也调动了脸上的所有器官，将这份活跃表
达无遗。

三

　　酒店内一间豪华套房里，陈三铁独自仰身倒在沙发里，
茶几上开了瓶洋酒，旁边放着的杯子中还有小半杯残酒。他
相貌平平，在名牌西装烘托的成功企业家的总体外观中，有
份不经意便泄露的粗糙，这粗糙完全可以被理解为男人气，
但他本人对这粗糙的自觉，令他有了些暴发户的心虚。

　　陈三铁的眼睛望着天花板，空洞而不安，身子虽然一动
不动，但看眼神，却像是他正烦躁地满屋子踱步，像只动物
园囚室中的雄狮。

　　手机响了。

　　"三铁，你就让我去吧！"是个女人的声音。柔软中有份
安定，这安定虽非执著，却溢出一种朴素醇厚的坚固。

　　听到这声音，她的脸立刻就挂到了陈三铁的面前。刚才
还像困兽般的男人，突然定住了，对着面前的空虚猛劲摇了
摇头。

　　"不行。"他不耐烦地回答，眼神中却有份虚弱。墙上的
钟，快四点了，大厅里的会马上就该结束，接着，就会进入

参观阶段……

"铁哥，让我去吧，我也是高旗县中的啊……"

"啰嗦什么，看好孩子，那么多孩子还不够你忙的？平时让你去哪儿，不都喊没时间吗？"

对方沉默了一阵："陈三铁，别忘了，我们是同班同学。你觉得娶了我有辱你的面子吗？我可以不说是你的老婆……，而且也就快不是了。"女人的口气硬了硬，却没有提高声调，随即又柔和了："但我一定要去，这么多年了，我也很想老同学。"

"那……那你明天再来……"男人的眼睛不停地在时钟和窗子间飘移。

"你今天要干什么？"女人的声音有点疑惑，声调虽仍平静，心跳却几乎传过来，颤动了挂在男人面前的脸。

"不……不干什么！我能干什么？"陈三铁无端地恼怒起来，如同是一伸手，抓下空中悬着的那张快要抖出泪的脸般，迅疾地挂了电话。他看着窗前那架望远镜，心里却开始有点发虚了。"我想干什么呢？我能干什么？"他不禁自问道。

陈三铁坐在沙发上，与窗前的望远镜对峙了许久，最后还是走了过去。镜头正对着斜下方县中的校园。

四

显然，已经散会了。

有些形状、表情、衣着都相差甚多的中年人，从校园门口，三三两两地走进来。

老校长、倪副校长陪着高局长进入了镜头，他们身边自然跟了群奉承的人。镜头向四周晃一下，就看到也有人远远站着，脸上刻意露出不屑一顾的神情。

高陆云这个教育局局长腰背仰伏是很有时有度的，此刻，当然是仰到极致，却又敛回了些许。他志得意满地用浑厚的声音说道："我为我的母校骄傲啊，老校长和全体老师对于我们县、我们地区、我们省、我们国家，实在是育人无数，功不可没啊！教育是一切的基础，人才是国家建设发展的首要条件！……"每一个听着、望着高局长不紧不慢、侃侃而谈的人，都不免会赞叹高局长讲话有水平，就连高局长自己，每每听着自己面面俱到、节奏完美的讲话，也会认为限制自己高升的仅仅是机遇而已。

"我们地区的教育事业全靠高局长的英明领导，我们高旗县中更是盼望高局长能在繁忙的工作中，特别偏爱一些，常常光临指点我们。哈哈，毕竟您是我们的骄傲，倪副校长还是您的班主任呢。"老校长是个真正的老实人，快退休的他已经除尽了性情中的各种浮尘躁沫。一方面他真心为这个优秀学生骄傲着，另一方面官场的奉承、处处为自己留好退路的做派，已经成了老头的习惯。只听他这话，你会皱眉，但若看他的神情，却是全然的诚恳。

高陆云转向跟随一旁的倪鸿书，回应着："当然，当然，我永远是倪老师的学生啊。我当年高考文科成绩能那么好，全靠倪老师悉心栽培……"

倪鸿书刚才正对老校长与高局长俩人一路忽略自己心有不满，想想今天能办这校庆全是自己的功劳，高陆云白捡了顶光环戴着，一副主角的样子，竟然不回馈一份感激……，不过，他又想到老校长马上要退休了，那时这个学校还不是自己说了算，以后风光的日子多得很！这么一想，心里就放平了，他很有涵养地跟着，只是把背着意挺了些，此刻见他俩转向了自己，心里一舒服，背就软和下来："不敢，不敢，我当年就看出高局长是人中之龙，非等闲之辈。出手就是大文章，胸怀世界、气度不凡啊！"

五

陈三铁看着他们，虽听不见他们说什么，但看着他们在镜头前放大的表情动作，嘴角显出一丝顽童般的、带着鄙视的笑容。

望远镜镜头移到远处站着的一个瘦高个男人身上。这人虽书卷气十足，却有丝看不明的冷静，刺破了那份本该有的儒雅。这人也是82届高三（1）班的，是当年班上的才子，现在的县文化馆副馆长秦怀远。

陈三铁一看到他，望远镜的镜头似乎也和自己的眼睛一样，带上了挑剔的目光。今天秦怀远穿了套深灰竖条纹的西服，衬着他瘦挺的身材，和一头不知是否染过的浓密黑发，在这一大群发福的黑西装、渐渐稀疏的脑壳之间，显得格外年轻、不俗。

陈三铁和他同在一县，每年都会见许多次，但近些年却从没见秦怀远如此打扮过，平日瘪塌的他与今天这位真是无法画等号。陈三铁真想冲下去问问秦怀远，他那身行头是不是用前些日子向自己借的钱买的，但陈三铁相信，隐在秦怀远笔挺名牌西服里的，一定是落魄穷酸的内衣。他很希望有一个人也能注意到这点，但注意到了又如何呢？陈三铁看着秦怀远时，心里仍是满含了妒意。虽然他找不出秦怀远值得让他嫉妒的理由，但这嫉妒却不断翻涌，让他移不开镜头。

秦怀远虽是远远站着，目光却望着围拥在高局长身边的那群人。他有点犹豫，想过去，又有点插不上去。何况今天不同寻常，他要随时注意自己的形象，自己每时每刻的形象都有可能落进一个女人的眼中。

秦怀远的视线似乎扫到了什么，脸上一扫刚才犹豫尴尬的神情，全身都在一瞬间回到了青春时代，快步走过去……。陈三铁的镜头也随着秦怀远快速扫去，一个风韵十足、浑身名牌的时尚女人，猛地出现在镜头里。

望远镜不禁颤抖起来，镜头里出现了当年的吴韵梅——美丽骄傲的学习委员。当镜头勉强稳定下来时，陈三铁看到秦怀远与吴韵梅正在热切地握手、交谈。

六

吴韵梅在高中时暗恋校园诗人秦怀远，这事几乎没人不知道。当年，校园里谈恋爱的都是"坏女孩"，好女孩吴韵梅悄悄喜欢秦怀远的事，本来只在她一个人心里藏着。偏偏她写日记，又偏偏混世魔头般的野孩子陈三铁得到了这本日记……

其实，陈三铁一直对这个文静的、喜欢独自坐着读书的学习委员很好奇。他总是远远地看着她，她却没在意过他，即便他常常弄出很大的动静来，也无法让她多看几眼。就算偶尔瞥来的一两眼，也与欣赏的目光相去甚远。

陈三铁却不在乎，只是一味地喜欢在班上闹出点事来，将这女孩的目光引过来。渐渐地，他对她的好奇集中在了她常带在身边的一个天蓝色本子上。那里面写了些什么呢？很费了一番功夫后，他终于拿到了这本子。翻开后，里面的内容让他狂躁不安。于是，理所当然地有了后面的一幕：一天晚自习，吴韵梅走进教室时，正见陈三铁蹲在课桌上大声朗读她的日记……

这次事件让吴韵梅进进出出了多趟教导主任的办公室。陈三铁非常后悔，他想不通自己怎么会干出这种事来。直到十年后，过了青春期的他才明白这就是他的初恋。幸好，吴韵梅因着优秀的成绩没有被学校开除。才女才子间的那层纸被陈三铁捅破后，两人反倒常常在一起了。他便常常看着他俩的背影发呆；老师和同学们都因这魔头的安静大大松了口气，谁也不会在意他的成绩和心情。

高中毕业那年，秦怀远考进了省会的名牌师范大学，吴韵梅被本市师范大学录取了。起初吴韵梅十分沮丧，但被秦怀远一天一封信地暖着，也就又热了起来，化爱情为动力埋头读书，决心将来考入秦所在的大学读研。四年情书往来，眼看吴韵梅考研成功，可以团聚了，秦怀远却没能留在省城。生性狂傲的他以为自己发表了许多文章，在校内校外都是风云了得的诗人，得罪了学校的一个老师也并不在意，最后他被分配回山区老家教乡村小学。

　　在省会读研的吴韵梅一直希望他下一年考研回到省城，却想不到突然传来秦怀远与县文化馆馆长的女儿新婚大喜的消息。吴韵梅一气之下，没再继续学业，而是嫁给一个学理论物理的高才生，陪读去了美国，从此成了高旗县父母教育女儿的典范。

　　回头看，这一切改变都只在瞬间发生。时隔近二十年，秦吴二人重新走在高中校园里，心里很想问的话却没说出口，也许是觉得没有问的必要了吧。两人交谈着，各自有意无意地展显着如同昔日的风采……

七

　　陈三铁看着镜头中似乎极为融洽的两人并肩走向美丽夕照下的校园深处，脸上的表情极为复杂。

　　电话铃响了，是倪鸿书打来的。

　　"陈总，您确定除了这套套房外还要在对面楼留下 B727 房？"

　　"对，但对面楼不要再安排我们班的人了。还有吴韵梅的房间……"

　　"您放心！我已经将她安排在您的隔壁了，A728。"

　　陈三铁脸上露出满意的微笑，但他瞥了眼校园，眉头微皱："秦怀远住哪儿？"

"A726，您的意思是？"

"让他离我远点，我讨厌他的假斯文真酸臭。"

"行，没问题，我让他住 A702 去。陈总，您看您也不出席下午的开幕式，倒让别人当了主角……"

"我不在乎这些。"

"今晚的酒会，无论如何您总该出席吧？大家也该见见金主啊！要我说，您才是高旗县中最有出息的人……"

"再说吧。看心情了……"

电话挂上，陈三铁看着沙发边茶几上的电话，回味着倪鸿书刚才讨好的声音，舒了口气，脸上扭曲的纹路略略散开了，舒服地仰靠在沙发上，喃喃自语："最有出息……，屁！"

八

酒会。

82 届高三（1）班老同学们坐的两张圆桌，被闹着拼在一起，成了葫芦状。

大家一通哄闹，你挨着谁，谁又该靠着谁，七嘴八舌，推推嚷嚷间将学生时代真的假的、有影儿的没影儿的事都拿来扯着嗓门地说。等总算安坐下来后，却不见原班主任、现在的倪副校长站起来说个开场白。又等了一会，别的桌子已经喝上了，这最热闹的中心反倒冷了，喧哗声开始回漫过来……

高局长理所当然地等着倪副校长把眼光转过来请他说话，但却看见倪鸿书的目光不断去瞄大厅的门口。

"小倪啊，你们还等谁啊？"老校长从另一张桌边站起来喊了一声。

倪鸿书望着大门的目光黯了黯，有点失望地正要回过头来，就见陈三铁穿着很夸张的高档西服走了进来，只是那架势拿捏得过分了点，像是香港电影里的赌神入场。倪鸿书立刻迎了上去，一把挽住陈三铁，大笑道："呵呵，你这个小魔王、调皮鬼，终于来了！"

他把陈三铁拉到他的座位旁特意空着的位子上坐下，又拍着他的肩膀，对众人说："你看，当年就他让我费的心多，没几天不迟到的，今天又让我们大家等他……"

陈三铁原本端着的架子被老班主任这一拍就拍回了原形，好像又成了那个老是挨批的差生。等他听到大家喊着要罚他酒时，赶紧连喝了三杯，这才找回点总经理的感觉。

"哎，三铁，你小子看上去混得不错啊？"一个男同学说。

"是啊，当年，你没考上大学回了农村，听说后来去打工了？发财了？"一个一脸世俗的中年妇人，怀疑地上下看着陈三铁。

秦怀远见大家的注意力，甚至吴韵梅的目光都转向了陈三铁，而陈三铁的目光也有意无意地扫了扫吴韵梅，心里就有点不舒服，想说什么却没开口。看来同学们大都不知道陈三铁有了钱。可他为什么这些年总与自己保持联系，还常借钱给自己呢？原本秦怀远虽一直勉强保持着心理优势，却也有些感激这位老同学，而这无可奈何的感激又让他隐隐地、无理由地愤愤不平，此刻这愤愤不平却像是突然有了理由……

"三岁看老。看来当年骂你的老师们都走了眼哦，挖煤的都比码字的强。"

"我……我是开了个矿……"陈三铁感觉到了吴韵梅的目光，再听着"挖煤"二字就有点刺耳，想开口炫耀一下，声音一出口，却习惯性地矮了大半截。

"原来是开了煤矿啊！"同学中有人发出嫉羡的感叹。声浪静了静，飘起一句半是玩笑的嘲讽："是不是在山里挖煤挖出了金子？还是剥削童工啊？"

"三岁看老，呵呵，这话用在凡人身上还行，用在三铁身上可就不成了。"倪鸿书刚才的尴尬只是一瞬，就合时地赶紧接过了话头，"人家三铁可是我们班含'金'量最高的人。他还真是在他的煤矿里挖出了金子，而且现在正帮助国家勘测这一带呢。我们县将来的美好前景，全是这位金主带来的啊。"

大家这才在心里确知了陈三铁的分量，当然也就猜到陈三铁才是这次资助校庆的真金主，纷纷放下刚才的不屑、嫉妒或酸溜溜的情绪，着力地恭维起来……，高局长在旁不免有些落寞。

陈三铁坐在两圆桌的这一头，另一头远远地坐着一个相貌平平的女人。仔细看会发现，她的上唇是经过美容手术缝合的。她就是当年外号"兔子"的唇裂女李梅。此刻，整桌人只有她脸上沉静而柔和，以至她的身边像是出现了一个安静的气场，与陈三铁那一端的喧哗抗衡着。李梅的目光一直看着陈三铁，他却尽量不看她。

九

82届高三（1）班还出了个流浪诗人王一，猖狂无度，衣着破烂，愤世嫉俗。他原先在校时与秦怀远最志同道合，大学也是同校同系，一同办诗社，但现在他最看不起秦怀远。

"实实在在种地，就能种出粮食；实实在在挖煤，就是挖不着金子，也能挖出让人取暖的煤。码字的也许穷，但实实在在码字，必然能码一片心灵的书香。让人瞧不起的是当叛徒的人……"王一这么说着，旁边的任晓就知道他在说秦怀远，见秦怀远脖子上已经泛了红，忙截住话头劝解道："王大诗人又发表什么感慨啊？喝酒喝酒！李白斗酒诗百篇。等我们班的两大才子王诗人、秦诗人喝足了，就当场吟诗。大家说好不好啊？"

众人正起哄说好，王一站起来一拍桌子说："别提诗，诗是能在这儿说的？诗早就被有的人背叛了，文字都被拿去卖了……"

"别这么说，秦大诗人最近还在省报上发表了一首庆中秋的诗呢！听说去年还在北京国家刊物上发表过，是吧？怀远？"

"呸！那叫诗啊？伪诗。伪人就写伪诗。"王一又连喝了几杯。

"何必呢？都混得不怎么样……"

王一扫了眼说话的人，更激愤起来："我穷，但我没有出卖诗歌，也没有出卖感情。可悲的是，有的人卖了诗歌，又卖了感情，最后连人格也卖光了，还没卖出个好价！连老婆都看不起他，走了！"

任晓打着圆场，拍拍王一的肩，想按他坐下来，说："行了行了，你还没老婆呢……"

"那是我不想娶，我只为爱和诗活着，不会为了活着或做个小破官而出卖爱和诗。"他向秦怀远那边手指一扫,"当年的事谁不知道,出卖了爱情最后又得到什么? 整天被馆长女儿吆喝着,最后当一个县文化馆的副手还扶不了正,终于还是被一脚蹬了。"

"别说了! 老秦,你别理他,他喝醉了。王一啊,你俩是最要好的朋友,有什么仇啊? 这么闹……"

"没仇! 若不是好朋友我还不管了呢! 我是看得起他,替他——不——是替诗歌,替爱情不值! "

秦怀远有些尴尬,继而恼羞,待要发怒时听他这么一说,又泄了气,偷看了眼身边的吴韵梅。吴韵梅也正关切地看他,见他眼中有歉意,便微微摇了摇头,伸出手在他手背上轻拍了一下。

"怎么,她走了? "

"是……"

他俩不理王一,轻语起来。

秦怀远见吴韵梅提起过去的事,不仅不恼恨自己,反而同情自己的现况,不禁心中不恼王一了,反而感谢他一骂,把自己正无法捅破的一层纸捅破了。同情难道不是爱情的前奏? 他不禁在吴韵梅的劝说下多喝了几杯。

另一头,陈三铁已经渐入佳境,大吹自己学习虽不行,但财运挡不住……。他正吹到兴头上,几次瞥向秦怀远和吴韵梅,都见俩人低头私语、频频交杯,还听到吴韵梅替秦怀远反击王一,称赞秦怀远的才学,说那女人走了是不识货,等等。陈三铁听见,内心的自卑又泛起,话渐渐少了。

倪鸿书完全不理会别人,只是使了全身解数在陈三铁和高局长之间周旋、平衡着,既想讨好这位,又不敢冷落了那位,忙得头上冒汗。一旁的倪师母区萍,也是高三(1)班当年的学生,还是副班长。她和班主任的恋情倒不是发生在高中时代,而是大学毕业回母校任教后开始的,但风华正茂的班主任是否在女学生心里早就留下了爱情的种子?她从没承认过,大家也只能是猜测了。

区萍现在是地区优秀教师,也是现任县中高三(1)班的班主任。她看向丈夫的目光有点陌生和冷淡。近年来,这个男人越来越不像她心中的那个才子老师了,只是一个中学的副校长,却市侩得像是久在官场混的小官吏。虽然她相信倪鸿书做这一切,大部分是为了学校的利益,小部分才是为了自己,但她对丈夫的表现仍很不以为然。

十

区萍与李梅相继离开了餐桌,走出喧闹的大厅,来到教学楼的天台上。

周围终于静了，只有星星们待在自己安适的一个个小窝里，笑望着她们。她俩不约而同地呼出口长气，然后就相视笑了，互相看着，同时向着对方说："男人们真是无聊。"然后哈哈笑开了怀。原来，她俩学生时代就是好朋友，当年就常在一起说这句话。后来又分别用这句话劝过恋爱中遭遇各种烦恼的对方……

区萍先收了笑，眼光黯然地说："可我们女人就是那么傻，还是要爱上他们，然后忍受他们的无聊……"

李梅说："鸿书也是没办法，人在官场，身不由己嘛！"

"他那算什么官？还不如好好当个老师。看着就烦……"

"得了，他那么爱你，你该知足了！再说……"

"别劝我了，还是说说你吧！你和他怎么样？真就过不下去了？"

"我不想绑着他，我尊重他的选择。"

"我去跟他谈谈，他也太不像话了，有俩钱就烧着了？换妻？当年还不是你跟他一起苦过来的！不过，没听说他外面有人呀？"

"别瞎猜，其实，我知道他根本从来没爱过我。"

"不爱你，还给你那么多钱开孤儿院啊？"

"那是感激不是爱。他还是个好男人，不过，是我福薄，我没法为他生孩子，不如让他自由，希望他与别人有个孩子……"

"算了吧！干吗那么高尚啊？！"

"不是高尚……"

"那就是你还深爱着他？"

李梅在这话面前无语了。她知道自己经过了这么多年的风风雨雨，吃了那么多苦，但还是深爱着丈夫，舍不得离开。但丈夫的离婚协议书正等着她去签……

"算了，不说这些了，聊聊你的孩子们吧。"

说到孤儿院的孩子们，李梅的脸一下子亮了，说着他们的趣事，开心地笑着。

十一

老同学们席间一边或真或假地忆旧打趣，一边话里有话，各自拉拢关系。有的为商、有的为官职、有的为孩子……，一些青春时残留的感情被暧昧地讲出，一半为了释怀，一半却成了筹码。

王一只是默默地喝酒，热烈而暧昧的话流，从葫芦桌的这头漫涌到那头，再流回来，只是避开了王一，分流又汇合，他就像个江心岛。孤独地体会着两边摩擦着他的水流，王一有点说不清自己心里的滋味。他是鄙视这一切的，但心里却也为着不能混入这庸俗而感到冷寂，而这份冷寂似乎已经成了他生命仅存的价值。他必须孤傲，于是也就必须醉。

王一确实醉了，他摇摇晃晃站起来，睁大了双眼，盯着旋转模糊的一桌人，从左边看到右边，又从右边看到左边。

一个男子，头微秃，穿得整齐拘谨，像是个小公务员。他正起劲地吹捧着陈三铁，又拿着酒杯绕到陈三铁的座位旁，与他边碰杯边说："陈哥啊，小弟当年就是你的跟班，你记得不？那时是哥往哪儿去，弟也一定往哪儿去，一步不落，嘻，按今天来说，我就是你的老粉丝啊！哪天把我收回去，继续跟着你吧，哈哈。"

王一表现出作呕的样子，一拍桌子，手指着他说："你他妈究竟是谁的小弟？谁的老粉丝？这番话我可听你跟高局也说过！怎么？官位爬不上去，想改爬金矿了？"他转脸向着高陆云："高局啊！你也是太不关照老同学了。你看，少了个粉丝吧？再以后，你高局门前该日趋冷落了。"

高陆云大度地笑笑："呵呵，没办法呀，教育局嘛，清水衙门……"

王一嘴角鄙夷地一笑，打断了他的官腔，转头又冲着秃顶男子说："我看你啊，真是眼光不行。当年你就没有跟着陈总去山区挖煤，没看出煤里的金光。今天呢，又没看出清水衙门里的财源滚滚。呵呵，头发都没了还粉丝呢！"

这下大家不由面面相觑，尤其是高陆云和秃顶男子，一个脸像是青皮萝卜，一个脸像是乡下人家春节时的炉灶。只有陈三铁微笑地看着这场闹剧，但他脸上的那丝得意，到了正走进来的李梅面前就跌落了。

这时有人接话说："人家高局可是个大清官，是书香傲骨的文官，是我们班的骄傲！王一，你别醉狗乱咬，看看你混成个啥样？还诗人呢？快成个废人了！"

王一回头眯了眼睛盯着说话的女人："不是快成，而是就是个废人。在这个权钱的世界里，真正的人就只能是废人……。你该庆幸当初没嫁给我吧？嘻嘻。我是出于关心才告诉你：县官不如现管。你啊，不用巴结高局了，还是拍拍倪校长的马屁，儿子上学的事就解决了。你再暗示曾暗恋高局，只怕你儿子不领情，高局也不敢帮忙了。"

高陆云勉强正了正色，说："王一，你醉了就出去吹吹风，别在这儿胡扯。都是老同学，帮忙是应该的，什么敢不敢？"他说着，故意大胆地拍了拍女人放在自己肩上的手，但又顺势将她的手拿开了。

王一说："呵呵，什么敢不敢的，谁不知道你是个妻管严？不对，应该是丈管严！你老丈人……"

大家看着王一，脸上大都有了厌嫌的意思，不知他下一个会不会骂到自己头上来。李梅赶紧打住了王一的话："他喝醉了，别当真！都是老同学，他一直就这德行。"李梅一边说一边把王一拉扶出去。王一还在说着："你……你才是这个班最高尚的人。三铁小子有福气！我要是有你做老婆，就不……不会这样的……"

他们走了，陈三铁的目光很复杂。他盯着他们走出去的门，一时忘了秦怀远和吴韵梅二人的存在。

李梅让宾馆服务员开了间房给王一住，房门正好在吴韵梅房间的斜对面。

十二

王一被拉走后，大家努力恢复刚才的热烈，只是有些话再出口时便添了点忐忑，好像那个肆无忌惮的醉鬼仍瞪着眼睛看自己，看进了心里。

该捧的人还是得捧，该拉的关系也不能错过机会。发泄的、调情的、感怀的，虽仍继续着，却少了份理直气壮。渐渐地，累了。高三（1）班的这一桌又刻意勉强热闹到别桌都散了，他们也就散了。

吴韵梅与秦怀远双双走出去，相约去月光下沿着河边走走。陈三铁看着他们的背影，脸上不禁露出莫明其妙的愤恨。这一切被远远站着的李梅看在眼里。陈三铁回到 A730 的套房里，李梅也跟了进来。他没理她，独自往沙发上一倒，拿起茶几上的半瓶酒往嘴里灌。

李梅想过去从他手里夺过酒瓶，却看见了窗前的望远镜。她愣愣地看着，呆在那儿许久，又缓缓地走过去，透过朦胧的泪眼看着镜头中校园内的每个角落……

当初学习委员吴韵梅常去找诗人班长秦怀远，而班上的落后生陈三铁却痴情于吴韵梅，将她随手丢下的小野花、数学计算纸等一一珍藏；吴韵梅却从没注意过陈三铁的存在。当时的李梅兔唇还没有整过形，是个瘦瘦的黄毛丫头，脸上一双大眼睛，很自卑却又很清纯。只有她一直悄悄地喜欢着陈三铁，将三铁为了讨好吴韵梅而做的一切傻事默默记在心里，而陈三铁只是将她当作可怜的、需要保护的小妹。

毕业那年，就在校门口的河边，老师们欢送着考上大学的秦怀远、吴韵梅、王一等人，陈三铁默默地提着行李准备回乡，李梅跟上去，说："三铁，我能跟你回去吗？"

陈三铁回头看了眼她，又看着远处并肩而立、意气风发的秦吴二人，自嘲而沮丧地说："我是去挖煤，不是去挖金子。"说完转头快步地走了。李梅默默跟着，轻声说："我喜欢挖煤的。"

"梅——"陈三铁醉倒在沙发上，嘴里不停地喊着。李梅回头去卫生间搓了个热毛巾，帮他擦拭脸和手，又重沏了一杯热茶。当她弯下腰，吃力地抱起陈三铁，让他喝口热茶时，他的一双大手紧紧握住了她的手。

"梅——我知道你看不起我。我现在有钱了，有钱了，你知道吗？我建一所大学的钱都有，可你、你们还是看不起我！你凭什么看不起我？诗？有什么了不起……"

李梅的手剧烈地颤抖起来，热茶泼了出来，洒到手上。她愣在那里，看着渐渐泛红的手，不禁想到当年自己与陈三铁的新婚之夜。那时，他也是醉后倒在床上反复地说："梅——我知道你看不起我……"

李梅知道这个"梅"不是自己，是吴韵梅——她是陈三铁的心病，让这位今日的陈总，总是克服不了骨子里的自卑感。李梅想着这么多年来自己一直默默地隐忍，丈夫却完全体会不到自己的良苦用心，泪不禁流下来。她决心要打醒他，虽然她这只扬起又放下、放下又扬起的手还从没有打过谁。等她咬紧牙，再次扬起手臂时，却听到陈三铁说："梅，我一定要得到你，我要让你为我生孩子，很多孩子！我要让你承认，我陈三铁才是真正了不起的男人！是金子，不是什么没用的臭字……"

李梅在这话面前呆住了，手臂颓然地垂落下来，流在脸上的泪静静地干了。

她走到窗边，对着夜空和夜空中的校园又看了许久，身后的丈夫已经发出沉重的鼾声。她转过身来时，脸上是平静的，甚至有着一份难以描述的母性的柔情。她看了一会酣睡中的陈三铁，然后从怀里取出一个信封，打开叠着的纸，签了名，又放回信封中，将信封放在茶几上。她抱来被子为他盖好后，又给茶杯里续了些热水，然后悄悄离开。

十三

倪鸿书和区萍回到了家里。一路上区萍都沉着脸，正为校庆成功感到兴奋的倪鸿书和她说什么她都不吭声，只是眼神怪怪地看着他。终于，她目光里明显的轻蔑把他惹火了。

他甩上门后，见区萍独自换了拖鞋、进了书房，并没有像平日那样给他拿拖鞋，或是为他泡杯茶。白天在外面的风光，立时就越发地衬出了家中的冷漠。

"什么意思吗？都说夫荣妻贵，谁不巴望着自己老公出人头地？这什么女人啊，整天看不得我好似的……"

"什么女人？"区萍在书房搭腔了，"一个不在乎荣啊贵啊的女人……"

"哟，就你清高，你不需要住房子，不用教书？"

区萍从房里走出来："教书怎么了？教书用得着点头哈腰事权贵了？"

"我事哪门子权贵了？我……"倪鸿书的声音高了几度，脸不自主地红涨起来。

"问题是连权贵也没事着，不过是个小教育局局长。而且不仅捧着官，还要捧个总，左右逢迎也不嫌累，还不如个小官吏……"区萍的声音渐低，已经不想吵了，吵也没用。倪鸿书却突然恼羞成怒起来——"小官吏"三个字实在是刺到了骨子里仍留着文人气的他的心里，何况这话是从一直仰慕他的妻子口里出来。

"我就是个小官吏！没出息！行了吧？那你当年找我干吗？现在后悔还来得及。"

"我当年是回来追你，但我爱的是那个热爱教书、热爱学生的小班主任。我回县中教书，是想两人一起志同道合，教书育人，过着简单的生活。可是你……你现在……今天白天你的样子哪还有为人师表的样子？"

"教书，教书，你能那么清清高高、干干净净地教书，全是因为有我这种不清高的校长！你以为一个学校的发展是靠书教得好就行的？你以为我愿意逢迎自己的学生？高陆云手中的权，陈三铁手中的钱，才是这个学校发展必需的！"倪鸿书越说越觉得自己很伟大，简直就是为了教育牺牲了自己，"你说我拜金拜权，我是为自己拜的？我是为全校的师生拜，为这一个县的孩子拜！只要有钱，什么好老师请不到？没钱？别说留不住人才，就连教学楼都会成危楼。你知道学校每月需要多少开支？明年的发展计划预算是多少？"他泡了杯绿茶坐进沙发，挪了挪，让自己坐得更舒适些。这茶品起来很不错，是一个学生家长送的。倪校长从不收礼，除了茶叶，于是他家的茶叶也就越来越不同平常了。

他见妻子不吭声了，便宽容地一笑："你啊，就是单纯，不过女人嘛，单纯些好。"区萍听他说得振振有词，这套他也说过多次了，好像也有道理，只是区萍心里总觉得别扭——这样的学校、这样的老师、这样的成人世界，给孩子的是什么呢？"好，我说不过你，也不想管了，眼不见为净，我也不要靠着你的不清高来清高。我宁愿去和李梅办孤儿院。"

说着她又回到了书房，却听丈夫在客厅嘲笑地说："若没有陈三铁出钱，孤儿们根本没有这个家。你以为孩子们要的是什么？你以为办孤儿院靠的是什么？我不否认爱很重要，但起决定作用的不是爱，而是钱！没有钱，就连你们的爱也没法给出去……"

区萍听着，眼泪不禁流出来。她不知道这个坐在客厅里的男人，这个她从中学时代就爱慕的老师，究竟已经离她有多远了。

十四

陈三铁醒来，顺手端起茶喝。他看见身上的被子，便抬头向房中四处张望，没见到李梅的身影，脸上若有所失。他正要打电话，却听到走廊里秦怀远送吴韵梅回来的声音。他一步冲到门后站着听。隔壁的门打开了，吴韵梅约秦怀远进去坐坐，秦说天晚了，不坐了。

听到关门声及秦怀远走远的脚步声，陈三铁才从门边回来。他坐立不安地在房间里走动着，又略略收拾了一下，却没注意到茶几上的信封。他突然看见窗边的望远镜，赶紧将它收好，藏入门边衣橱。他犹豫着在套房通向隔壁房间的小门前徘徊，看着门把和手里的钥匙，心里忐忑不安。终于，他没有去开门，而是拿出手机拨打了吴韵梅房间的电话。

吴韵梅刚接电话，还没等他说出自己是谁，就听到她的房门被敲响了。她匆匆对着话筒说："请等一下，我去开一下门。"

陈三铁以为是秦怀远，赶紧挂了电话，贴近小门去听。

"哦，是食物焚化炉啊！是不是又饿了？我这可没什么吃的。"

"玩笑，刚……刚才是吃得多了点，不消化，出来转转。嗯，好久没见，你……你是越来越有气质了……"

"看你说的，还不回家，太太不骂？"

"就是她……，嘿嘿，她……她……没事。"刚才聚餐时被戏称为"食物焚化炉"的田明，眼前又出现了太太瞪圆的眼睛。他刚才一回到家就被她骂出来了，要他来找吴韵梅联系担保孩子出国的事。他支支吾吾地奉承了一通吴韵梅，却不知如何开口相求，毕竟他和她在学生时代就没什么交情。

"你有事就直说吧，都是老同学，别绕圈子了。"

田明像是得了大赦，说："就是，对，都是老同学嘛。这事对你来说不费吹灰之力，对我们这些工薪阶层的小人物来说就难如登天了。孩他妈是想让我求你给咱孩子在美国留学做个经济担保。你放心！决不麻烦你，我们卖了家也要备齐供他上学的费用。只是求你出个证明……，我们会重谢的！"

吴韵梅脸上闪过一丝为难的表情，但马上就掩饰过去了："先别说这些，你孩子托福考得如何？申请了哪所学校？怎么不读完大学再过去？"

"唉，要是能考上个好大学就不用去了。咱孩子学习不错，就是这次没考好，上不了一本。他又心高气傲不肯复读再考，又说二本出来连工作也未必找得到，就说要出国。我当时也想他未必就考得过托福，只是随口一应，谁知他还就真拿了托福成绩和学校录取通知书来给我。我怎么办？砸锅卖铁也不能挡了孩子的道啊！何况他也说了，你总不想我也成个啃老一族吧？你说，咱这辈子没啥指望了，只能盼着他了……"

吴韵梅只是木然地听着，田明的心也就渐渐冷了，声音渐渐轻下去。

十五

秦怀远在自己房里也是坐立不安——文化馆无聊无望、死水一潭的生活；妻子离开他时鄙弃的话；写的书想出版却处处碰壁，虽然都说好，但没钱就出不了。

他前些日子偶然听说吴韵梅丈夫最近车祸死了，心里希望能与她重续旧情，结婚去美国，离开这个小县城，让看扁他的人重新羡慕他。虽然这样打算着，他却也没抱太大希望，但没想到吴韵梅对自己超乎寻常地热情，这令他觉得自己仍是当年的潇洒诗人。他决心放下清高，去找她坦白求婚。

秦怀远走出房间，向吴韵梅的房间走去，在走廊里遇上了王一。已经酒醒的王一看着他，说："出去吹吹风吧。"

"天黑了，风冷，还是待在屋里吧。"秦怀远想把他扶进房去。他还是不好意思当着王一的面，去敲吴韵梅的房门。

"这钢筋水泥的建筑物里充满窒息感，我透不过气……，你不要推我，你不就是要去找她吗？我不嘲笑你，要笑要骂的当年都骂过了……"

"没……没有，也就是叙叙旧。"

"一个人无耻可以，但别虚伪！当年为了留在县里你斩断情缘，今天为了离开县城出国你又再续情缘……，行，我佩服你。不过，她房里现在有人，你去也白去。嘿嘿，可不止你一个人要叙叙旧哦！"

王一说完放开秦怀远向电梯口走去。秦怀远犹豫了一下，追上来说也要出去走走。两人一边互相讽刺着，一边出了酒店，走向河边。他们在一个小食摊坐下来吃小馄饨，喝啤酒，不由回忆起当年一同诗话人生的壮志豪情。谈话渐渐转入诚恳，两人不禁感叹理想和生命都在平庸中消融了……

"其实有时，我也挺羡慕无耻的……"王一见秦怀远红着脸要急，忙一摆手，说，"你算不上无耻，不够格。但我算看透了，真无耻了最后也是个空，得不着什么。我该走了！"

"对，回去吧。"秦怀远看了眼亮着灯的酒店，"得着得不着都得去努力啊，无耻就无耻吧！高贵是要有本钱的。"

王一甩开他的手臂："我不回去，我不属于房子，脏，透不过气。我的诗歌要呼吸，我要去找一个可以呼吸的地方，等我吸足了氧气就知道自己是谁，要什么了。你回去吧，你去努力吧！不过要留最后一口气能跑出来，别死在钢筋水泥的棺材里。化不成云的……，不能去找……"

秦怀远也醉了，他摇摇晃晃地回到酒店，敲响了吴韵梅的房门，一头栽进她怀里。

十六

陈三铁的脸上布满嫉恨的阴云。他带着望远镜离开房间，转到另一幢楼的 B727。打开房门后，他有点迟疑，但还是迅速在窗前架起了望远镜。窗口正对着 A728 和 A730。

望远镜镜头里出现的是 A730 套房中，刚才陈三铁坐过的沙发。镜头掠过被子，在茶几的信封上停住了，几次挪开又回来。

终于，镜头缓缓转向了隔壁吴韵梅的房间。房间里，秦怀远与吴韵梅正坐在沙发上说话。秦怀远显然醉了，几次伸手去抱吴韵梅，吴韵梅躲开去泡了杯茶端来。

镜头横扫了一下，陈三铁看见倪鸿书在高陆云的房里，两人正密谈着什么。他没在意，镜头又回到吴韵梅的房间。

秦怀远正单腿跪在地上，抱住吴韵梅的腰，俩人相拥，并很快地、急迫地开始做爱……

陈三铁看不下去了，抬起头时发现倪鸿书站在高陆云房间的窗前，看着自己。他匆匆跑出房间，到一层大厅时看到倪鸿书正急忙向他走来，他没理会他的招呼，冲出大门跑向河边，但没想到倪鸿书一直跟了来。

"三铁，你听我解释，我和高局长没什么，真的没……"他一直嗫嚅地说。

陈三铁心里很烦，一甩手说："有什么，没什么，各人自己知道。肮脏！你、我、他，谁都不干净。"

陈三铁心里想着的是自己、秦怀远、吴韵梅的事，倪鸿书却以为他在说自己和高陆云。最近倪鸿书正在和高局长谈一笔"交易"——一边学校得着盖教学楼的拨款，一边高局的小舅子得着承包工程。高局的小舅子是有名的黑心包工头，倪鸿书心里很不安，但又没办法，所以今晚他忍不住夜访高局。刚才他正在求高局，一定要让他小舅子这次注意工程质量；而高陆云却打着哈哈说，工程承包要公平竞争，小舅子不过是竞标的其中之一，给他做是学校领导的决定，质量监督也要由学校来做，与他无关。

倪鸿书正无可奈何时，抬头看到对面窗上的反光，想起陈三铁要了对面的房间，吓得脸都白了。他忘了望远镜能看见，却不能听见。他一看见陈三铁离开窗前，自己也就匆匆告辞下楼来追他。

"三铁，我求你了！我不是为了自己啊，你看这楼实在是该修了，我……"

等倪鸿书说出了一切后，陈三铁沉默了一会说："是钱能解决的事就不是事。孩子们可不能在危楼中上课。他妈的高陆云里子面子全都要，贪到孩子们身上了。"

"我……我也是没办法。这全是为了孩子啊。"倪鸿书这样说时并非全无良心的责备。他竭力筹划重建教学楼，多半也是为了自己校长上任的功绩，但想想这总归是为了学校，也就理直气壮了。

"教学楼的钱我出了，你请最好的工程队来干，我亲自监工。"

"三铁，你……你真是好人。"

"我？我能是什么好人。"

十七

李梅走进陈三铁住的套房，见他不在屋里，便把手中盛着醒酒汤的保温盒放在茶几上。看到那个信封仍原封不动地躺在那里，她心里很想把它收回，但她的手指几次拿起信封，又放下了。突然，她发现这间房是与隔壁相通的。她看着那扇小门愣着，脸上隐忍中仍渗透出浓浓的悲伤。她跑过去贴在门上听隔壁的声音，她很想又很怕听到丈夫的声音。

吴韵梅送走了秦怀远，正兴奋地与美国的女友打电话。

"真没想到他还爱着我，而且他现在是单身，这下我和女儿就可以有个家了……"

"……"

"我是没法在美国待下去了。死鬼就知道省钱。你看，人寿、医疗，什么保险都不买。这下他倒是走得轻松，房子被银行收走了，我们马上就要成 homeless 了。而且还欠了这么多债……，这下好了，我可以回中国有个家了，他今晚向我求婚……"

"……"

"他当然是真心爱我。你不知道，他是最看重中国文化的，这次竟然一再说愿意放下一切，随我去美国呢。我明天和他约在校园后小树林见面，我要告诉他，我愿意回中国来与他相伴共老。"

"……"

"他？他看上去混得还不错。……让我告诉他？……不，我不是骗他，我只是不想一副可怜样。他不会在乎我现在一文不名的处境的，他说他爱我也爱我的孩子……"

"……"

"嗯，好，我明天就对他说。我相信这不会改变什么。"

李梅没有想到吴韵梅光鲜的背后竟有这般的难处。李梅知道秦怀远一心离开这里，未必能成为吴韵梅的归宿。她忍不住想到了一直爱着吴韵梅的自己的丈夫——陈三铁。离开这间套房时，李梅的眼睛又再三看了看那个信封，她心里模糊地有种近乎悲壮的善良，觉得就让这个男人去吧，实现了他的梦想，也满足了吴韵梅的需要。但当门在身后碰上时，她的心也被碰疼了。自己呢？自己的梦想与需要呢？是自己要让吗？还是无奈？自认善良的好感觉在一瞬中变成了被弃的自怜。李梅没有等到怨恨从各种大大小小的裂缝里钻出来，就匆匆地走过吴韵梅的房门，走过一道道关闭着的门⋯⋯，她冲出电梯，正看见丈夫从大门外走过来。她在一棵盆景花树后看着他，等他走进电梯。

李梅临离开时，伸手摸了摸树上的叶子，这树竟然是真的。

十八

陈三铁走进屋子，看见了茶几上的保温盒。他愣愣地看着，脸上浮起一层自嘲的微笑："我能是什么好人？"他想着自己，实在说不清自己是个好人还是坏人，是有情还是无情，是仗义还是卑鄙。他对吴韵梅不能不说是长情，却什么也没做过；他对李梅无情，却娶了她也算呵护了她；他既捐助学校、孤儿，但也曾悄悄使用童工挖煤⋯⋯。他不想再想了，他觉得自己不是个适合用脑子的人："唉，不是好人也不是坏人，就他妈是个人！”

　　他打开保温盒，看了看又嗅了嗅，虽然他现在醉意全无，但还是一口气将里面热乎乎的酸辣汤全喝光了。这时他才看到茶几上的信封，打开信封，里面是李梅签了名的离婚协议书。两人的名字并列在上，如同当年结婚时的签名。想到李梅的哭泣和她最后说的话："我知道你最要面子，我不能生孩子让你这个男人没面子了。我一定会签的。我没什么要求，只要你把孤儿院的孩子们留给我。这点钱对你不算什么……"

　　陈三铁看完了，折好又放进信封，将这信封留在茶几上。他默默地去洗澡，在水龙头下一直地冲，终于大声哭出来："我是最要面子的？什么是面子？我为什么总是没面子啊？……"

　　…………

　　陈三铁呆坐在床上，紧裹着曾被妻子盖在他身上的被子，正半睡半梦中，突然面前出现了李梅的脸。他正要对她说点什么，她却已经急急地喊道："快起来，快去医院。"

　　"怎么了？梅，我想……"

　　李梅惊慌着，竟没有注意丈夫称她为"梅"："王一掉进了河里，正在医院抢救。需要马上交医药费……"

　　陈三铁、吴韵梅等人赶到了医院。急救室门外，各人都从起初的惊慌过渡到了不同的表情。有人在低声议论说，王一是自杀的。李梅紧皱着眉头，说，都回去吧。众人渐渐散了，出去的路上或沉默、或三两个一起感慨着，显然都被这突发事件震动了。生的各种忧虑和技巧，像是搭的火柴房子，在死的面前一下子倒了，成了游戏。

陈三铁和李梅交了钱后，最后走出医院。李梅说："你回酒店吧。"

他说："还是一起回家吧。"

李梅诧异地看了看丈夫，声音极低地道："你要的……那个……我已经签了，在酒店房间里。"

"我看到了。对不起！这些年是我对你不忠。"

李梅急急地抬头说："不，没有！你没有。你对我很好，也没像别的男人那样做对不起我的事。是我没用，一直没能为你生个孩子……，我……我知道你一直爱的是她，我祝福你们……"

"别说了！我已经想通了，人的面子也就是个屁。再说，你就是我的面子。一个娘们儿跟着我个挖煤的那么多年，就是给我面子了。那事……那事是小时候的事了……"

他俩一同沿着河边缓缓走着。李梅跟在这个男人的身后，泪水一直在流。她很庆幸他始终没有回头。这就是幸福吧？但她心底并不知道这幸福能有多久。吴韵梅会很快离开吗？明天她和秦怀远的谈话会如何呢？她心里不禁自私地希望他俩能结婚，能一起远远地离开这里，离开自己和三铁的生活。

十九

第二天的早上，礼堂里，大厅中，大家都在纷纷告别、留影。虽然仅仅是一天，大家却好像回到了学生时代，一份久违的单纯的感动，让处在不同环境中、有着不同烦恼的人，依依不舍这短暂的友谊的温暖。也许大家心里都明白这温暖的脆弱与短暂吧，于是就格外，甚至是刻意地让自己沉醉其中。

在学校后面的小树林里，吴韵梅和秦怀远默默地走着，两只牵着的手最后还是松开了，因为他们不约而同地想说到实际了。一旦想到实际，心里就有了份不经意的隔膜。手，似乎就难以这么牵着了。

"怀远，我知道你是最恋故土的。你在这儿干得好好的，我不想你为了我去美国一切重新开始。"

"没关系！我其实早就想去找你，只是怕打扰你的生活。这次我一定不能再让你离开。"

"我不会离开的。少年远游老还乡。我们虽算不上老，但我也已经不想再远游了。怀远，我这些年其实一直很后悔当初没有跟你回来。若跟你回来，不要继续读那个硕士，我们就不会分手了。"

秦怀远见她竟然不追究自己当年弃她另娶之过，反而自责，不禁深感这个女人真是爱自己，而自己前妻近二十年不停歇的鄙视笑骂也历历在目……。这样想着，他更不敢说出自己在这里落魄的实情，怕污损了在这唯一仍爱慕自己的女人心中的形象。他也恨自己无能，不能给她一个好生活，反而需要她的帮助。但他想到这是跳出自己生活泥潭的关键时刻，于是只能把真诚和感慨放置一边，尽量说服吴韵梅和自己结婚并一起移居美国。

最后，吴韵梅只得说出了自己在美国已经破产并负债累累、只能回来依靠他的爱和保护的实话。秦怀远听后，神色黯然，喃喃地说："我保护不了你，我是个没用的男人……"

"我并不要奢华的生活，只是要个家。我们就在这里，本乡本土的日子总是会不错的。再说你那么有才华，你的小说不是马上要拍电视剧了吗？……"

秦怀远心里也有一瞬的动摇，但想到自己一心要离开这里，连自己的孩子都不要，怎么能反而拖上她们母女三口？他怕见到她脸上的诧异变成失望，赶紧说："我想起来单位有点急事，我们再找时间聊。"然后匆匆离开。他知道吴韵梅在背后看着自己。他感受着背上的压力和变冷的目光。他很想回头去承担这份早就该承担的爱情，但他没有勇气，只是自言自语地说："我成不了她的依靠……"

陈三铁远远地跟着他俩走到了小树林，听着他们之间的对话。当他看到吴韵梅终于蹲下来、靠着树大哭时，他很想走过去抱住她，但他犹豫再三，最后还是没有动。李梅在他身后不远处看着，见他最后沮丧地一屁股坐在了地上，便走了过来，从他身边走过去时拍了拍他的肩。陈三铁感激地抬头看她，她却没有看他，只是继续走向了吴韵梅。

"韵梅，你在这里啊？怎么？舍不得离开这里？"

吴韵梅见是她，忙站起身来，随着她的话点了点头。

"你还是把两个孩子接回来吧。现在海归多着呢，中国多好啊！"

"我算什么海归啊，在美国当家庭妇女这么多年，学业早就荒废了，就只会照顾两个孩子了，学问也就用在辅导孩子的作业上了。我成了个没用的人……"

"谁说没用？走，去我们梅花孤儿院看看！咱俩都叫梅，若你愿意，我们一起合作，就可以办成国际化的孤儿院了。现在也常有外国人和机构来参观，我们英文不好，别说谈合作，就是接待一下都困难啊。若你肯来，就太好了！"

她俩一边说着，一边走远了。陈三铁看着她俩的背影，心里既感动，又有点忐忑。他不知道该不该盼望吴韵梅留下来，因为她若留下来，他真是不能肯定自己能否对妻子始终忠诚。

二十

下午，医院传来消息说王一醒过来了，还没走的几个同学便一起来看他。

因为缺氧时间过长，加上头撞在河里的石头上，王一失忆了。阳光静静地铺满了一屋子，王一脸上的愤怒、嘲讽、沧桑都没了，像个孩子似的快乐平静。他虽然不认识大家，但很高兴那么多人来看他。大家却有点尴尬地面面相觑，一个一个地走了。

只有秦怀远一直久久地坐在王一的床边，等人们全都走了以后，他开始教王一一首唐诗。王一很快就背了下来。秦怀远对他说："你真是一个诗人。"

王一问："诗人是什么？"

"诗人是认真的人。"

"对什么认真？"

"对自己认真。"

"你不是诗人吗？"

"我需要活着。"

"活着不能认真吗？"

王的内心厌倦这种毫无激情的「生活惯例」，但他现在醒着。醒着，就没有权利厌倦你改变不了的东西。

日食

施玮

1或2，

点或线，

月亮或太阳。

王在时间这条属于"2"的线上，睡或醒。永无止境地反复着——

所有的初始都归向终结；所有的飞翔都归向大地；所有的生都归向死。

这是一个偶数的力量，令奇数脆弱、鲜艳。

一

一个偶遇的，或干脆说是假设的早晨，阳光穿戴得很整齐，像一批真正的警察。他们踏着野狼的步子侵占城市每个角落，白昼的来临竟比黑夜更加诡秘。太阳的脚步声——扑扑，好像狼的蹄子，轻微，极有弹性地触碰大地。弄堂口电线杆上的招贴，被晨露淋湿，耷拉下耳朵，暂时安静了它的鼓噪，不言不语。两边粗糙的水泥墙，以冷漠的表情掩饰内心的躁动。三三两两的人从它们前面经过，像是被押送的囚犯。

一天就这样开始了。

属于奇数的夜，以及同属于奇数的梦、文字、爱情，都将作为秽物被清除。伟大的白昼，君临天下。秩序，君临天下。物，君临天下。消融在黑暗中的噪音、建筑、交易，以及琐碎又刻板的生活，重又显出庞大和坚不可摧。美丽、多愁善感的灵魂们，瑟瑟发抖，藏在草叶花朵的影子里，变成蚊子或蚂蚁。他们透过敞开的窗子，一往情深地观察主人，看着他们一个个站起身来，调试四肢，像皮影戏里的人物，开始那演习过千次万次的"日常活动"。

王，躲在睡眠的烂棉絮里，顽固地抗拒着，企图保持那种均衡的呼吸，以及在此背景中微妙地，品味、认知属于"1"的事物。

总之，王拒绝清醒地做个"社会公民"。社会好像一台庞大的机器，吞进去各种具有生命的原料，吐出来单一、规则的制造品。每个早晨，王都不肯轻易从躲藏的巢穴中出来。他坚信墙壁、门窗严实，坚信厚实的灯芯绒窗帘忠诚，坚信他的城堡是国中之国。王真的以为自己是个有巢穴的人！谁都不知道王怎么会生出这么可怜的思想。窗外叫卖的声音不紧不慢地嘲笑着他。其实这个世界已经没有了真正的"巢穴"，所有的门全都没有插销。随时可能走进一个陌生人，戴着刺眼的红帽子，打扫卫生，顷刻便让你的痕迹消失，包括你的女人和烟缸里的烟头。一个人所有的"存在"，就如写在沙滩上的一行字，随时等待着海水的吞没。

盔靴锃亮的大队阳光，迅速占领了屋顶和窗台。杂乱的脚步声后，寂静戴着可疑的面具重新降临。王咬牙坚持着睡姿。他的睡姿像一只腐烂的红苹果。从苹果透明的肉体中走出核，有两三粒，皆坚硬完美，戴着熟悉的圣贤表情。王每天早晚都会接受他们的朝拜。

新任命的外务大臣韩非，领着一个外国友人来晋见。上殿之人裹着白色宽袍，质地是今年流行的亚麻布。袍裾多处烧焦，大部分破洞已由女人的手精心绣补。看着这精妙的绣工，王不禁心头酸楚，想到胞妹与姓牛的无产者私奔，从此鄙视丝线绣针、琴棋书画，更鄙视惧怕起床的哥哥。

王如今最怕女人，怕她们行色匆匆，更怕她们镇定的坐姿；怕她们泼天大骂，更怕她们穿着职业装，把每一个动作、每一分秒，计价出售。

白袍老者拂开浓密的长须，从怀里取出一把拉尺——通体赤金，缀有闪着光的刻度和红色细线。这些刻度令人心惊，如同宇宙中的眼睛，记录生死，窥视隐私，使一瞬的欲念固态地永恒呈现。它们被若隐若现的细丝串连、系引，牵一发而动全身。圣贤在凡人王的面前展开一卷暗黄色织物，织物上密密地排着红色文字，字体像是圈圈绒毛线。

这种毛线上个世纪曾流行过。那时王的身边还有女人，是他的母亲。母亲常常打了毛衣又拆，那是一种令人羡慕的固执与随意。线一团团、一条条，飘落，松松地埋了母亲的脚。男人的王认为这才是女人。可惜现在是个成衣年代，机织的毛衣漂亮精明，你反复琢磨也看不出织线的走向。就像包装了的现代女人，精美标致得令人生惧。

怀旧的王无比亲切地注视着曲曲的线条，在形态的诱惑下忽视了意义。白袍老者上前一步解释道："……该卷取九千九百九十九人的毛发织就，其上尽述该尺的妙用。此西土神物，称'相对论'。抽动此尺，可令您如时空上的飞鸟，自由翔泊在历史的任何一粒烟尘上。所有美妙的瞬间都像些千姿百态的女人，被您纳入后宫，供您享用。那时您才是真正的王。时空之王，命运之王，偶数与奇数之王……"

忽然又有一人，急急地扑上前来，跪倒。是老丞相李耳。如今唯有他不跪不言，也正是这一跪给王以"王"的感觉，可见精神实在是有赖于物质。

"王，智慧的王。为者败之，执者失之。是以圣人，无为故无败，无执故无失。王万不可纳此妖物，乱心乱国。"

少壮派韩非满脸不屑之色，抬手扶了扶最新潮的蓝色沸点墨镜。想到退朝后，还要与外国老头一同去工商局注册外资公司，他更对李耳的迂腐不满，遂向王行了个三十度的新派鞠躬礼道："王，圣人不期修古，不法常可。论世之事，因之为备。今世有此奇物，岂可不用？废之，焉知不是悖天意？"

王是个现代人，并且基本属于正常人范畴。正常的现代人是平庸的人，或谓"实用主义者"。他对辉煌并不动心，只爱恋日常的、沾满尘污的凡人生涯。就像名作家张爱玲，干净宽直的马路，多走便会发疯，偏喜欢挂满裤衩尿布的小巷。

凡人的生涯大体上便是这些肮脏却处处藏着生趣的陋巷。而争论不休的哲人们，永远都是现代人衣橱里的时装，休闲装、西装、晚礼服……，供凡人应不同的场景与心情择用。王也不拒绝梦想，他为了某个平凡的现实选择真理，选择哲言，随意而功利。至于王对睡眠的热爱，纯属出于本能。

王想着方漂亮而傲慢的脸，叹惜昨天求婚失败。那时，音乐正浪漫，桌上的西式菜点将动未动，玫瑰花欲开未开，葡萄酒喝到第二杯。王刚刚以不经意的方式，向她暗示了结婚后种种利益的可能，就突然感到尿急。这个自小惧怕考试落下的病根，一到关键时刻就犯。这原本也不算什么，却偏偏插入"神圣"的时空。

等王从厕所出来，方已是满脸冰霜，骂一声"下流"，割袖，绝尘，而去。王想不出自己有哪点下流，觉得不过是顺序有点问题。唉，许多事情只要时间顺序一乱，完美的便不完美了，正义的便非正义了。这个道理王是懂得的，却不知道在一个小人物的生活细节中，也是乱不得。早知女人们也如此看重时空顺序，以王的坚毅，这类事故完全可以避免。

如今既有"相对论"这个宝贝，王决心让一切都重新来过，把那些自由散漫的时刻清理一下，串成串，让人生变得光滑标致。王甚至想到，等整理完自己的凡人婚事后，还可以替懒惰的上帝理一理心浮气躁的历史。王常常不明白上帝整天都在干什么，也许是在睡觉，任凭下面乱成一团。当然，这超出了他目前关心的范围，奢侈的思想便是浪费脑细胞。那些浪费脑细胞的人，大都被关进疯人院。或有个别游逛在街市的，都自称诗人，等不及地想成仙，或用斧子，或用绳索，或用一潭干干净净的水。

王想活着，活得越长久越好——娶按常规该娶的女人，生按常规该生的儿子；替人挣钱，拿点回扣养活自己。想到替人挣钱，王知道该起床了，还要上班，还要求婚。一大堆绝非重要却不能说不重要的事，等着活生生的小人物。

王，挥手退朝。

李耳无可奈何地退回屋角，站直，变瘦，然后拎起一件汗臭的运动衫，又用左肩架住一套名牌西服。西服洒了香水，上衣袋里插了支夭折的红玫瑰，奄拉着她年轻的、尚无风姿的脖颈。只要一看见她，李耳便满身燥红，红得发黑，闭上老眼，像只仿古的陶瓷衣架。

改革派韩非比李老头从容多了，他双手拢拢新烫的头发，走到屋中最显著的位置，坐上造型优美气派的专座，随时准备为跪倒在他脚前的空脑壳输氧。

王，撩开他的夜，起身；在床边呆坐五分钟，醒觉。全身的细胞终于集合完毕，站到无数条输送带旁，开始工作。环顾，刷牙，清面，全身大体光滑后，王穿衣出门。一大群银盔银甲的警察冲了上来，铐上他的双手，然后风一般散开，不再关注这个被捕获的犯人。王因熟悉而习惯，像所有的凡人一样，与一切专制合作。他举起铐着的双臂同清晨握了握手，踏上太阳的长舌。

今天晴，舌苔有点灰白，消化不良。

二

街上的行人都戴着手铐，金银铜铁，嵌着各种真假宝石。式样新奇，光亮艳丽，大都是 21 世纪流行的款式。他们有时故意亮一亮，彼此炫耀着做工、品牌、质地、样式。或有几个赶不上潮流的，就有些胆怯，路都走得不那么名正言顺。

王觉得自己醒了，看着别人都像是一个个梦游的人。头上云彩的亮度很高，挂在楼腰上，像一块名贵的佩玉。街沿的高楼，晒台都空着，没有悬挂衣裤和人头，毫无生气，像沙盘上的模型。树也是整整齐齐的，没有鸟巢。鸟都去了哪里？据说有专门的鸟市，买卖笼子里的鸟。它们并不在乎主人的更替，也不在乎与谁为伴，不会害相思病，该吃时吃，该唱时唱。或有会学人语的，便向一张张陌生的脸，说同样的话。

被两排树挟持的马路，挺得笔直，可惜不够坚硬。王不得不提起气来行走，以免一脚踩破路面，招致罚款。或者陷在那里，就有纠察跑来，兜头浇桶水泥，塑成现代"盐柱"，警告路人。这种盐柱，过百来步就有一个，上面贴满了各种广告。路旁的店，都早已开门——有的浓妆艳抹，有的虎视眈眈，有的高深莫测。王走进一家正在放血的铺子，招呼即将跳楼的女老板——萍。

萍的丈夫是船员，而且远洋，一年只有三个月守在家里，共分两次，其余的时间在海上或全球的码头，分别扮演禁欲主义者和国际情人。丈夫带给萍的礼物不是爱情，而是一包包死人或活人身上扒下的衣服，不是没有爱情，而是爱情比那衣服更陈旧。况且，大众品牌的"爱情"也卖不出价。上等的衣冠带着金钱的余温，不分级别、不论种族地团结在一起，等待新的灵魂。

这是萍独守空房的报答，也是男人衔回这个家的粮食。

能够衔食回巢的男人，无论如何，都该算是好男人。女人应该和雌性动物一样，牢记这个朴素的道理。萍是个朴素的女人，对生活没有非分之想。

王交给萍一包消毒粉和一封信：消毒粉是医院里的办公用品，信是同事李写给他的长期病人萍的。虽然王也是医生，但从不过问萍的病情。即使萍偶尔暗示想换个医生，王也坚拒——并非为了与李的友谊，而是四壁众多的女人衣服让王怯惧。萍的家挂满了衣物，衣和人一样，躺着时全无个性，一旦挂起便生动而有风韵，好像那些死人的魂魄附在上面，固执地要求重演生前的戏。王希望自己不相信鬼魂，但他怕这些衣服，怕鬼魂们不甘心生活的结束，重又附体于他，让他认认真真地演些与自己不相干的悲喜剧。

王竖起全身毛发，从那间阴气逼人的铺子里逃出，手里握着那团透明的黑纱连衣裙，那是萍送给他的报酬。他在路边的红灯笼里拨通电话。方犹豫了五分钟（王听到警音又塞入几枚硬币），在礼物的诱惑下，或更准确地说，是在自己美丽幻影的召唤下，方答应10时去红房子赴约，但特别声明：莫谈婚事。王认为这是此地无银三百两。他很想就不谈婚事，其实这婚事对他来说，也是可有可无的事，只是顺着惯例走到这步。王的内心厌倦这种毫无激情的"生活惯例"，但他现在醒着。醒着，就没有权利厌倦你改变不了的东西。

　　王想不到一件连衣裙就让对方赴约了,"相对论"似乎用不上,不由悻悻地只盼她的声明能认真,让求婚增加些险阻。现代男人依旧喜欢克服困难,这种英雄品格是男人的天性。只是困难别太大,并需要有"相对论"这样的法宝做后盾。万无一失的冒险,才是实用主义的现代男人之爱好。

　　王走进一家水晶花篮似的小店,让小姐把黑纱裙包好。紫色隐纹的包装纸外饰上朵粉色绢花,象征死亡的傲慢。王盼望女人们不要平民化,可以把梦活在男人面前。时间尚早,王决定去一趟证券交易所。9路转208路,用了四十分钟,他来到红房子邻街的交易所。悬着金字招牌的二层楼房,像一只船型的气球,浮在激荡的人潮上,既洋洋得意又岌岌可危。

　　王毫不犹豫地纵身跳进海里,像颗熟练的水滴,迅速与同类融和共温,爬高跌低地参加造浪。虽然,属于他的股票少得可怜,并且是单位统一购买的法人股,王对于它们就像对于自己的生命一样,无权操纵。但王有着凡人的高贵品质——他关心历史,关心《新闻联播》,关心远在非洲的难民和野生动物,关心一切他无权操纵却似乎应该关心的事。此刻,王倾注全部身心关注标价牌。他的眼睛和周围人一样,长出长长的尖牙,用力咬住黑牌上血红的数字。王每天参与着各种咬牙切齿的活动,虽然他里面早已泄了劲儿,但还是惯性地参与着。

今天的数字们颤抖得可怜，像一些深秋的昆虫，舞动残破的翅翼、纤细的爪，在光秃秃的天空上挣扎。几万对牙齿捕捉它们，贪求它们稀薄的、暗绿色的、含金量极少的血。其中也有和王一样泄了劲儿的平民，顺着职业性的、惯性的、训练有素的动作，认真参与。没有人敢问自己一声"为什么"，一句问出后就会再有一句，直至走进精神病院。据说精神病院人满为患，有人提出要从《辞海》里拿掉"？"和"为什么"，虽然这会增加很大工作量，但也许是唯一强化公民神经体系的方法。

王想着约会的事，低头看表，忽见一个头缚绷带的人形迹可疑。那人像喝醉了酒，摇摇晃晃，脸上竟敢在白天，挂着一滴泪——王宁愿那是眼屎。那人手里拎着个黑皮包——最老式的基层干部用的公文包，外袋的拉链坏了，别了枚像章。他沉着地从包里取出一把锯子，在一片人眼长出的牙齿丛林里开始工作。参天的牙树倒下来，却没有人疼，也没有人跟他计较。只是牙齿的截断处，迅速地长出另一根新的，更长更尖利，此起彼伏。他不停地锯，它们不停地长，一切都在默默无声中进行。显然，这种情况是他早就熟悉的，他只是努力地干活。王奇怪自己过去怎么没发现他。

王等了一会，见那人还没弄完，就只得走了。反正"相对论"可以帮他回来看。

三

方从街上走过来，她是一个标准刻板的"社会公民"。化石的眼球上戴着副眼珠灵活的博士伦，最新潮的高科技。她手脚规则地摆动，全身神经都以高强度的橡皮筋代替，并在精致的小包中带有备件，就像带着以防万一的丝袜。

方在红房子门口不远处，碰见个瞎眼的卖花女孩。她原想施舍几个钱给她，换来美言做一天的好兆头。但女孩脸上灿烂的笑容阻挡了她，这笑容使她觉得女孩不像是在行乞卖花，倒像是在送花。她有什么资格送东西给人？她为什么不像别的正常卖花的女孩？花在她手中好像不是商品，而就是花，是她的花。这种反常令方生气。

方没能施舍成，悻悻地揣测着今天是否会倒霉。

方进来时，王觉得自己应该尿急，但是没有，王因此怀疑方是不是自己该娶的女人。方有点不耐烦，她把眼珠四处转动，当然什么也看不见，只是想着对面这个男人将如何求婚，自己又如何应答。婚是必须让他求的，答应也是会答应的，只是这过程该如何在正确走向中，多设计些波折呢？对于大多数正常人，生活的一切趣味和浪漫，不过就是这些无关痛痒的设计。王跟着她也转动着眼珠四处看去，西餐馆里人不多，物件和人都是轻飘飘的，像些鱼游在鱼缸里——一些牵着线的塑料小鱼。

服务员端来两杯黑黑的咖啡，他俩为了风度都选择"飞沙走奶"。喝着黑黑的水，觉不出苦来，好像喝白开水。王今天却突然想到，应当怀疑一下自己的味觉。方的眼珠不经意地在王周围一转，王便警觉，白天是脑子循规蹈矩的时候。他赶紧拿出黑纱连衣裙，递过去。方接了，就开始心不在焉，一心想象着镜子里的自己。

王不知道她在想什么，只是感觉绳子松了松，又偷偷想了想味觉的事，认为有必要去验证一下。他们这么同桌异梦了一会，方就问王还有什么事，王只得求婚。方把那团黑纱递回去，博士伦中，很吝啬地沁了点细水珠。

王看到黑纱里有些纹路已经开始活了，微微游动。他侧耳听了听里面急促的喘息，赶紧推还给方。来回递了几趟，最后王说要去洗手间，请方等他一下。方一言不发。

王跑进洗手间，拿出"相对论"，很欣喜能有机会用它。算准刻度，一拉。

方正好从门外进来，王因刚去过卫生间，也就不再怀疑自己对她的感觉，一切似乎都好得无与伦比。这次王没等咖啡送来，就把那团黑纱递过去。黑纱凉冰冰的，王的指尖却仍体会到里面的蠢蠢欲动。方一接过去，王就建议她去洗手间里换上，让他看看。方假意娇嗔了几秒，满意地去了。王觉得如释重负，那衣服里的鬼魂终于有了去处。他暗暗决定一旦娶了方，就再不让她穿这种别人穿过的衣服。不过在等方的时候，他还是很好奇：那是一个怎样的女人呢？

方再坐到王的面前，就成了个高贵的风流少妇，黑纱裙罩住的地方都生动活泼起来，反倒是裸在外面的脸面、脖子、臂膀，仍旧苍白刻板。这样的方坐在对面喝咖啡时，王就觉得该有把银匙子。然后王提到结婚的事，提的时候自己都觉得不合时宜——应该是在夜晚。果然，黑纱裙诧异地看着他，那种夸张的表情好像在舞台上。他假装掉了那把塑料匙，弯腰到桌下，掏出"相对论"一拉。

天透明地黑着，窗外路灯长笛般吹响，行人走在音乐的波浪上。魂们跟在所属的人身后，好像影子。有的人身后跟了一串，默默无声地拥挤着。有的人身后仅一个，耷拉着脑袋，像只老狗。对面的黑纱裙目光灼灼，让人赞叹博士伦品质超群。王觉得这真是一个完美的时刻，并且发现桌上的塑料匙子变成了银匙。他握住方变得纤细的手指，望着银质匙柄里自己瘦长的脸，正要说话，服务员却走过来，送上菜单。王这才想起自己没有预备吃晚餐的钱。于是，尿急又救了他。

王在厕所里很沮丧地看着"相对论"，觉得一切都无聊得出奇，包括墙上那些发泄的文字，心想还不如直接承认现实，把这金子铸的尺子当作金块送她。他觉得这种直截了当的坦白，有点像黑色幽默，带着梦幻般的快乐。但这块金子太大，他想给自己留半截。王从后门溜出，找金店去割。这时，他遇见了瞎眼的卖花女。

黑夜里，她的笑容更为活泼地闪烁着，照亮周遭，让人仿佛进了她的花圃，正被天使般的公主招呼。她的丝绸裙裾发出清脆、温柔的笑声，不断将清澈的眼神和泡着花瓣的冰镇茶水送给进来的客人。

王呆呆地看着，感到压在胸口的岩石碎了，像一百只鸟般飞去，越飞越洁白，一朵朵浮着的白色玫瑰。他突然想哭，很想回到自己的梦巢中去。天已经黑了！他应该有这个权利。他觉得自己会在梦中遇见这个卖花女，甚至他几乎能肯定他们遇见过，不止一次。身后的红房子里，却有个装配完备的女人在等他的金块，并准备把自己卖给他，无论价钱如何。

王不想离开瞎女孩灿烂的笑容，她好像是他梦里掉出来的一粒核。王希望能娶这样一个女孩，似乎这个女孩是自己梦想与现实的结合点，是夜与昼的结合点，或许还是"1"和"2"的结合点。王幻想着通过这个结合点，可以进入自由的时空，甚至进入一种永恒与纯净。只是，她是个瞎子，这一点似乎是女孩唯一的缺陷。王决定再用一次"相对论"。

然后，王飘在空中，面对一幢三层楼高、破旧的职工筒子楼。在二楼楼梯口对着的那间屋里，有个四岁左右的女孩，眉眼就像是那位卖花姑娘。眼睛不瞎，但并不算太明亮。她拿了支笔，在一叠白纸上不断地画着点和线。她把点点得很圆，并努力将线画直。身边散落的纸上，点与线构成各种不同的图形，好像一些神秘的预言。

女孩的父母走进来，脸面好像是王和方的样子，这让王有点尴尬，目光不由得往别处闪了闪。他看见三楼一个十多岁的女孩在用火夹卷辫梢和刘海儿，是以前的方。王瞪大了眼睛瞧她，没想到方曾经那么可爱。她哼着歌，眼睛因爱情而发亮，不时地探头去看窗外。楼下有个瘦瘦的青年，正像根细丝瓜般弯着，靠在对面的墙上，望着这边。王不知道方那么早就恋爱过，不过他不生气，反而感激地想到，方是个曾经目光闪闪地恋爱过的女人。

他看着她忙碌地打扮自己，一双黑皮鞋，跟上磨破了几道，露出里面白森森的骨头。方找来盒鞋油，干了。她顺手放进微波炉里，王心里觉得不妥，正在考虑可不可以干涉，就听到一声巨响，火苗从三楼窜下。顷刻之间，半幢楼都烧起来。人们叫喊着往楼下冲，楼道上精心堆垒的杂物纷纷倒下，大大阻碍了人们的速度。二楼楼梯口的一架破书架倒下来，连着上面垒放的煤、杂物、白菜，堆在女孩家门前，堵死了门。

方冲下楼时，听见里面拍门的声音，还有被嚎叫的人声几乎淹灭的哭喊声。当她想伸手去搬时，木书架着了火。方被大声呼喊的人群拥下楼，等出了楼，跟一大群声音沸腾的邻居站在一起，面对燃烧的火势，就更不可能再进去了。

大家面对着火。女孩的哭喊声竟在火中嘹亮起来，弄得观火者都十分尴尬。不知谁开始怒骂肇事人，人声再次鼎沸，女孩的哭声终于就听不到了。方闷了会，开始也跟着轻声骂，先有点忐忑不安，渐渐就理直气壮。王看见众人的眼睛都开始石化，一点一点地灰白着，好像被沙漠蚕食的绿洲。

王当然不能让女孩烧成瞎子，他犹豫了一下终于飞进去，火在他周围像凉风一般，这令王没有立刻逃出去。王抱出女孩，又背出了那对父母。他看着他们睡在星空下，然后被人发现并醒过来。女孩的父母立刻参与众人的咒骂合唱，女孩则四处看着被火光照亮的夜空，好像是在找王。王欣慰地笑了，离开那个时空。

按照每两年为一单元，王在一个小时内，利用"相对论"去抽看了六趟正在长大的女孩。她一点都不知道自己原本应该是个双亲皆失的瞎眼妹子，因此她找不到值得感恩快乐的事。她整天都在埋怨、恼恨。她的眼睛没有越来越明亮，反而也和周围人一样，渐渐石化。最后一次王去看她时，大惊失色。她正穿着那件黑纱连衣裙，坐在红房子里。王生怕看错，在玻璃窗外趴着看，鼻子压成个柿饼。女孩像有感应似的回过头来，竟然和方一模一样——眼球上的博士伦，还有皮肤下的优质橡皮筋。

王吓得转头就跑，街上没了卖花的女孩，有一间干花店正要打烊，年老色衰的老姑娘方望了王一眼。王被她的目光定住，看着干花们都向他龇牙咧嘴。他身后跟着的一串魂儿，嘻哈大笑，乱成一团，意味复杂。方却只是问了句："买花吗？"

四

王一直向家跑，街上的路起起伏伏，摇摇摆摆，滑滑腻腻，好像跑在蛇背上。

每个路灯都穿着半截头的黄袍子，叫做"光"。王一头撞进去时，就幻想自己撞进一扇时空之门，可以突然跳进自己的梦里。但什么也没发生。王推开一扇扇"光"的门，都是舞台上的道具，门后面并没有屋子；没有另一维时空。王疲惫地往家里跑，往他的梦跑。路边不断有手伸出来拉他，弄得他跌跌绊绊。

他已经看见自己的窗子了，四围的窗子都亮着，只有他的窗子墨黑。王觉得那黑黑的沉默几乎是个安全的承诺。就在王急急跑过马路时，他撞在萍开的出租车上。萍下来，比旧衣店里的萍健壮朴实些，但没有喊出他的名字。王因为避着黑纱裙的联想，也没认她。王再三说没事，萍还是坚持把他送回家。王坐在萍右边的副驾驶座上，听到后面叽里咕噜的，回头一看，跟着自己的魂们正与萍的，在那里做些苟且之事。他很愤怒地要它们分开，但它们似乎听不见他的声音。萍却被他吓了一跳，错过路口，只好到前面转回来。

萍将车停好，硬要扶他上楼。当萍的身体碰到王时，王看见萍的身体正一丝丝地渗入自己。他想把她推开，但浑身一点力气都没有，十分绝望。萍对王说，看着他面熟，很像自己死去的丈夫。王模糊地想了一下那个船员，觉得萍在说谎。但转而一想，他又不能肯定，开出租车的萍是不是死了个船员丈夫。王就这么糊里糊涂地想着，被萍扶上楼，躺上床。

床波浪四溢，王一直沉下去，萍也跟着沉下去。她的脸悬在他脸上，不远不近，在等速的沉坠中相对静止。

王想，也许这就是命中之劫。无论方，还是卖花女，或是萍，他都注定要被两片高科技的博士伦监视着，过公开生活。而在那灵巧的道具后面，是两颗石化的眼球，它们不会关注他，也无法交流。王甚至希望一切都迅速些，最好省略过程。他不能忍受在以后每个隐秘的分秒里，被悄悄地抽换掉一两根神经。

突然，萍的博士伦掉下来，随着一声尖利的啸音，子弹般射穿他。王不由惊叫："护驾！"

韩非和白袍老者跪在他面前。萍已不见踪影，王的睡衣汗湿了。

"李耳安在？"

韩非用眼掠了掠门口，陶瓷仿古衣架颜色似乎深了些，黑着个脸："他今天告假。"

"卿是寡人唯一的爱臣了。"王的声音有点落寞，"平身吧！"

韩非拢了拢大背头起身，嘴角隐着丝嘲讽。王不记得他什么时候改变的发型，但这已不重要了。他掏出那把"相对论"的尺子——尺子仍然通体金灿，递给白袍老者。

"你的东西无用，还给你吧！"

"王可以去任何一个时空……"

"全都一样！退朝吧！我要睡了。"

"王，还有一处'血泉'。此泉之血可以给人生命，据说人若泡在里面一段时间，就可以变软，最后还能一个部件、一个部件地活过来。"

"何方？"王懒懒地问，他很想赶快进入睡眠。

"在遥远的东方，一个小山坡上。这山坡几乎已被尘沙盖住。据说有几个女人用浸了香膏的长发编成盖子，把泉水盖好了。只是很少有人找到它，小民也没见过。"

"为什么很少有人找到？难找吗？"

"有些难。不过主要是没人觉得有这必要，其实大家都挺满意现在的日子。小民也不知道'活'过来，是好是坏。请王三思。"

王因着犹豫不决，更加迷迷糊糊地困起来。他决定还是先睡一会为好。

王坐在玻璃餐桌上吃早点。钟点工妈妈进来清洁屋子。她头上戴着顶绒线织的红帽子，并带给王今天的晨报。晨报上大标题是——《今天有日食》。王的眼睛瞟在关于时间的那行字上，没什么感觉，想着该上班了，顺口问："几点？"钟点工妈妈回答："刚才。"

"刚才？"

"就我进来前。为了不迟到，我摸着黑从家里跑来。刚才突然一黑，前面路口出租车撞了人，司机肯定没看报。今天先生要小心！日食的日子怪事多，不正常。"

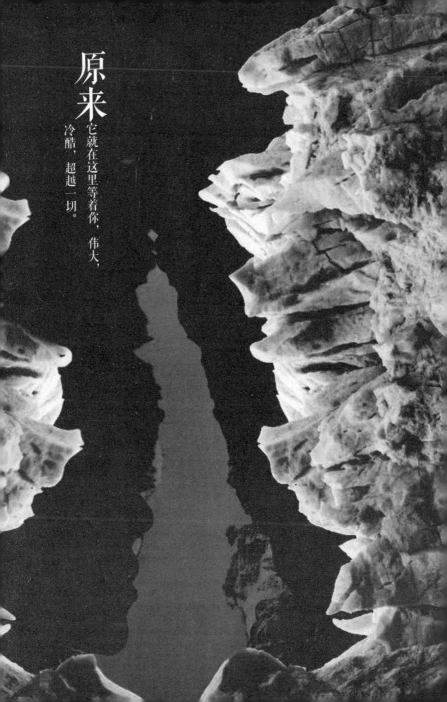

原来

它就在这里等着你，伟大，

冷酷，超越一切。

冰

凌岚

送冰的人来了。

——尤金·奥尼尔

265

凌岚，本名谢凌岚，1991年毕业于北京大学中文系，1997年毕业于纽约市立大学商学院。现居美国，北美中文作家协会会员。出版多部诗集、译著、随笔集等，多篇小说发表于《青年文学》《北京文学》《大家》等刊物，其中短篇小说处女作《离岸流》被多家文学选刊转载。

　　"挪威王子号"邮轮离开乌斯怀亚港的一刻正是黄昏。林里和涂途随着大部分参加"南极行"的游客一起登船，站在甲板上，眼前小城的灯光星星点点亮起，信号灯一样，在广大的视野中此起彼伏地呼应。林里不由自主地想：这样的城市之光以后怕是再难见到。

　　小城背后是比格尔海峡。夕阳西下，10月，南半球夏天金黄色的光线里属于阿根廷这边的群山只有一个轮廓，像是神秘的史前泰坦巨人在沉默中给离港的游客送行；比格尔海峡的另一岸属于智利。群山在夕阳中如金箔打造，一片璀璨。对着碧蓝的南太平洋，林里心里感慨着，她心里想到的是"山重水复疑无路"这句老话，也许她和涂途的共同生活，在这次旅行后会生出新的契机呢？邮轮在风平浪静的港中平稳向前，风和浪从无到有，离岸越远，风力和波浪越大，视线有点摇晃。乌斯怀亚港的地标——那座红白双色的灯塔，越来越小，渐渐出离视线。

　　乌斯怀亚渐渐消失，比格尔海峡两岸的风景像画卷一样展开，天上有海鸟和山鹰，盘旋跟踪着，鸣叫着。涂途和林里的心思都渐渐放下。

　　林里低头在甲板上用"爱疯"跟母亲视频通话。她想利用在利马落地时买的电信流量，再跟她远在南京的老妈说几句话。这趟南极行历时12天，船一旦出海就不在手机信号区内，船上一切通信依靠卫星，除非紧急她不想破费。

　　林里和涂途医生站在邮轮的甲板上，各怀心事。她盯着手掌中的视频的当儿，涂途忽然心生离愁别绪，不由自主伸手抓住了身边陪伴的女人，偏偏此时林里忙着跟母亲视频通话，对他的一时脆弱完全不理会，只回头对涂途说："马上就完。"她手里端着手机，分神乏力，心不在焉地把他伸过来的手挡开，接着又去听老妈在电话里絮叨。

　　涂途只好抓紧船栏杆。船速在不知不觉中加快，本来平稳的甲板开始颠簸，天上的云在迅速飞驰。这时铅灰色的天幕上忽然显出一小片蓝天，斜射的夕阳从厚厚的云层中透出金红色的灿烂之光，像教堂穹顶上的圣光。甲板上的游客们都精神一振。

　　蓝灰色的海面上露出黑色的脊背，是鲸鱼，一共两只，两股水雾喷洒出水面，洋洋洒洒像虚幻的旗帜，前后落在鲸鱼的背上。游客们鼓掌喝彩。林里打完电话，收起手机，听到身边游客的喝彩声，抬头看到那对鲸鱼。他们一起集中目力，希望看到水雾的旗帜再次飘起来。

邮轮在乘风破浪中平稳向前，林里温存地挽起涂途。这时涂途的注意力已经转向了同船的中国游客。"挪威王子号"并不大，游客两百人不到。从头发的颜色看，其中大部分是退休的欧美夫妇，黑发的中年男人在一群花白头中很突出。

上船时每个旅客领到一个布袋子，林里检视其中宝物：行程小册子，一本《欧内斯特·沙克尔顿传》。她瞥见一段："德雷克海峡全长约 300 公里，是世界上最宽的海峡，宽度约 970 公里，也是最深的海峡，最深处约 4800 米，在南美洲智利合恩角与南极洲南设得兰群岛之间，是南冰洋的一部分，连接大西洋和太平洋，位于六十度西风带，整年在西风和北风交错下风高浪疾，是全球海航中最危险的但也是最繁忙的航线之一。"

◆　◆　◆

视频上出现了母亲头发稀疏的头顶心，花白头发下是一个皱纹密集的额头，皮肤松弛，毛孔粗大。因为老花，本来深度近视的她每次看视频都是低头从下往上看，利用眼镜边缘的曲率达到放大的效果，所以她总是把手机的镜头举过脸的上半部分，林里这厢看到的就总是老母亲的头顶心。

母亲说的话基本固定那么几句——一切都好，不要担心，你多保重，药按时吃，金牛那孩子还好吗？我精神和胃口都好，就是失眠睡不着觉，凌晨三四点就醒来了，但总的来说还好——母亲用一种在一堆药物中挑挑拣拣，最后决定服用降压灵的口气，说出最后那句"总的来说还好"。随意，认命。

期间照顾母亲的护工老王进来倒了杯茶。背景里有老王开抽屉拿杭白菊，然后取杯子倒水的声音，母亲跟老王招呼，镜头猛烈晃动几下，镜头里飞快出现养老院母亲的房间，墙上父亲的彩色遗像，沿墙放的边缘带铁栏杆的单人床，小沙发……，几秒钟后画面稳定下来，再次对牢母亲的头顶心。

忽然母亲把手机拿正了，两眼平视镜头，口齿清晰，声音苍老："天堂里的又一天。"

什么？林里听得莫名其妙。

母亲一字一顿地重复："天堂里的又一天啊，小妮子。"

然后视频就断了。

邮轮汽笛一声长鸣，林里呆立，她不懂。

林里小时候学会做的第一件家务就是倒茶。那时她八岁，跟姥姥住在珠江路红庙，瘫痪在床上的老太太用绍兴话叫她小妮子——老太太是姥姥的母亲，86岁高龄已经不太认识家里人。她每次说吃茶，其实就是想有人过来看看她，那杯倒好的茶，凉了也是满满一杯，没有碰过。

如今母亲也开始叫她小妮子。

◆　◆　◆

　　初进客舱，当他们发现舱房内是上下铺，而不是双人床，林里和涂途都不禁松了一口气。

　　窄窄的挪威式上下铺木床，除了靠墙的那面，床的三边都围了封闭的木板，只有上铺在梯子接口处开了一个小门一样的开口。"这床像个壳，棺材！花这么多钱睡棺材！"涂途脱口而出，怪声怪气，把俩人都逗乐了，舱里僵持的气氛也松弛下来。涂途永远有这本事，他能逗女人笑，只要他肯花心思。

　　"你记得《莫比·迪克》最后一个幸存者用什么逃生的吗？"涂途问。他和林里并排坐在下铺的床沿上，窄小的空间让他们挨得很近。这是涂途从北京回来以后他们第一次坐这么近，林里闻到他脖子里飘出的迪奥古龙水的味道。

　　"当然记得，金牛 11 年级读《白鲸》，是我辅导的。"

　　"那你说，谁，拿着什么，从沉船里逃出来的？哦，从头说，船是怎么沉的？"涂途饶有兴趣，他一直为自己的相机式记忆力自豪——知识面广，上知天文，下知地理。这都是他跟不同女人调情时的谈资，绝对不跌份，绝对不露怯。此时他把林里当作女朋友来认真对待。

　　林里没作声，她闻着那款叫做"野蛮"的古龙水的橘子香味，进舱后的轻松平静一点点黯淡下去。她在美国第一次挣钱领工资，买的第一件奢侈品，是给丈夫买的迪奥古龙水。对时尚一无所知的她，在纽约五十九街上的布鲁明戴尔豪华百货公司，买到那年最时髦的男用香水——"野蛮"。然后涂途一直就用这一款，年复一年……，对着不同的女人，挥洒，炫耀"野蛮"的橘子香味儿。

想到这里，林里兴味索然，说了一句"我得休息一下"，起身去爬那梯子往上铺走。

◆　　◆　　◆

涂途回来的这半年，他们都尽量避免身体接触，也一直因为这避免而各自尴尬着。林里从来没有问过涂途在北京的绯闻，倒是让涂途更加忐忑。他虽然搬回迈阿密，却并没有离开北京的公司，头衔是北美洲分公司总裁；可以借着时差的由头——美东区晚上九点是北京时间早上——整晚都赖在书房里打电话，跟公司开视频会议，等到半夜林里睡熟，他才姗姗回到自己的房间上床。他们是一对努力不同床不同梦的前夫前妻，现在最信赖的朋友。

涂途发现肺部的病疡，毫不犹豫决定回到她身边，她不觉得意外：她是他最信赖的旧人，他的生命底线。无论男人的人生怎么张扬胡来，他们都指望发妻像地母一样，百川俱纳，无怨无悔。何况涂途主动提出并帮她付清了五十万美元的房屋贷款，加上每年准时从北京寄来大学学费的支票，林里欣然接受。这些钱证明涂途对他们母子的情分，这有什么不对吗？涂途现在有难处，她难道不应该打开家门迎接他吗？在儿子金牛高中毕业上大学之后，她本能地觉得，家中多一个人住，对她是一件好事。

对比那些无用的雄蜂——交配之后就应该去死，涂途是雄蜘蛛，交媾后负责地为母蜘蛛提供蛋白质。通用电器公司医疗器材部门在中国大名鼎鼎的执行董事总经理，医学博士，还有比这更吸引人的蛋白质吗？

林里睡在上铺的"棺材"里，想起《白鲸》的结尾，水手以实玛利在翻船的一瞬抓住酋长儿子的黑色空棺材，得以从漩涡中脱险，漂了出去。涂途在下铺没有作声，舱房里安静下来。随着船的摇晃，睡意袭来，林里朦胧中看到自己走在路上，路前方一片明亮，亮得发蓝，亮得刺目冰冷。她低头发现路上就自己一个人，她一惊，然后醒了。

"各位好，我是詹姆斯·李，本船长驻的自然学家。如果你这时正在舱里休息，有闲暇听我说说南极最著名的鸟类——信天翁的话，你可以把床头的收音机音量再调高一点。"

涂途起身在下铺拨弄床头墙上的一排按钮，然后收音机的音量被调高了。自然学家带着浓重澳大利亚口音的声音在舱里听得清清楚楚：

"对于航海的水手和探险家，多少世纪以来信天翁都是高贵的神一样的存在。水手们相信当他们的船长去世以后，他的灵魂会转世变成一只极地的信天翁。我不敢替本邮轮的史密斯船长代言，但要是我的话，来世能化为信天翁我会觉得很自豪。这种神奇的巨鸟有创纪录的最长的翅膀，最大的翅长是十三英尺三英寸[1]！比两个六尺之躯的成年男子叠加的高度还高！史上记录到的信天翁最长的寿命是 70 岁！一般信天翁的平均寿命是 40—60 年。信天翁主要分布在约南纬 25 度至流冰群的南半球海域，在北太平洋和西太平洋也有少数分布，一共 4 属 21 种。因为捕鱼业、物种入侵和火山爆发等因素，这种巨大的海鸟如今只剩下 3000 只，在全球濒临绝种的生物名单中位居前列。

"……以海水表面的鱼类、乌贼和磷虾为主要食物。信天翁可以飞几百英里[2]不落地，在海水和天空之间靠气流滑翔，它们是自由的精灵……"

一连串的静电干扰打断了收音机里自然学家的话，涂途把收音机关了。

"你知道让信天翁灭绝的入侵物种是什么吗？"涂途在下铺问。

1　1 英尺 ≈ 0.304 8 米，1 英寸 = 1/12 英尺。
2　1 英里 ≈ 1.609 3 公里。

"不知道，那是什么？"林里问。

"是老鼠。"涂途答。

"老鼠能吃掉天上飞的信天翁？！"林里不敢相信。

"不是老鼠吃掉信天翁……，是它们吃掉信天翁的蛋。信天翁的鸟巢直接建在地上，孵化期又长，老鼠随着人类活动范围的扩大进入南半球这些荒岛，它们第一个破坏掉的，就是鸟蛋。"涂途慢慢地说。林里听着声音不对，从上铺爬下来，坐在涂途身边。涂途闭着眼睛，脸色苍白。林里伸手握住他的手，涂途虚弱地睁开眼睛，微微一笑，说："像我这样的浪子没有发疯，没有反人类，就已经是对社会最大的贡献了，少活几天没什么的。"

林里的心思还在老鼠上面，她天生怕老鼠，家里一直养猫。

◆　◆　◆

当天晚上是上船时规定的遇险撤离训练，所有旅客都必须参加，熟悉撤退路径。林里和涂途按规定穿上最厚的棉衣、雪裤，戴上羊毛绒帽子、围巾、手套，在舱里等着紧急撤退的广播信号。虽然是演习，涂途把滑雪用的面罩都戴上了，只露出两个眼睛，特别慎重其事。

林里跟他并排坐着，待广播信号一响起，他们就夺门而去。但是信号总也不响，无所事事，林里觉得每一秒的流逝都可以听得到。

"什么是'天堂里的又一天'？"她想起傍晚时老妈视频中的话，随口问涂途。

"Another Day in Paradise?"涂途答。然后他哼起歌的前奏，菲尔·科林斯的歌。

哦，就是这首歌。林里忽然想起来，这是 20 世纪八九十年代的一首流行歌。她加入了涂途的哼唱：

哦，请再想想吧，这是你和我在天堂里的又一天。

哦，请再想想吧，这只是你和我在天堂里的又一天……

《天堂里的又一天》，林里默念着这首歌名，努力在记忆里找到一点线索。

金牛小的时候，唯一一次一家三代人出门度假，在夏威夷住了一星期。回来时飞机误点，他们老少在候机厅的商店里闲逛，金牛看中一个镶贝壳的八音盒，姥爷姥姥掏钱给买了。这个八音盒放的歌，就是《天堂里的又一天》的前奏。林里当时给老妈老爸解释英文歌词、歌名和夏威夷的关系，夏威夷不是自称天堂吗？

这个八音盒被拆开又重新装上，是金牛最喜欢的玩具之一，但过几个月也就丢开扔到角落里，积累灰尘……。紧急集合的信号响了，打断了她的记忆流。

◆　　◆　　◆

　　林里二人抓起舱门后挂的救生衣，套在身上，开门加入游客的人流往前走。在第一个楼梯口站着邮轮的二副，他指导大家上楼梯，去顶层的三号厅。二副耐心地给游客指路，声音沉静又有点机械，眼中没有"表情"，好像衮衮游客不过是他看管下无知无觉的牛羊。气氛很严肃。林里走在人群里，个子娇小的她眼前尽是后脑勺。旁边一对华人夫妇，年轻美貌的太太紧张兮兮地紧拉着自己老公的手。楼梯上的灯光通亮，这对夫妇都穿着绒线睡裤，脚上是酒店那种一次性白布拖鞋，拖鞋的正面还绣着万豪酒店的标识。

　　他们的紧急集合站是 3 号站，众人都穿着一水儿橘红色的救生衣，臃肿地站立在一起，像自然节目里看到的企鹅群。

　　等众人聚齐后，海员检查每间客舱，确定了每个游客都已听令出来参加演习。二副表扬大家，然后指出有人穿了拖鞋，不符合规定："要穿上你最好的防水户外鞋！"二副带着浓重拉丁口音的英语在大厅中响起。游客中有人模仿他的口音回了一句："Why?"人群中一阵讪笑。

　　"严肃点！等到德雷克海峡你就知道'why'了！"二副愤愤然回答，还附带上激烈的意大利人的手势，人群不敢再打趣。

　　林里环顾四周，打量同船的游客。船票单价最低是两万两千美元，豪华客舱的票价是基本价的两倍。林里好奇船上有多少爱好自然的土豪，她以为会看到几张名人面孔。厅里大部分是中年人，律师或者医生模样，体形保持尚可，但绝对说不上身手矫健。唯一热爱自然的年轻人，是一对加州来的夫妇，路易斯和南希，常年替环保 NGO 做义工。在岸上排队登船时路易斯主动上前攀谈，他们是开船前 10 天偶尔买了折价船票才成行。省吃俭用的林里立刻把这两位视为知己，她自己既不是医生也不是律师，她是注册会计师，虽然属于专业人士，但她那点可怜的薪水让她在这些人面前总是气不壮。

"挪威王子号"这种豪华邮轮于她，真是一个偶然。随着六年来音讯稀少的涂途忽然从天而降，回到她身边，最近半年遇到的都是这种"偶然"，天上掉馅饼。喜欢研究紫微风水的闺蜜红宇说她女命偏财，她不同意："我这点算什么偏财啊，生病的前夫自己送上门来也算我的财运？"红宇点头："算的，结发夫妻打断骨头连着筋。"

"婚姻不好，一财所得，红颜失配。偏财之人慷慨讲义气，喜欢用智慧赚钱，常有意外之财。但女命偏财太旺，不仅易与婆婆不和……"红宇照着风水书一字一句念。但偏也好正也好，林里一辈子都跟财无缘，她只偏不财。

二副训话后，人群慢慢散去。那对华人夫妇过来跟林里攀谈，年轻的太太已经脱下那件橘红色的救生衣，拎在手里，一边娇声抱怨："这风雪衣太大！又笨又重！"美女自我介绍叫裘蒂，旁边的小个子中年男人叫赵新革。裘蒂自我介绍完就拿目光投向涂途，涂途不接话。林里看涂途漠然没有反应，只好先介绍自己，指着涂途时她有点结巴，怎么都说不出"我老公"，最后她说"这是涂途医生"，说完不等对方开口立刻转移话题，问他们为什么选择南极行。

"因为其他各大洲都去过了，除了南极再没有什么好玩的了。"裘蒂不无炫耀地回答，又娇声反问，"你们呢？"她再次迎向涂途。

涂途搭着眼皮，回答："我想在死之前看到南极的冰川。"说完借口去甲板上透气，先走一步，留下三个人愕然在那里。林里跟赵氏夫妇交换客舱号后，追了出去。

林里急急忙忙踏上瞭望甲板时，船已经开出比格尔海峡，地平线消失了，代之以铁灰色的海，一望无际。邮轮在往德雷克海峡行进，风浪起来，浪花不时猛烈地撞洒在甲板上，湿漉漉的一片。夜色并不太暗，但没有星星，海和天都是铅色，南半球此时是白夜，天地没有夜与昼的变化，时间像静止了一样。

甲板上站了不少游客，路易斯两口子拿望远镜在看鸟，听到林里跟他们打招呼，把望远镜递过去，提醒她往上看：

"Albatross!"此时天上正盘旋着三只信天翁,在考察他们这条船,看看值得不值得跟踪。林里抬头时其中一只正低空掠过船头,它展开的两米长的翅膀像一架小型飞机,在船的灯光下露出腹部白色的羽毛和深褐色的双足。林里没有心思看鸟,谢了他们,然后连走带跑想尽快找到涂途。海浪拍打在船舷上发出惊天动地的声音,头顶"啊,啊"的鸟鸣更像催命一样。终于,她在船头的最前端发现涂途。涂途站在船边的围栏旁,背对众人。

林里伸手去拉他,涂途没有回头,他自言自语兼跟她招呼:"阿里,你知道吗?德雷克海峡是世界上最宽的海峡,也是最深的海峡,连接大西洋、太平洋和南极洲,是全球最繁忙的航线之一。"

说完他转过脸,双目对牢林里:"好像人一生中最多事最凶险的年龄段。"

"人一辈子哪一段不凶险不多事啊?"林里一边回答,一边拉他回舱。

打开舱门,发现地上一片狼藉,涂途那四瓶昂贵的靶向治疗的救命药,随着小桌上的塑料闹钟、南极旅行手册、笔、维生素瓶子、安眠药瓶一起滚在地上,舱内的地板不停地朝不同方向倾斜,小物件滚来滚去。

"德雷克海峡!"林里惊呼。

◆　◆　◆

德雷克海峡是南极航线中最颠簸的，大家都有心理准备。真正到了那里，邮轮果然颠得如滚粥一样，林里躺在"棺材"里被甩来甩去，像药瓶里的一粒药丸。她在上铺紧紧抓住墙上的栏杆，脸色铁青，胃里泛着酸水。晕船药服用后脑子昏沉但又睡不着，她眼睁睁看着地板上滚来滚去的药瓶、水壶和电筒，心里再次对红宇生怨。就是这个红宇想出了这个坐邮轮的馊主意，她自己却先溜掉，就剩下林里两人在这条贼船上，炒豆一样地煎熬。

红宇是林里的大学同学，到美国以后维系多年的密友。

红宇不能来是有正当理由的。她在上船前的两个月，发现自己怀孕了。红宇保养有方，看上去只有 38 岁。高龄怀孕，怀孕期的头三个月需要保胎，红宇立刻打电话把船票退了，第二天请林里到迈阿密最贵的日餐馆吃午饭，解释——出于歉疚之心，也是忍不住分享喜悦。

林里瞪着眼前这个一身名牌套装、怀孕都穿 7 寸高跟鞋的小女人，恨恨地嚼着天妇罗大虾。红宇总是标榜自己御夫有术，但她也是最先离婚的，现在又再次抢先一步，即将奉子成婚。半年前涂途在体检时发现早期肺癌病灶，立刻从北京搬回迈阿密治病，跟六年前离婚分居的林里住回同一个屋檐下，人生像苍蝇一样，转了一圈又飞回原处。

◆　◆　◆

　　船长的酒会在主餐厅举行。等林里他们到达餐厅时,那里已经挤满了游客,所有人都在同时说话,热气腾腾。朝吧台走时,林里注意到,周围有人一边说话,一边拿眼光上下扫视他俩——这对颇登样优雅的亚洲夫妻:林里娇小丰满,浓密的乌发柔软地盘在头上,露出细白的颈项;涂途在迈阿密留学生中是有名的美男子,高大英俊,身材一点都不走形,"盐与胡椒"[1]的头发推得短短的,利落自然,他有东北人特有的高挺的鼻梁,细长的凤眼,棱角分明的国字脸,尤其是高高的发际线显出的饱满的额头,配着他双目的凝视,有点像演《盗梦空间》和《硫磺岛来信》里那个红遍好莱坞的日本影帝渡边谦,在北京的海归圈子里他有"涂边谦"的绰号。

　　"涂边谦"跟酒保要了阿根廷最著名的红酒"马尔贝克",林里不想喝葡萄酒,她要一杯伏特加鸡尾酒。涂途犹豫了一下,还是从命。

　　林里狠狠喝了一大口,带着薄荷味儿的酸甜香味滑过口腔进入食道,火辣辣的朗姆酒那 42% 的酒精含量,像一团自燃的闷火,自丹田冉冉升起。她醺醺然感到船的摇动,随着船外海浪的起伏,头顶好像开了窗户,可以看到外面的天,感到南极地吹来的凛冽的风,巨大的信天翁在头顶盘旋,有

1　salt-and-pepper,黑白相间。

翼垂天，不知几千里也，俯瞰下面多愁善感的人类世界。

北冥有鱼，其名为鲲。鲲之大，不知其几千里也；化而为鸟，其名为鹏。鹏之背，不知其几千里也；怒而飞，其翼若垂天之云。……水击三千里，抟扶摇而上者九万里，……野马也，尘埃也……，老鼠吃了信天翁的蛋。

站在大饭厅中央的是船长，一身笔挺的深色海员制服，白色带金穗的帽子，金黄色肩章、袖章。史密斯船长身材高大，脸上布满日晒雨淋后的苍老皱褶，帽下露出稀疏的胡萝卜色的卷发。他拘谨地跟周围每个游客打招呼，义务性攀谈几句——船长不喜欢这种跟游客混在一起的酒会，纯出于责任才来。

裴蒂和赵新革认出了林里二人，很快四人开始攀谈。赵新革精瘦，比穿了高跟鞋的裴蒂矮不少，一身"巴塔哥尼亚"越野衣服，里面是藏青色高领羊绒套头衫，好像从《老爷》杂志秋季男装版走下来的，簇新，矫健。赵新革不时把两脚分开与肩同宽站立，摆出高尔夫球手转身击球的姿势，一双手举着一根无形的球杆在练习。做完一套击球动作，他飞快做出一连串的肩部颈部伸展放松动作，动作连续，让人眼花缭乱，堪比直立的蛇在调整脊椎的每一节。

赵新革脚边放了一根高尔夫球杆，此间人多，他施展不开，只能耍耍他那根大象无形的金箍棒，过干瘾。

"这是五号铁吧？"涂途转到他身边搭话。涂途自己是高尔夫球高手。

"是。"赵像被施了定身法那样，定格在击球的姿势上，只有头部没有中招，他转头对牢涂途，满脸严肃，无笑。

"是不是总带着一根高尔夫球杆出门旅行？"涂途笑着问，这次表现很好，已经热情地伸出手去，"我是涂途，涂医生，我们昨天见过，这是我女朋友林里。"

"我叫赵新革，我一般出门喜欢带球杆。"高尔夫男自解了定身大法，他自然站直，跟林里他们握手。

"带球杆防身用？"涂途开玩笑，他心情好的时候谈笑风生。

"不是，我计划在地球上每一个国家都击一个高尔夫球。"赵新革认真地回答。

"你的计划实现得怎么样了？"林里问。

"差不多到过每一个国家吧，除了几个危险的非洲小国，还有南极洲。当然南极洲不是一个国家，是南极大陆。"

这时裘蒂一手端着高脚酒杯，另一只玉手十指纤纤，像蜘蛛抓捕猎物一样搂住自己的老公，爱娇地责怪说："亲爱的，你又在谈高尔夫了！"她在说自己的丈夫，目光却朝着涂途这边扫。

裘蒂着一件鸽灰色的羊绒长衫，没有纽扣，边缘一路挂着穗子，里面贴身穿猩猩红无肩带背心，锁骨凸出，上面贴了几叶鱼鳞一样的亮片，脖子上一串细碎的钻石项链此起彼伏地闪亮着，一副同款的细细的钻石长耳坠几乎垂到肩上，在打着卷的乌发里配合闪耀，完美衬出她的方圆形的脸。她的美中有一股武士一样的逼人之气，好像那些脂粉首饰都随时可以变成暗器明器。林里比她矮了大半个头，需要仰视才见，尤其在裘蒂一双化了彩妆的杏目逼视下，林里像夜里汽车的大灯照射下的鹿，一动不敢动。她端详着眼前的美人图，忽然想起来一句破冰的恭维话："哎！有没有人说你长得像赵薇？"

"赵薇二号"脸色阴转晴，连连点头："哈哈，果然又有人说我像赵薇！其实我的鼻孔更像刘嘉玲。"说着她转动头部，调整照在脸上的光线，达到像刘嘉玲和赵薇的最佳角度。涂途脸上似笑非笑，慢吞吞地说："跟她们比，你更年轻。"

裘蒂立刻笑逐颜开，跟涂途介绍自己和她老公。林里寻思着趁他们热聊的当儿，自己是否再过去拿第二杯鸡尾酒。她向往信天翁在她头顶盘旋的感觉。

◆　◆　◆

那天晚上林里因为酒劲不能入睡，闭上眼睛她觉得天旋地转。邮轮在夜里乘风破浪，每一次颠簸，海浪对船体的每

284

一秒的拉伸拖扯都因为夜的安静无事而放大，舱里和舱外各种金属接轴的响动，每一处细小的风洞彻夜不停的怒号，在失眠人耳边是一场连续的合奏，好像机车不停地在枕边呼啸而过。林里辗转反侧，她多么后悔灌下那两大杯黄汤，头疼欲裂中发誓上岸前滴酒不沾。

一个纠缠了林里大半生的噩梦，停止了多年以后，在那宿醉的晚上居然又回来了。

从小时候起，林里时不时做一个完全相同的梦。这个梦重复多次以后，她已经非常熟悉，以至于梦一开始她就知道：对！又是它。但是林里不能停止它，她没有办法让自己从梦中醒来。最可怕的是，林里并不知道这个梦里是什么让她害怕，她都不知道怎么描述这个梦——没有暴力，没有妖魔鬼怪，没有亲人失散这些常见的噩梦元素，这个噩梦是关于路的。

早上醒来时，她吃惊地发现居然还是睡了几个小时。涂途说：是的，你不仅睡了，还打了不小的呼噜，吵得我都睡不着。林里愣愣地躺在"棺材"里，寻思着这个突然回来的噩梦，为何它突然来临？

◆　◆　◆

过了整整一天，邮轮到达"象海豹岛"——离南极圈最近的一个小岛。天阴着，海水和天色都是铅黑色，但风浪消停很多。邮轮抛锚停在海上，游客分组坐橡皮探险小船上岛。所有游客都穿着统一配发的橘红色救生衣和大红色的防水冬衣。上探险船前大副站在甲板上叮嘱大家切不可脱去救生衣和冬衣。

海风的寒意减轻了林里的宿醉，她觉得精神多了。第一次离船，几乎所有乘客都出动了。在排队等着上船的当儿，林里问船员为什么发的衣服都是红色的？船员回答：因为红色在南极海上很醒目，如果有人擅自离开队伍留在岛上，船员立刻就会发现。

林里好奇：还有人想留在岛上？答：是的，有过，一个女人企图留在利文斯顿岛。

林里更加好奇："她为什么想自杀？"

船员不回答。

在橡皮舟里，赵新革带着他的高尔夫球杆坐在他们对面，旁边的裴蒂一脸不满："又是这身衣服！难看死了！"她见到涂涂，立刻又更加娇嗲地抱怨。涂涂微微一笑，没搭腔。

那个广播里听到过的自然学家詹姆斯在驾船。他是个满脸红光的小个子，一边打着方向盘，一边告诉大家，上岸后岛上很滑，要注意躲开海狗，那东西比海豹还要凶，尤其是母海狗，见人就咬。裴蒂发出低低的惊叫。她老公连忙护花，一手搂着美女肩膀，一手像执打狗棒一样握住五号铁，凛然危坐。

登岸前，詹姆斯告诉大家，象海豹岛上的巴布亚企鹅和帽带企鹅的繁殖期已经快过去了，它们中的三分之二已经回到海里。登岸时林里发现岛上还有几千只企鹅，密密麻麻。巴布亚企鹅和帽带企鹅个头一尺都不到，像南冰洋里的所有动物，对人没有防备。在几千只直立的企鹅中间，游客们仿佛置身于小人国。海滩和山脊上遍布的粉红色的企鹅粪，发出浓烈的氨味儿。"是的，是的，企鹅的食物是磷虾，磷虾是粉红色的。"詹姆斯絮絮叨叨跟大家解释。

奄奄一息的被遗弃的幼雏随处可见，有些窝里的幼仔已经被吃掉大半，就剩下骸骨；等待换毛的成年企鹅已经迁移到不远处的山坡上，在一片沉默中忍饥挨饿。

不远处的山坡上，赵新革已经摆出姿势，准备击出他在南极洲的第一只高尔夫球。林里远远看着他俯身把 T 木[1] 插在地上，把一只高尔夫球摆在 T 的顶端，然后退一步练习挥杆。同船另外几个游客也在看着，"Make it a hole-in-one, Zhao!"（"一杆进洞啊，赵！"）有个美国口音的游客喊了一句，然后是一片嬉笑，只听啪的一声快响，球被击出去，飞越棕黄色的山崖，然后跌落在另一边的海滩上的礁石里，裴蒂带头

---

1 tee，高尔夫球球座。

鼓掌。

会有企鹅把高尔夫球当作鸟蛋捡回窝孵吗？这个问题在林里心里盘旋不去。

◆　　◆　　◆

林里的噩梦是关于路的。起先是城市中心的柏油大道，店铺罗列，人来人往，路中间车辆不断，沿街长着高大整饬的梧桐树，像南京或者上海最热闹的地段，鼓楼、淮海路这种。她在摩肩接踵的行人里走着，然后拐弯走进一条支路。路上没有刚才那么拥挤，有人在路上骑自行车，路边的馄饨铺、火锅店和华联小超市都是她熟悉的。然后她再转弯，转进小巷，南方小城的旧居民区，不复刚才的闹市盛景，行人寥寥，僻静，可以听到路边人家传出的电视或者广播的声音，旧手机换脸盆、收报纸的小贩偶尔发出叫卖声。然后她再转进一条僻静的小巷，灯火阑珊，路上形单影只，几乎就她一个人；这条行人稀少的小巷已经是残年急景，寒风吹着落叶在地上飞起又落下，街上下水道口堆着一点垃圾，沿街窄小的窗户紧闭，低矮的小门也关着，门上残留褪色的春联——"风雨如晦，鸡鸣不已"；有窗户透出黄色的灯光，似乎是晚饭时刻，隐约听到人声，很近，但是听不真切在说什么。再转弯，她走上一条新的路，没有门牌号码，没有街名，像两座黑色的高墙或者峭壁之间的通道，窄得仅容一人通过；头顶的天是奇怪的发亮的暗色，像被人工强光照亮的黑夜；前方就是那白光的光源所在，白中发蓝的光，好像发着白光的黑洞，要把一切都吞噬进去；周围完全安静，只有自己的脚步声，白光越来越近，她心跳加速，口不能言，无处藏身……

她跟涂途恋爱的时候，曾经把这个梦仔细说给他听，身为心理医生的涂途立刻下结论：这是迷宫恐惧。涂途把自己比作阿里阿德涅，对英雄一见倾心，出手相救。这种角色互换让他很兴奋，在他们认识的最美好甜蜜的头几年，一直是小两口的闺房之乐：涂医生扮演公主，林里是掌控一切的忒修斯。

这个噩梦在她过了四十岁生日后就不再出现，涂医生的兴趣也变了。如果不是这次南极洲之行，冰川，白夜的天色，她几乎想不起来这个梦境。冰川，难道她从童年开始梦见的就是冰川？

◆　◆　◆

第二天早上海上就漂满大大小小的浮冰、冰山，最高的冰山有六层楼那么高，在海浪里缓缓地翻转，融化，坍塌。破碎后的小冰块也有几米见方，在海面上浮动，泛出慑人的蓝色，下雪了。

浮冰撞到邮轮的钢制外壳上，不时发出嘭的一声，像是船被炮弹击中。大部分浮冰上停着海豹和企鹅。在船靠近前一刻，企鹅会像中弹一样纷纷落水逃开，海豹没有反应，肥腻的身体趴在冰上一动不动，木然地看着邮轮驰过。海豹周围的冰上，溅着血迹，那是海豹吃剩下的骸骨。

南极洲集中了地球85%的冰川，格陵兰岛集中了6%的冰川，如果全球的冰川融化，海平面将升高66米——邮轮启程之初，詹姆斯给乘客做了一次全球变暖的环保讲座。听完后涂途和林里回到客舱，涂途问她："如果你能改变世界，你最想做什么？"林里想了一会儿，回答："我想让自己长高6厘米。"

改变世界？她都不能改变涂途。

涂途第一次当着她的面，跟别的女人调情，是在她公司的圣诞晚会上——一个南美过来的销售经理，比当时三十出头的涂途大了十几岁，十指搽了丹顶红色带珠闪的指甲油，套着硕大的绿宝石鸡尾酒戒指，配合着她的红唇和金红色的大波浪头发，英文并不顺溜，葡萄牙语放浪的声音，像大笑又像唱歌，笑的时候上身起伏着，深V的领口里双峰忽隐忽现，同事都叫她卡门。

涂途在晚会的大部分时间都极无聊，他既不懂林里所在公司的业务，也不认识别的人，于是只好闷头吃喝，直到卡门过来搭讪。在喝到第三杯大都会鸡尾酒的时候，卡门的手已经搭在涂途的腰上。卡门推说鞋硌脚，把一只高跟鞋脱下，挂在手腕上，金鸡独立，她的赤裸的玉足踩在涂途的皮鞋上，半扶半依着他。涂途把她扶到一个僻静的角落的椅子上，带着林里离开了晚会，连礼物都没有拿。

回到家后，在浴室里涂途狠狠把林里推倒。就着浴巾，林里躺在浴室的瓷砖地上，瓷砖的冰凉隔着毛巾传到她后背上，压着她的涂途一团火热。林里知道，他闭着眼睛狠狠吻的那个女人，并不是她。他勃起的身体像中了惑术一样，林里分身变成两个人，裸身在他身体上坐着的是卡门，蛇一样逶迤波动着身体。

从那以后林里知道，涂途一见到漂亮的女人就不能自已。

"难道男人不都这样的吗？"涂途平静以后反问。

林里问："你跟卡门聊什么呢？你又不会说葡萄牙语，她的英文单词不超过50个词，其中一半是酒吧点酒的行话。"

涂途愣住："我没有跟她交谈啊，我就盯着她看，她自然就跟过来了，哪里需要交谈？"

"那你从她那里能看到什么呢？"林里问，"卡门的风景不就是唇膏、腮红、假睫毛、硅胶隆起的胸吗？"

"卡门像一股热风。"涂途回答。

那是结婚的头几年，涂途对别的女人还只是临渊羡鱼，有心动没有行动。林里还是他的阿里，他们还有爱情，可以对话。

随着亚洲新兴市场尤其是大中华市场的兴盛，公司有意提拔涂途，他开始负责大中华业务，出差变得越来越频繁，少则一星期，长则一个月。随着职位越来越高，他这条富于力比多的大鱼，从迈阿密的华人小池塘，回到太平洋那边的花花世界，北京、香港、台北。什么是如鱼得水？什么是海阔凭鱼跃？涂途开始知道自己的魅力和身体的魔力，他变成莫比·迪克，北京海归圈里的卡萨诺瓦。在床上，林里慢慢猜测哪些是别的女人的做爱习惯——哪些是涂途的午后之爱，哪些喜欢口交，哪些喜欢边说边做。她经常觉得自己在跟一群人睡觉，隔着涂途的身体，她可以招魂一样听到、闻到不同女人的呻吟、体味。在涂途调到北京工作前，他们正式离婚。

◆　◆　◆

邮轮离南极圈越来越近了，海面上的浮冰也越来越多，多到几乎把海面覆盖住，气温很低。

海水里的浮冰在日夜融化，互相撞击，最后出落得线条柔美，像女人的胴体，引人遐思。林里又想起船员提到的那个企图留在利文斯顿岛的女人。到底是什么样的绝望触发这样的弃绝？不想活了，宁可默默地冻死……

"挪威王子号"穿越南极圈纬度线的前一天，广播通知游客做好准备，迎接这个"历史时刻"。

到达南极圈的时候，天气很配合地放晴了，天空湛蓝无云，洋面上难得地风平浪静。所有旅客都涌到船头的甲板上，在船员的邀请下，林里随着人群爬上甲板上的楼梯，进了船的制高点——驾驶控制室。控制室的 360 度环形大窗将四周海面尽收眼底，目光所及的尽头，是一排无尽的白色的墙。那就是南极冰川——光明，巨大，笔直，世界的尽头。

邮轮的二副站在船顶的桅杆下，穿着明黄色橡皮防水服，拿着望远镜和报话机跟船长汇报位置；大副在海图上用指南针和量角器标出邮轮的洋上路线；声呐雷达扫描系统一圈一圈扫过四周的洋面，大体积的浮冰和冰山显示在绿色的声呐屏幕上，一个一个亮点。林里看到涂途站在下面甲板上，在给裘蒂和赵新革拍照。

◆　　◆　　◆

行程日进，邮轮上游客们每天照面，大家开始打成一片。一天中的三餐变成聚会的时间，变成船上游客们八卦隐私的云储存。在邮轮上这段时光，人生了无牵挂，好像火车停在旷野里——"天堂里的又一天"，老妈的预言没有错。

这些之前素不相识的人，之后再遇到的可能性也不大。这种小概率相遇，给船上所有人一个推心置腹、畅所欲言的机会。比如住在林里右隔壁舱的，是达拉斯来的畜牧运输商汤姆，他单人一舱，手上也没有戴婚戒。在自然学家詹姆斯给游客做的"环保与全球变暖"话题讲座上，汤姆公开质疑全球变暖的科学根据，争论激烈，最后发展到跟詹姆斯隔空对骂的地步："什么全球变暖？！都是纽约吃素的娘娘腔'白左'忽悠！"他给自然学家詹姆斯取了一个绰号——"温度先生"，这个绰号在游客中传遍了。

住在左隔壁舱的是纽约来的一对医生和护士夫妇，上东区土生土长的纽约犹太人。医生叫豪斯，既不吃素也不娘娘腔。夫妻二人喜欢户外运动，不"白"不"左"。

"这是豪斯医生的第三次婚姻，上帝保佑……"金发碧眼的豪斯太太琳达心直口快。豪斯医生的两任前妻都是护士，"每十年换一次婚姻，都是护士，他就好这口，哈哈。"琳达自嘲。

因为喜欢户外，紫外线损害了琳达的美貌，浓妆加强了她脸上的棱角，让她看着没有比她的医生丈夫小太多——他们实际年龄差了21岁呢。林里喜欢听她无拘无束的唠叨，琳达的讨喜性格很快就让她身边围了一圈朋友。

豪斯医生是脑外科手术专家，做过的著名案例包括头颅连体孪生婴儿分离手术，曾经轰动全国。林里记得晚间新闻对他的报道，他是全船唯一上过电视的名人；见到真人，才发现他又矮又肥，一个巨大的脑袋，满头卷毛。林里注意看他那双修长有力的大手，这让他很得意："这是完美的外科医生的手！"他炫耀地摊开双手让林里看，又拉着林里的一双小手贴在他手心比大小。他盯着林里没戴婚戒的无名指看了一秒钟，然后那双大手合上，把东方女人的十指纤纤的玉手夹在双掌间摩挲。林里感受到他的手传过来的热度，很享受这来自异性的注意力。

◆　　◆　　◆

从利文斯顿岛回来，当晚是正式晚餐。之前他们就收到通知，着装要正式，晚餐有香槟，餐后有白兰地，船长会前来参加。出门前林里心情很好，在浴室里洗漱打扮。涂途在浴室门外等着，他帮她挑衣服。林里花了很长时间洗头吹风，她隐约听到浴室门外的咳嗽声。等她搞定出来，涂途已经不在客舱里，只有他替她挑好的衣服行头摊在床上——银色灯笼裤，黑色无袖的丝绒上装，配一条披肩。林里心里很恼火，又觉得奇怪。

地上两团揉皱的纸巾，想到肯定是涂途随手扔的，林里用脚踢了一下。她坐在那堆衣服旁，定定神。等心里的气平了，林里弯腰捡起那两团纸巾，欲扔进字纸篓。这时她注意看了看手里的纸巾，把它凑到眼前端详，然后两手慢慢展开其中一团。林里赫然看到纸巾里的几星血迹，在灯下像是残留的口红。

林里到餐厅时，涂途已经跟裘蒂在一个舷窗边聊得火热。裘蒂穿着渔网状的银白色短外套，下着黑色的皮裤，像裹着一层崭新的豪华皮肤。一头油光水滑的漆黑长发如瀑布一样四溅，有几缕被热风刮到脸上，给裘蒂的方圆脸盘平添一丝迷茫野性的美，好像拍杂志封面的模特。涂途旁边已经放了两个空杯子，他手里端着一杯加冰的烈酒。因为酒精作用，他脸上一团火气，但是眼光是冷的。他像冰山上的海豹，懒洋洋地看着眼前的一切。涂途伸手帮裘蒂把发丝从脸上拂开，手势娴熟自然。瞥到林里进来，他跟林里并无照眼，只默默地去帮林里拿一杯"大都会"鸡尾酒，垂着眼帘，送到她跟前。

赵新革西装革履，站在不远处无聊地踱方步。林里喝了一小口粉红色的"大都会"，伏特加的酒劲立刻暖了她的肠胃。她正了一下自己的披肩，走过去跟赵新革打招呼，带他去看厅里挂的照片。她猜到他英文不利落，主动跟他解释照片下的说明。赵新革有点心不在焉，半天才期期艾艾问一句："你和涂医生是分居的，不在一起是吧？裘蒂说涂医生过去一直住北京。"

林里点头，说涂医生回美国治病已经半年了，他们不是夫妻关系。

"啊，治病？治好没有？"赵新革眼里闪出一丝希望之光。

"治疗很顺利。涂医生之前在香港养和医院体检时发现肺部有病变，幸亏发现得早。"林里回答。

"嗯，顺利就好。国内空气污染，肺癌发病率很高。"赵新革说。这时他精神振作很多，兴致勃勃地带林里到吧台，示意林里："来来，喝点餐前开胃酒吧，吃点烟熏鱼冷盘。"

林里回到涂途和裘蒂这边时，裘蒂已经开始跟涂途述说童年了。

让所有游客大跌眼镜的是，汤姆是和他的论敌"温度先生"一起来的，连衬衫和领带都是颜色和谐的情侣色，粉紫色和黑色，俨然是一对相爱多年、成双入对的夫妻。豪斯医生站在林里旁边，用胳膊肘轻轻碰一碰林里，然后凑到她耳边嘀咕："看看汤姆，共和党腹地里潜伏的'深柜'。"

正式晚宴不同于平常的自助餐，他们这30人分了三桌，待人坐下来，各家归各家，社会伦理次序恢复。大副祝酒，而后菲律宾侍者穿白色礼服打黑领结，鱼贯而入正式上菜，从餐前蔬菜沙拉开始。赵新革拉着裘蒂，不仅不跟涂途同桌，在另一桌上都背对着林里和涂途。涂途默默地喝酒，一杯接一杯，很少吃饭，正餐牛排被端走时还剩下大半。

晚宴结束时，船长给在座每个人倒了一小盅爱尔兰威士忌酒："为南极探险精神长存干杯！万圣节快乐！"

第二天要下船，涂途推说累了，想歇一天。林里下船时他还赖在床上不起，林里也不想搭理他。

林里喜欢南冰洋上的这些荒岛，这次去的小岛上还有一个挪威人的捕鲸站遗址和博物馆。坐进橡皮筏子里，她发现赵新革也是一个人。"裘蒂身体不舒服，昨晚酒喝多了，她还怕海狗……"他蔫蔫地说。林里想说："你不是有高尔夫球杆嘛，可以打狗！"但她注意到那根无所不至的五号铁也不见了。"裘蒂说乱打高尔夫球不环保……"

林里哦了一声，心里冷笑：涂途在背后的议论都传到裘蒂耳朵里啦。赵新革全球打球的习惯，是涂途讥笑的主要话柄。

岛上的捕鲸站遗址，简陋到了极点，是两间由木板和石头搭起的棚子，十分低矮，身高一米八以上的游客必须哈腰进门。棚子里有几只煮鲸油的大铁锅，一个破旧的木头雪橇。旁边的钢筋水泥建的小屋是现代建筑，是由挪威政府出资建造维持的博物馆。这个博物馆唯一的卖点是它的无线上网设施。游客们争相交费，买密码号，享受那十几分钟与外界的沟通。

　　林里一边排队等着缴费，一边打量着墙上的捕鲸老照片。巨大的灰鲸、座头鲸被拖上岸，皮肉被割开，肥厚的脂肪层被一条一条晾晒在炉子边的空地上……

　　老照片旁有一排瞭望窗，对着博物馆后面荒凉的砂石海滩。那是一个信天翁保护区，有几十个信天翁的巢，巢直接建在地上，有的巢空着；有的信天翁正在巢里安静地坐着孵蛋，一动不动，丝毫不避讳近在咫尺的游客。林里看到赵新革几乎贴着鸟窝在拍照，拍完照一甩头匆匆往前。

　　微信接通，金牛的视频传过来时，林里几乎没认出那个小小屏幕上的人就是自己的儿子，那完全就是涂途年轻时的模样。父子俩最相像的是声音，金牛在变声后从嘹亮清脆的童音变成浑厚的男中音。

◆　　◆　　◆

　　涂途正式搬去北京的那天，是他们签字离婚后的第三天，是星期一。公司雇的跨国搬家公司在周末不工作。金牛去上学了，林里上午请了假，在家里等他们。当她带着那个负责搬家的墨西哥裔走进涂途的房间时，那个人环视四周，有点吃惊又有点失望："就这点东西啊？其他的房间都不搬？"

　　"Yes, the rest of household stay."（"是的，其他的都不

搬。"）林里毫不犹豫地回答。stay，全家都留在原地不动，唯涂途被驱逐出家门。

"那给我十五分钟就可以搞定。"老墨说。

等她下班回来，搬家公司的人和前来打扫的清洁工都早已离开。她走进那间搬得空空荡荡的房间，发现连墙壁上原先挂的照片、油画都给洗劫一空，打包运走。西晒的阳光照在墙壁上，显出原来挂画的地方未晒褪色的空白。屋子的空气中有着旧地毯的霉味，加上清洁工打扫后喷的廉价空气清洁剂的化学味儿——搬家前一天林里特意恨恨地叮嘱清洁工来上班。她刻意要把涂途的痕迹完全扫除出去，一抹灰、一块用过的纸巾都不留下。

她独自坐在空空如也的地毯上。经年累月，原来放置家具的地方在地毯上压出一个个的印儿，家具的实木腿在地毯上压出小坑儿。地毯像一张地图——遗址图，清楚显示着原来卧室摆设的格局：床，椅子，书桌，衣柜，立灯……，房间进门处地上一个半圆形的印儿，是那种"绅士配件架"，专门给男人用的衣架，一半是可以放手表、皮夹、皮带的托盘，另一半可以挂西装，底部是半圆形实木的台面，可以放皮鞋——这"绅士配件架"是他们在感恩节后的"黑色星期五"半价抢购来的，现在都随"绅士"蒸发了，只在地毯上留下个印儿。

楼下有脚步声，有人进门，是金牛放学回来了。林里起身招呼儿子，在楼梯上跟金牛差点撞在一起。五年级的小学生，在长高变瘦，婴儿肥的脸型变成国字脸，眉目已经像父亲了。林里平时没有注意，这一瞬的撞脸几乎让她失声叫出"你不是已经到北京了吗？"金牛的小脸红扑扑的，他喘着气，明显是从校车站一路跑回家的，他等不及地要利用放学后那一小时的"自由时间"打电子游戏。等他风风火火、不由分说地从林里身边跑过，林里已经到楼下了。过了几分钟，整个房间安静下来。金牛默默走下楼，靠着妈妈，说："爸爸房间空了，搬家公司来过了？"

林里点点头，抚摸着儿子的头发，一边说："你饿吗？我给你做一只三明治？或者烤一个比萨饼？"金牛很享受这一刻妈妈安静的温柔，像小马驹那样把头低下去。

金牛从来没有问过他父母的婚姻变化。大人的来和去，他只是默默接受，他是这个三人关系中唯一的恒值。

◆　　◆　　◆

凌晨 4 点，林里突然醒来，浑身燥热，她恍惚中觉得自己走进隔壁的客舱，摸到豪斯夫妇的床上。她分身到那个矮胖的男人身下，一对乳房被他修长有力的手抚摸揉搓。他的"那话儿"饱满多汁，在她身体里寻觅，进退。她"嗨"得欲仙欲死，但还是闻到他宿醉后的口臭，偏头尽量避开他喷在她脸上的呼吸。

　　然后林里醒了。回味春梦，她心想月经要来了，怎么荷尔蒙高涨到这个地步，这三人行的春梦……，要是有，也蛮好的——林里继续在半梦半醒之间意淫。她慢慢爬下床来，取杯水喝，定一定神儿。她走进浴室，拧亮灯，察看自己的身体，是不是"大姨妈"真的来了。

　　浴室里一对小灯，一左一右，在洗手池的镜子上照亮出一团光。浴室其他的地方在摇动的影子里。镜子不时微微晃动，镜中的一切也跟着晃，虚虚实实，好像水里的倒影。林里在镜子前站定，眯起眼看定镜中人，觉得似曾相识又有些不同：原本圆润的美人下巴开始瘦削，变得尖俏，嘴角边浅浅两道法令文；双目因为春梦的缘故，睡眼惺忪却颇有几分陶醉的神采，衬出腮上的绯红；一头齐肩的乌发有些凌乱，这里那里有几根白发斜出；最奇特的是，右下颌有一根硬硬的胡子一样的毛发生出，好像在长久没有异性陪伴的情况下，身体绝望，要努力营造一个男身出来。林里伸出手指轻触那根兀自生长的"胡子"，很是怜惜。

　　镜子啊镜子，你看过我的大好青春。这是谁的歌词？林里在脑海中搜索，她想不出来，只好关灯出了浴室。

　　她赫然看到扔在地上的床单和毛毯，涂途不在床铺上，下铺是空的。

　　林里再次走进浴室，那里依然没有涂途。她不假思索地打开衣柜的抽屉，看到抽屉里袜子上放的两本护照，忽然意识到涂途不可能被施了缩身法躲在袜子下面。想到这里林里一惊，这一惊让她回到现实中，她的意识完全清醒了。她手脚麻利地换下睡衣，穿上毛衣、防水裤，再套上风雪衣，戴上帽子手套，出门去找。

　　邮轮的过道灯光昏暗，空无一人。林里疾走，脚步声在过道里回荡，所有的舱门紧闭着，林里听着自己的脚步声，看着走廊的地上自己的影子。一扇扇关闭的客舱的门，好像随时可以打开，她觉得自己像在万圣节的晚上挨家挨户化装讨糖。邮轮行进平稳，偶尔海上的浮冰撞在钢制的船帮上，发出闷声巨响。一只跟随邮轮走了好多天的信天翁从船舷外掠过，与林里平齐。它那对珠子一样的褐色瞳仁的眼睛与林里对视，它打量这忽然出现的夜行人——进化链上的顶尖物种，带来老鼠的生物。

　　林里越走越急。邮轮上漫长的走廊连接起商店、图书馆、大小会议室，厚重的防火门一道又一道，打开又关上。邮轮是一座迷你城市。

　　林里上了楼梯，进了紧急集合的大餐厅。大厅里也是空无一人，灯光昏暗，只有墙上两三盏壁灯开着。餐桌上的台布都撤下来，露出没有上漆的杉木桌面，椅子叠好沿墙摆放，地板打扫得一尘不染，厅里的地板上隐约留着一丝漂白剂的气味儿。林里穿过整个大厅，开了另一扇门，走上甲板。

踏上甲板的一瞬，凛冽的冷空气扑面而来，几乎呛得她倒退一步。天空一片刺目的白光，船顶两盏巨大的探照灯在海面来回搜索，把船前方的海域照得雪亮。海面上漂的浮冰和冰川纤毫毕现，强烈的灯光把南极洋面照得不像是真的，如同舞台，一个铺天盖地的舞台。

林里鬼使神差地爬上甲板的楼梯，走进船长驾驶控制室。

控制室里鸦雀无声，船长端着咖啡站在驾驶船员身边，他们站在舵轮前面，全神贯注地注视着船的前方。大副和另外一个水手站在雷达前，除了水手侧脸迅速扫了一眼闯进门的林里，其他人根本没有回头。

"我丈夫……"林里结结巴巴地用英文说。

"他病了还是怎么的？"船长反问，他连头都没有回，双目紧紧盯着海面，"出了什么事？"

"我在找他……"林里胆怯地回答，声音低下去。船长毫无表情，大副在继续研究雷达屏幕，控制室里一片安静，只有声呐扫描器偶尔发出嘀的一声，那是海面的冰山警告。没有人注意林里，好像她完全不存在。她抬头向控制室的窗外望。

在船的正前方，在探照灯赤裸裸的灯光下，一座比"挪威王子号"邮轮高一倍的冰山在风雪和水雾里现身，笔直的，像一座城，好像随着灯光慢慢苏醒过来，朝着邮轮这边的世界张望，俯视。冰山在灯光下一片惨白，折射出古怪的蓝绿色。冰山上云蒸雾绕一样冒着寒气，像呼吸，仿佛这巨大的存在是一个活物，在海面转动漂移，在跟船挑逗，跳舞。

林里看得呆了，屏住呼吸，指挥舱里死一样的安静，唯一的人声是大副机械地报出雷达监视屏上的数据，那是冰山的经纬度位置。邮轮在慢慢调整航向，从冰山前驰过，不知过了多久，不知过了几世。

林里明白了，她梦里见到的那堵白色泛着蓝光的墙就是一座巨大无比的冰山。现在，它就在她跟前。所有的视野里都是冰山，冰冷的、非人的、超自然的蓝色，十几万年的真实。这么多年的噩梦，梦见的就是这座冰山，原来如此。

一生惧怕的就是这么一个跟她相比无限广大、无限永恒的存在，原来如此。原来它就在这里等着你，伟大，冷酷，超越一切。

跟这个无限的存在比起来，你人生的一切，完全微不足道，千年一瞬，白驹过隙，这是让你害怕的地方，这是纠缠了你大半生的噩梦。

林里喘口气，平静一下精神。她的目光焦点离开海平面，扫过控制室下的甲板，那里站着一对拥吻的人。两人红色的羽绒服已经积满雪花，几乎看不出红色，在探照灯下与海与天融为一体。冰山浩大的背景下，他们的背影是这样渺小，林里相信指挥室里只有她一个人注意到这两人。

好像回答林里的窥视，其中个子高的一人转过头来，傲然与林里对视。其实他迎着探照灯光站着，根本看不到什么，眼前一片刺目的亮，如同面对飞驰而来的列车，如同迎面撞来的冰川。

林里努力想看清那两人是谁，但实在隔得太远，红色风雪衣让全船游客的背影都差不多。她睁大眼睛，只看清他们俩的姿态。只见高个那人一把攥住另外一人的头发，恶狠狠地亲吻，然后猛地推开，就像什么事都没有发生过，他机械地迈步离开。剩下的那一个颓然坐下，然后再挣扎着站起来跟跄走开，然后甲板空无一物。

◆　◆　◆

从驾驶室出来，雪停了，天色发亮，又是那种奇怪的亮白色，没有阳光，永远是阴天。梦游一样，林里远兜远转往自己的客舱走，一路上偶尔有一两个早起的游客在走廊上散步，或者往餐厅赶。

海浪声一浪高过一浪，邮轮里的走廊地面倾斜着，不时狠狠一顿一停，再朝另外一个方向倾斜。林里保持着身体的平衡往前走——"我这是要到哪里去？"

供应早饭的餐厅外，独自站着涂途，脖子里缠着一条大羊毛围巾，围巾的下摆带着穗子，垂到腰下。他在对着海发呆，手里端着一个纸杯，里面的热咖啡在早晨的寒气中冒着热气。

涂途站的地方，正好是船桅与船舷交界，那里靠海的栏杆有一块比别处都低，仅容一人宽度，将将过腰，是紧急出口放下救生船的地方，船舷内漆出红白色的警告标志。涂途就站在那个标志前，背对着林里，没有看到她从身后接近。

林里放轻脚步，慢慢走过去，使出全身力气，伸出双臂狠狠在涂途的后心上撞了一把。

涂途猛地向前一个趔趄，他手中那杯热咖啡噗的一声先飞了出去。热咖啡从纸杯里洒出来，棕色的液体带着热气，从四层楼高的船上洒下去，好像贡献给南冰洋的祭品，瞬间被邮轮下喧嚣的海浪吞噬。涂途紧随其后，噗的一声，落进洋里，在邮轮轰鸣前行中，在无限无垠的海面上，无声无息，只有一只信天翁在天空小心地盘旋，俯瞰那一瞬间的消失。

林里转身推开餐厅的门，她觉得饿极了。餐厅里的音乐哗哗传来，是路易斯·阿姆斯特朗的爵士老歌《世界多美好》。吃早饭的游客不多，穿着白色制服的菲律宾侍者有条不紊地在打点。林里坐定后，铺了雪白台布的桌上很快摆上了热腾腾的咖啡、橙黄色的橘汁、淡黄色的牛油，一会儿侍者又端来煎好的鸡蛋火腿。林里从来没有这么饿过，她埋头大吃，路易斯·阿姆斯特朗苍老缓慢的歌声在放第二遍了。

一个小时后，她回到自己的客舱，刷卡开门，涂途那熟悉的声音传来："你这一晚上跑到哪里去了？害得我好找！吃过早饭吗？要不要我们一起去餐厅？"

◆　◆　◆

三天以后的晚上，在回程航线上，"温度先生"给旅客做最后一次环保宣传，播放一个简短的纪录片，关于加拿大西岸一个海洋学家所做的拯救海洋的行动：一只破旧的渔船，把总共 120 吨铁屑洒进太平洋北部。之后的一年，海洋监测卫星证明，那些撒铁屑海区的磷虾产量成倍增长，带动其他海洋生物链条，美加西岸的野生三文鱼数量翻了两番。纪录片定格在那条破旧不堪的渔船上，它迎风向前，船后撒出的铁屑在海上蜿蜒，一条深色的路，慢慢深入海底。

林里想伸手去掏纸巾，但涂途紧紧拉着林里的手不放，她只好吸溜着鼻子跟着走，涂途拉着她的手回到客舱。林里知道他决心已定，洗漱后她像一个听候命令的战士那样，默默跟在涂途后面躺进下铺的"棺材"。涂途拧熄床头的壁灯，客舱立刻黑了下来，林里有点紧张。

他们并排躺着，让眼睛慢慢习惯黑暗。客舱里门下脚备紧急用的角灯微微透出红光，船外的海浪声依旧。

涂途伸手小心挽住林里的肩膀，一边解开自己羊毛睡衣的纽扣。他们动作僵硬，像两个身体从来没有接触过的陌生人。林里随时想挣脱逃开，她看到涂途眼睛里的"表情"，知道只要她示意，他也随时会停下来。她犹豫片刻，没有逃开。涂途的体温和气息是她曾经熟悉的，一切的触摸和呼吸都慢慢回来了。

在涂途翻身压在她身上的一瞬，林里惊了一下，她有点害怕。涂途的手指轻轻按在她的嘴唇上，随后划过她的脸庞、眼睛、额头。林里可以感觉到他指尖传过来的脉动，他皮肤下的心跳压在她的心跳上面，极乐的触觉像细小的电火花传过。

他们顺着火花的方向，胆怯地，继续前行。

我至今不会游泳，
洛杉矶是一个海洋。

离岸流

凌岚

一

那是二十多年前的事了。上世纪 90 年代初，我混在中国内陆省份走出国门的大学生中，来到美国，首站是洛杉矶。之前，我这个四川达县人既没有坐过飞机，也没见过大海，到过离家最远的城市是北京，那时我是县里唯一一个考进北京念大学的。

美国到底是怎么个样子，我们谁都说不上来，坚信它是"一个金砖铺地的花花世界"，这是我们出国时的共识，但这句话到底是许诺，还是激励，或者仅仅是一个在老华侨和偷渡蛇头中流传的谣言？我无从判断。国航飞机抵达洛杉矶降落时，下面一半是太平洋，一半是沙漠，在红色的云蒸霞蔚（后来知道那是工业污染和汽车尾气造成的雾霾）中，一个城市的平面缓缓露出。看到它时我想起的第一个念头竟然是，我必须学会游泳——仿佛洛杉矶是一个海洋。

关于离岸流的知识，缘起于我老婆红雨学开车。那时我已经在洛杉矶住了四年，与红雨结婚不到两年。红雨怀孕至六个月的时候，决定学开车。理由很充分，之前她学过开车，已经通过笔试，只等路考通过就可以拿驾照了。我也愿意教她。但是我知道她心里害怕开车。

红雨害怕洛杉矶的高速公路，这是她过去几年放弃开车而坐公交上下班的原因。按理说我们住在洛杉矶的西湖区，出门没几步就可以上高速，她来美国也四年了，并不是没见识过。但是，红雨对高速公路有恐惧心理。她个子本来就瘦小，坐在我们那辆本田车的方向盘前面，双手死死抓住黑色轮盘，那表情就像溺水的小兽。她一紧张，时速掉到六十英里以下，旁边的车一辆接一辆从左右两侧车道呼啸而过，这样一来她就更紧张了，屏住呼吸，脸憋得通红。我怕她这样屏住呼吸时间长了，会当场在驾驶座上背过气去，那样我们恐怕会车毁人亡。

怀了孕，红雨说无论如何她得拿到合法驾驶的驾照，家里有什么急事，她可以开车出门，以后不走高速，多绕点路也行。"不走高速"是她自我镇定的救命稻草。她的心思我明白，无非是在我们当地的小街小巷里把车技练熟了，到时再上高速就不会怕成那样了。

这样，我们平时出门就开始绕小路。

去老费家做客后回来的路，也是这样绕行的。老费新购买的康斗[1]大屋坐落在洛杉矶的"上只角"，我们去给新屋"暖房"，结束时我喝醉了。当我一手推着从老费家取来的婴儿车座，一手拖着一个二手学步器，手臂上还挽着一大包老费的儿子费大卫用过的婴儿童装和没有用完的纸尿片时，红雨盯

---

1 Condominium 的中文音译，指带产权的公寓。

着我看了一会儿，然后果断决定："我来开车。"她从我的裤子口袋里掏出车钥匙时，手指隔着口袋布碰到我的腿，我有点浮想联翩。她最近不喜欢我碰她。

坐进副驾驶座，我把车窗打开，让夜里的凉爽空气吹进来，帮我醒醒酒。夏天的晚上风是温的，但是很干燥，吹在皮肤上很快把汗吸干了，很舒服。红雨端坐在方向盘前，手臂呈水平状各执方向盘的两侧。她突然举起手臂紧了紧衣服，勾勒出胸和腰的曲线，再次让我浮想联翩。

车开过圣莫尼卡的时尚区时，我们都同时被街上的漂亮房子吸引了，忍不住回头看。红雨看一眼，就克制住，专心看路开车，我则可以随心地看：白色的泥灰涂面的西班牙式房子，红瓦铺顶；日式庭院，门前挂纸灯笼；墨西哥式带屋顶的宽走廊，深棕色的方木柱子，红方砖铺地，爬满墙的红影树；还有房前的沃尔沃、宝马、奔驰敞篷车、雪佛兰科尔维特复古式跑车。然后我们都说住在这里离城多远啊，哪里有我们西湖区方便！但是我知道我们是住不起这些房子的。我毕业后找到这个程序师的工作才两年，第一年的薪水一半用来还读硕士时问亲戚借的学费了，余下的钱我攒着准备买一辆小跑车，那种叫"银子弹"的道奇跑车。红雨一直在餐馆打工、包外卖。她的钱除了寄回湖北的老家，其余的都存着，她想交学费读一个图书馆的学位。图书馆职员薪水不高，但是工作清闲，也没有那么多人来竞争。

车开进好莱坞大道的时候，风景大变，变得热闹了。这时已经晚上十一点了，下城的夜生活正式开始，沿路一溜儿站满流浪汉和娼妓，也有去夜店的华丽族——明星、富翁，奇装异服，鹤立鸡群。我把车窗摇上去，红雨一声不响地紧握方向盘，目不斜视。路灯和酒吧的彩灯跳动着，映在红雨的脸上，跟她苗族人特有的高颧骨和无辜的眼神很搭。曾经不止一次，有洋人问过红雨是不是波利尼西亚人。

车窗外的人行道上越来越挤，挤满各种肤色的大胸、胖瘦不一的腿、空洞发呆的眼睛。这景象让我想起红雨在唐人街打工的餐馆，经常有这些做皮相生意的人来买外卖，看到她这个孕妇，小费还会给得很多，还有人要求摸一下她的肚子，求好运气。

"你真给他们摸过肚子？！"我很奇怪，她居然不害怕。

"没有啦！但是他们见到我还是很高兴，这些老外多奇怪啊！见到孕妇又有什么可高兴的！我妈说的，见到孕妇和怀崽的母猪都得往地上吐唾沫，消灾……"红雨没有觉得她话里有对自己的不尊重。她的老家在湖北的恩施，来美国之前她是中央民族学院苗文专业的留校青年教师，通过商务签证来到美国。

我第一次见到红雨，是在老费那个旧家的派对上。一群人中间，一个小姑娘眉清目秀的，漆黑的长发梳成马尾巴，穿着国内裁缝做的改良式旗袍，正斩钉截铁地说着："打光火药，但这家伙没死透，倒在地上抽搐，我就毫不犹豫地给了一枪托，砸得脑浆子都出来了。脑浆子你们见过吗？……"这个彪悍女就是红雨。

"谁的脑子？"座中有人问了我想问的。

红雨说："野猪的脑子，比人脑子大……"

那时正好是1992年洛杉矶黑人暴乱后，好多韩国人买枪保卫自己的店，怕被再次抢劫。洛杉矶的华人社区也怕抢，大家见面都在商量购买武器的事，但都没有摸过枪，不知道底细。唯一用过武器的人是红雨，她不厌其烦地解释在恩施用猎枪打野猪的事。

你打野猪都不怕，怎么还怕高速公路上开车？这是我不止一次问红雨的话。她总是回答，湖北没有那么宽的路，一上高速看到六排车道头就晕。

穿过灯红酒绿的花花世界，我们的车从好莱坞转向佛蒙特大街，我也松了一口气，这条大路一直开下去，没多远就能拐进西湖区了。酒精的后劲开始上头。我昏昏然觉得很放松，把车座放倒，想小睡一会儿……

一声巨响，车狠狠地往前踉跄一下，几乎要飞起来，然后又重重地摔回地上。我的身体像坐过山车，被惯性猛地抛到前车窗上，旋即又被身上捆的安全带拉扯回来。我彻底醒了，扭头看红雨，她的头撞到方向盘，右脸被狠磕了一下，已经红肿起来。她双目圆睁，脸色煞白，伸手拉我，说："小刚你没事吧？没事吧？我还好，就是脸上磕疼了……"

我摸摸脑门，把车座放回直立状态，说："我没事的，车子撞哪儿了？红雨你还好吧？除了脸别的地方疼吗？下车走几步看看……"

我们各自打开车门，起身出来。红雨除了脸上挂花，其他看着都还好，她一边走一边整理自己的连衣裙，脚步平稳，我松了一口气。我们转到车的后部查看，发现整个保险杠掉在地上，后备箱已经被撞得缩进车体里。我倒没有多么心疼这辆小本田，反正这车也老得不行了，应该换新的了。

在我们低头查看损坏的车尾时，并没有注意那辆撞我们的白色中型货车。只听见身后那辆货车引擎熄火，车前灯随之暗了，车门推开，几个人跳了出来。我和红雨光顾着查看彼此的伤，一抬头，我们周围已经围了几个人。其中一个高个儿穿着连帽运动衣，因为背着光，他的大半张脸都缩在连衣帽的阴影里，看不清他的脸。他转身吼："别熄火啊！你他妈的蠢啊！"随即货车的大灯随着引擎启动的轰鸣声又亮了起来。

他的骂声在夜里显得粗重刺耳，大灯照得人像在接受审讯。另外两个围上来的黑人好像很紧张，低头看着我们的脚底下。接着另一个人从车里钻出来，嘴里不干不净地骂着"shit"。等他来到我们面前，我见他一头金发，穿着无袖的篮球背心，阔短裤，上身和腿上露出的部分布满刺青，包括他拿枪的手。枪对着我们。他看到红雨隆起的肚子，有点吃惊，把手里的枪本能地朝我这边晃晃。在货车灯光的照耀下，黑洞洞的枪口好像电影特写镜头。

红雨尖叫起来："别开枪，求求你们别开枪！求求你们！把车拿走！"她说着湖北口音的英语，声音又高又尖，像是锉刀划在玻璃上，听得我一瞬间觉得五脏六腑都在战栗。

"把车钥匙给我们！你他妈的快点拿出车钥匙！"高个子呵斥着。

红雨弯下腰，把车钥匙往前抛在高个子脚前的地上，车灯光打在她赤裸的手臂上，特别白，地上几块碎玻璃闪着寒光。她颤抖着说："车钥匙给你，拿去吧，我们没有钱。"

"我来我来。"我听见自己说，说着从后裤兜里掏钱包，一切都是慢镜头里的动作一般，我有种缺氧的感觉。我平静地掏出钱包，把里面的钞票掏出来伸直手臂递过去。高个子一把抓过我手里的票子，转身就往货车奔，其他两个跟在后面。我松了一口气。这时我注意到那黑洞洞的枪口还在对着我们，没有挪开的意思。金发小个子的眼睛里闪着疯狂的光。

车灯下，我注意到他头上的金发是一个假发套，鬓角上有黑色的发茬从假发下支棱出来，使得他脸上的疯狂表情看起来更加恐怖。

这时我突然清醒了，路上所有的嘈杂声重新蜂拥进我的耳膜；我听见高个子和金发仔的叫骂声，以及子弹在空气中擦肩而过的啸叫，货车上的人拼命踩油门，引擎挣扎几下复又启动的声音。在这一片嘈杂中，我听到红雨在一旁啜泣，我用手臂罩住她的肩膀，往路边的草丛中退过去，蹲下，努力在乱晃的车灯中把身体缩小。金发仔坐进我们的车里，一只手还拿着枪，另一手捏着车钥匙，他离我们这么近，脸上的粉刺被汗水打湿，清清楚楚。

随后，汽车排气管里冲出热浪，热浪中满是废气的味道。在汽车启动的同时，我拉着红雨转身撒腿狂奔，马路隔离带的刺划破了我的脚。我们拼命跑着，跑进一条更黑的小巷，跑过已经打烊的小店，直到我发现牵着红雨的手空了，才意识到把她弄丢了，复又跑回去找。她倒在不远的路边，在一辆路边停着的车旁，赤裸的双腿上血迹斑斑，连衣裙的下摆已经撕破，高跟凉鞋只剩下一只。我以为红雨被枪击中，等我抱起她查看，才发现血是从她两腿之间流下来的。她还有气，活着。

我叫来救护车，把红雨送到医院的时候，医生说已经听

319

不到胎音了。医生给了红雨引产的药，我坐在走廊里的椅子上等。医生跟我说，为防止子宫大出血，要尽快引产——红雨没有被枪击中，但胎盘出了问题。引产前，妇产医生听我结结巴巴地说了车被撞，然后被抢劫的事。他叹了一口气，问这是不是红雨第一次怀孕。

医生安静地听我讲完，然后说："第一次怀孕可能会出现各种复杂情况，包括流产。车祸和惊吓是一个因素，但不一定是流产的决定因素。"说完他拍拍我的肩膀，安慰我："你们还年轻，以后还会有很多次机会。"

我唯一的念头是红雨活下来，别出事。

引产很顺利，医生问我要不要见一见胎儿。我迟疑了一下，医生见我害怕，解释说胎儿很完整，就是很小，做父母的最后见一次是一个了结。我于是同意了。我被带进一间单人房间，类似于会客室，有沙发，有咖啡桌，沿墙的柜子上放了咖啡机和一排整齐的茶叶盒子，但不知道为什么给我一种是布景的感觉，一切都是临时的布置似的。

我在房间中站了一会儿，前面有一个落地窗，里面透出光亮。我走过去拉开窗帘，才发现窗帘后面只有一张一米半见方的大照片，不是窗户，这个房间根本没有窗户。大照片后有灯光设置，外面装了落地窗帘。窗帘拉上以后隐隐透出来的光线像天光一样，其实是大照片背后的打光。我在那张大照片前看了一会儿，那是从洛杉矶天文馆方向拍的城市鸟瞰，那处风景我非常熟悉，是我跟红雨约会时喜欢去的地方，没想到在这里看到。这时听到轻轻的敲门声，护士长推着小推车进来，她从小车上抱起平绒毛巾包的胎儿，递给我，告诉我不需要着急，想待多久待多久，没有人会打搅。

我从她手里接过小白布包，胎儿只有儿童足球那么大，皮肤呈蓝紫色，很光洁，皮肤还有弹性，不像皱巴巴的新生婴儿的脸，双目微合，表情很安详。他靠近眉心处的眼槽微微凹下去，像红雨，苗族人的长相，一眼就能认出。然后我就不害怕了。我慢慢打开绒布包，看到他的全身，是一个男孩儿。

二

当红雨被送进急救室以后，我跟驻院的警察报了案。医院里的警察真多。除了做笔录和让我在记录本上签字，其他的警察都爱莫能助。在我身后排着长队的人，有来报案的，有犯了事遭到逮捕又因为反抗受伤、戴着手铐被送来就医的。我从来没有想到离家这么近的医院里晚上会这么热闹。我每天晚上回到家，吃了饭洗了碗，除了看电视就是坐在床上发呆，没有想到整个洛杉矶的犯罪分子在夜中"狂欢"，这是我的小日子以外的平行宇宙。

我们的车上有车辆登记的文件，上面有我和红雨的地址。我问警察怎么办，流氓会不会找上门来？警察说不会，洛杉矶路上持枪抢劫的少年团伙，基本都是吸毒狂，没钱买毒品了就出来抢劫，拿到钱就走，几乎没有发生过跟踪上门的案例。我问从来没有吗？并且说的是"Never ever?"警察看了我一眼，迟疑一下，点点头。他肯定想，这英文磕磕绊绊的中国人怎么突然蹦出"never ever"这两个词了。

红雨一天后就出院了。公司给我放了两天假，还邮购了一瓶插花送上门表示慰问。红雨呆呆地看着花束里蓝色的绣球花，像自言自语又像在问我："那孩子，到底是男孩儿还是女孩儿？"我不敢跟她说实话。我想，几年后再跟她提在小会议室跟"小蓝孩儿"告别的事吧。公司秘书邮购花的时候，电话咨询了我一下，问我要蓝色还是粉色的花。蓝色代表男孩儿，粉色代表女孩儿，这是美国习俗中生男生女的花语。我当时并不知道，我选蓝色是因为这是红雨喜欢的颜色。

红雨出院后的第三天，没想到奶水来了，汁水饱满，乳房胀得滚烫，像小母牛。可惜全无用处。出院前医生已经给她开了镇静剂和止疼片，并警告我们流产后产妇情绪会大起大伏。我下班进门，屋子里黑着灯，唯一的灯光来自浴室。红雨光着上身站在浴室的镜子前，看着镜子中的自己。她的一对乳房胀大了好几倍，乳房皮肤下的青筋纵横交错，像放大镜下的叶脉。她用指尖轻轻挤一下乳头，就有奶黄色的汁水滴出来，红雨用指尖接住，放到嘴里尝尝，又接了一滴，给我尝尝，有股淡淡的甜味。浴室的空气都是热的，红雨的身体在全力开工，像一个努力产奶的机器。

之后护士上门家访，教她把两袋冰冻豌豆放在胸口，想把这奶胀冰镇回去。就这样她半躺在沙发上，穿着碎花的睡衣，敞着的胸口上堆着两包冻豌豆，眼睛睁得大大的，盯着天花板，一声不吭。过一会儿等豌豆焐热了，她自己起身去冰箱里再换两包。"疼吗？"我问红雨。她摇摇头，说已经不疼了。我不知道是药物的作用，还是她真的很坚强，从一周前怀孕的少妇，变成了老气横秋、不修边幅的妇人，随时可以脱掉上衣查看自己胸口的情况。因为奶水时不时会漏出，所以她老穿那几件邋遢的旧睡衣，头发蓬乱，加上她木然的眼神，让我心疼，也让我难为情。

我下班，带来老费家做的饭菜，煲的鸡汤。没过两天，红雨就下地自己做饭了。但她还是不怎么说话，我担心她是不是吓出毛病来了，劝她给湖北的父母打电话，写信也行。她回头冲我笑笑，说这么衰的事有什么可说的，平白叫家里人担心。过了一会儿，她叹口气说，想不明白，那些坏人怎么挑中我们这辆破车的，没有一点迹象表明我们有钱啊。说着说着，她又问，为什么偏偏是我们这么倒霉？他们为什么没对我们开枪杀了我们？

我没心没肺地全盘转述警察的话，这些少年团伙就是吸毒成瘾，抢钱抢车买毒品，不是想杀人，他们不会找上门来的——说到这里我停住了。从红雨的表情，我知道最后那句把她吓到了。红雨是聪明人，她开始反反复复地想那天出事的每一个细节，最早在哪条街看到那辆白色货车的，跟了我们多久……，很快她就想起车里放的车辆登记卡、保险卡，这些文件上清清楚楚写了我们的姓名地址、社会安全号码。

"警察怎么能知道这些流氓不会上门来找我们？不会再抢我们？"她反复问我。"那我们也买枪自卫。"红雨认真地说，"到哪里去买枪？我可以打猎枪的，手枪没有打过，应该差不多……"过了一会儿，她又绕回到那个"为什么挑上我们"的老问题。"我其实注意到后面跟的车一直是那辆，离得那么近，我一点都没怀疑……"红雨的口气像祥林嫂。

"不要再想了，红雨，已经发生了，洛杉矶那么高的犯罪率，我们摊上一次也不是没有可能。"

"离得那么近，怎么可能不想呢？"她伸出手，摆出一个拿手枪的姿势，指着我的胸口。

红雨的话于我心有戚戚，我从来没有想过周围那么多人拥有枪支。我开车在路上，前后左右并行的车，它们的仪表盘上的小柜里极有可能藏着一把手枪。去超市，有多少顾客身上是带枪的？公司同事呢？……枪都快变成一个身份了。但是我的当务之急是买一辆新车，本田车的下落没有任何音讯，保险公司已经报失，赔偿很快就会寄来。

这时，我们两人同时听到墙壁里传来窸窸窣窣的声音。红雨打住话头，指指墙，侧耳听，然后压低声音说："又来了！"

<h1 style="text-align:center">三</h1>

第二天晚上，我进门时发现床垫被拖进储藏间了，一个双人床垫，把储藏间的地板塞得满满的。储藏间两侧，一侧挂红雨的衣服，主要是连衣裙、丝绒套装、毛料西裤等等值得挂起来的精致衣服；另一侧挂了我的西装、衬衫和各种各样的领带。我们装在从宜家买来的活动衣柜里的内衣、T恤，被挪了出去。

红雨带我走进储藏间，顺手关了门。储藏间里没有开灯，仅有的亮光从门下那道窄缝照进来，我看到红雨穿了绣花拖鞋的脚，还有朦胧中她的身形。

"怎么回事？为什么睡这里？"我问。

如果我平躺在床垫上，我就好像躺在那些真丝旗袍、领带、长风衣、全羊毛西裤的丛林里。

红雨压低声音说："这里没有老鼠。"

我这个能打猎枪、看过野猪脑浆的老婆，现在胆小如鼠。

"你是说墙壁里的老鼠不会跑到储藏间来？它们在墙缝里转晕了找不到这里来？"说着，我想笑出声来。

"不会的，它现在只在卧室到客厅的那面墙下。"红雨还是压低声音说，好像怕老鼠听到，会循声找到我们。

"你知道上次我已经把墙上所有的洞都堵上了……它进不来的……"我也压低声音对她说，我们像在黑暗里密谋。

"不行，我听到它们吱吱的声音，都要发疯了。"红雨说着声音有点发抖了，"我睡不着。"

"好吧，好吧，亲爱的，你想睡哪里就睡哪里。"我伸出手臂抱住她，隔着薄薄的 T 恤，她的胸和腹部的皮肤开始恢复到正常状态，她的身子温热，抱着很舒服。

红雨忽然哭了："我们本来过得好好的，忽然就变得这么惨……"我把她抱紧了，储藏室闷得人透不过气来。

三个多星期前，我们在厨房的水池下发现老鼠屎，那是第一次。红雨开始疑神疑鬼，说晚上老鼠吃过厨房里摆的水果。她跟房东抱怨。房东保证，立刻派人来灭鼠，然后就没有下文，也不再接我们的电话了。西湖区是洛杉矶少有几处租金便宜的地方，房源紧俏不容易租到。我们租到这个一卧一浴还带一个正式厨房的公寓，是顶替朋友的租约，如果仅在市场上找还不知道猴年马月才能住进来。房东绝对不会管什么老鼠不老鼠的，你嫌这里不好，另找房子去啊，反正有人愿意住进来。

我不得不从建材店买了合成板、水泥，还有填胶的工具枪。把水池下的洞先补上，然后检查全公寓的犄角旮旯，把能填能垫的洞和缝隙都给钉死了。红雨开始放下心来，不会在淘米时把米抓在手掌里反复查看，老鼠风波才算过去。

可是，这时红雨挣脱我的怀抱，站直了，从鼻子里长长抽了一口气，说："你必须马上把留言机里的录音换了，现在是我的留言声音，得换成一个男的声音。"

"为什么？"我问。

"换成男声留言，说明家里有男主人。"

"你是说那些流氓惯犯在上门抢劫前，会给我们打电话留言？"我忍不住调侃。

"去你的！你这就去改留言！"红雨拍了我一巴掌，又忽然恢复温柔，愿意跟我缠绵，我觉得这没开灯的密闭空间很适合缠绵；如果效果不错，我愿意一直睡在储藏间。结果她转身推开储藏室的门，大大方方地走到光明中去了，我只好跟出去。

"还有……"红雨在厨房门口，又转身对着我。我等着她发号施令。

"还有什么？"我问。

"我记不得我想说什么了，一会儿想起来再说。"红雨说完，进了厨房。

晚饭的时候，我注意到公寓里所有的灯都打开了，包括厨房碗柜下的小灯；我们这个家像被置于聚光灯下的金鱼缸，那样地亮，那样地清晰。我指指房间，红雨点点头，说："是的，就应该开灯，灯光如昼，坏人就不敢上门了。"

"彻夜不关灯？"

"不关。"

"睡觉时也不关灯？"

"睡觉时也不关灯，睡觉不就包括在彻夜里了吗？"红雨说得一点都不含糊。

我闷头吃饭，终于想起一个借口，对红雨说："你身体好了，最好还是去打工吧。钱不重要，关键是得出门散心，省得在家里神经兮兮……"

红雨筷子上夹了一块冬瓜，筷子一抖，冬瓜掉下来。

我随即改口安慰她："打工太累，算了。但是，你至少坐车出门走走，闷在家里老在烦心老鼠……"

红雨定定地看着我说："我明天就给吴老板打电话，问他可不可以先做几个小时再说，有钱总归是好的。我要买一辆四轮驱动的大车，不怕撞的。"

见我愣着，她嘱咐我："天热，多吃点冬瓜海带汤，清凉败火。"

厨房的墙壁里突然又发出窸窸窣窣的声音，红雨脸上没有什么表情，她说："刚才忘记说了，我打电话找了一家灭鼠公司，过两天就可以来。老鼠身上带病菌的。"

灭鼠公司上门时，已经是周六。前来的是一个墨西哥人，穿一身整齐的制服，左胸口戴着小牌子，上书"马可·波罗"。他查看了公寓的各处，对储藏间里放的床垫没有多问，只是多看了两眼。我带他去看客厅里那面发出老鼠叫声的墙，墙是干板壁，被我们打破过，当时想伸手进去捉老鼠，未果后复又钉上。他经验很足地用手指敲击墙面，侧耳倾听，好像老中医望闻问切。

墙壁里静悄悄的。

"解决办法是，从中央空调的出气口把老鼠夹放进墙壁之间，越深越好。"马可·波罗指指客厅墙壁上唯一一个冷气出口。

"那老鼠夹还取出来吗？"红雨问。

"不取，逮到老鼠后就留在里面。一开始会有点异味儿，过几天就好了。"马可·波罗说。

红雨脸色发白，我过去搂住她的肩膀。我问："老鼠从哪儿进来的？"

马可·波罗说从屋顶的瓦下钻进墙的。红雨问："墙里并没有食物，它们为什么想钻进来？"

"动物也喜欢房子能遮风挡雨啰。母鼠产崽前，喜欢钻进墙之间，它们钻进来也就再出不去了，其实它们早晚得死在墙之间……"

最后，马可·波罗同意把鼠夹放到屋顶上。然后他带着专业人士的微笑，戴上消毒手套，去车里取鼠夹和工具。

等他离开，我俩盯着客厅的那面墙看了好长时间，不知说什么好。我心里闷，找了个借口，想自己出门走走。红雨像平时上班一样，把我送到门口，嘱咐我坐车当心。

没有了车，等于没有了腿。我唯一的选择就是坐轻轨车。我漫无目的地上了轻轨红线，居然无意中跟着一群台湾游客在天文馆那站下了车。好多亚洲人和墨西哥人，扶老携幼，大呼小叫地从车里出来，往山上走。

我喜欢天文馆前那个空旷的广场，可以看到远处洛杉矶山上标志性的 HOLLYWOOD 几个白色的巨大的字母，也可以看到下城的全貌。在没有雾霾、天气晴好的时候，可以看到洛杉矶海岸线外的大海。现在空气质量不好，只看到一团灰扑扑红色的雾气罩在大地上。

天文馆是我和红雨约会时第一次出门玩的地方，它不收门票，是我们这样的小青年免费浪漫之地。我们以

HOLLYWOOD 为背景的合影，洗印后放大了寄给国内的父母，那是我们的定情照。我们结婚以后，先是没有公寓住，只能分开住在原来各自的地方，分居半年多才在西湖区找到现在住的公寓。搬家后的晚上我们再次跑到天文馆的山顶，俯瞰洛杉矶，眼前万家灯火。我们终于有了自己的家，一个美好的结婚后的家，安宁的生活忽然之间唾手可得，在我们来到美国的第三年。

然而，在那个没有窗户的小会议室里，护士把包了白绒布的"小蓝孩儿"递给我，我接过来抱住。他的五官，他的样子，是那么安静，好像随时都可能睁开眼睛，我一点看不出什么不对头。这是我的孩子，这是红雨的孩子，但是他不能动不能哭，不能像别的小婴儿那样长大了。

现在红雨是惊弓之鸟，怕到连晚上睡觉都把所有的灯开着。我后悔没有带红雨一起来天文馆，我们应该一起来这里的，我忽然非常想念她。我站在天文馆旁的山顶，俯视下面半沙漠的山谷，太阳已经偏西，山谷里朝东的部分已经在阴影里。冷热对流，从谷底升起热风，一只鹰利用上升气流在我不远处展开翅膀，在空中一动不动，它在峭壁上投下影子。我从来没有见过鹰展开翅膀后有那么大，两翼足有五尺宽的幅度，明黄色的利爪在褐色的腹部下蜷着。山谷两侧的石壁里长了一人高的仙人掌，几棵干绿的尤加利树从谷底一直长上来，笔直的树干像巨人一样。仙人掌丛下有垃圾，印着店名的餐巾纸和饮料杯子丢弃在那里，白色的塑料袋和保险套挂在仙人掌的小枝上，被谷里的热风吹动，鼓起来像半个气球。

在烈日下，鹰、仙人掌、垃圾，连同眼前这个山谷，近旁像星盘一样错落的城市，它们都是完整的一体。不知为什么，眼前那些荒凉肮脏的东西让我心里得到了安慰似的，它们本来就是这个大都会的一部分，没有什么难为情的。我转身下山，想着要不要带红雨出来走走，我们可以一起去选车。

四

大半年后，我在公司接到警察局电话，开始还以为是通知我们的小本田找到了。警察说小本田的确已经找到，但这不是他打电话的原因。他希望我和红雨都能去警察局帮助辨认罪犯。我知道红雨不肯，也知道这种受害人帮助警察辨认嫌犯的事是自愿的，所以只简单地说"不"，便把电话挂了。

等我下班，公司门口有个穿西装的人在等我。见我出来，他立刻出示了警察证。他为辨认嫌犯的事上门来找我，想说服我们。因为这次不是青少年团伙小打小闹，就在前天晚上，在佛蒙特街一个警察被枪击中了。

他说："出事的是同一地点，警察相信是同一团伙，所以才找到你们。"

便衣警官有沉重的眼皮，面对面说话时双目都像半开半合，里面的黑白眸子偶尔一现。他把找到我们车子的地点告诉我，写下那个地址时，圆珠笔在上面敲了两下，见我没有反应，他抬眼问："你在洛杉矶时间不长吧？"我摇摇头。他说："找到车的地点是一个治安很不好的区。"

"比我们被抢的佛蒙特街还不好？"我问。

他笑了："佛蒙特跟它比，好得像贝弗利山庄。你们如果去找车，最好一大早，比如早上七点钟之前就走。再早也不行，六点之前是夜间，还会有枪战。"

我谢了警官，答应明天答复他。

我跟红雨说了这事，没想到她一脸镇静地说："我愿意。"她的口气英勇得像"双枪老太婆"："我们明天起早先去把小本田领回来，晚上就去警察局看嫌犯。"

我告诉她那个区治安挺差的，问她怕不怕，红雨说："能差到什么地步？像电影《街区男孩》(Boyz n the Hood)那样？"洛杉矶太大，好多地方我们都没有去过。

第二天一早，我们开车去了"街区男孩"的地盘。街道上近于无人，夜生活好像刚刚结束。街上唯一开门的是波多黎各人的早点摊子，我停下来买了一杯咖啡。几个形销骨立的人在吃培根鸡蛋，他们并不看我，好像夜班工人才结束一天的工作。

我和红雨都紧张，后悔来找小本田。转过那些堆满垃圾、墙上涂满喷漆 graffiti（涂鸦）的街道，我只想尽快离开。红雨已经看到路牌，说："就这里了，小刚你停下。"

那是两栋楼之间的一块空地，旧楼是被拆掉了还是着火烧光了，说不清，青黄的荒草已经长到一人高，荒草之间堆着残瓦，折断的水泥预制板露出里面的钢筋，也在地上横着，有丢弃的耐克鞋，一个芭比娃娃脸朝下，身上的裙子已经被剥光了，露出肉色的硬塑料身体。红雨和我紧紧拉着手，朝废墟之中的唯一一辆车走去。

那辆车已经不是车了，是一些组装零件，能被拆下的东西都被拆卸下来。四个轮子，电池，音响，汽车坐垫，无线电天线，连雨刷器和方向盘都没有了；挡风玻璃已经粉身碎骨，挡风板上和前座上落满了玻璃碴子。车里的废纸垃圾里有几片纸看着眼熟，是被撕烂的车辆登记卡和保险卡，上面有我和红雨的名字。

我带着红雨离开，在上高速前看到一个废旧汽车回收站，把地址告诉他们，付了六十美元把小本田的尸骨拖到垃圾站。这是我能为这辆陪伴了我四年的车做的最后的事。

当晚到警察局已经是晚上十点以后了。不知道警察局里这种站成一排、被黑暗玻璃外的声音问话的活动，是不是都在晚上进行。问话的警官是个高瘦的黑人。他让秘书给我们倒茶，然后解释那个房间的问话和视觉的单向窍门。一共有三队人，辨认时警官会问话，说话时认人最方便，表情很难伪装。见我跟红雨点头，警官说，那我们就去"剧场"吧。我们在玻璃隔板前坐定，屋里没有灯光，唯一的光来自玻璃墙那边。

最先上场的一队只有三个人，其中两个一看就是陪跑的，堂堂正正，连 T 恤都是一尘不染的白色和藏青色。警官让最后一个穿风衣的小个子留下。

小个子的风衣不像风衣，辨不出什么颜色，上面唯一的扣子挂在线头上。风衣里面是跨栏背心，运动裤，脚上穿一双耐克鞋。他的脸在强烈的灯光下看不清楚，好像自带马赛克。后来我意识到，看不清是因为他习惯把脸缩进竖起的风衣领子里，你看到的只是他一头乱蓬蓬的头发。

警察发话："你喜欢夜生活？"

"我不喜欢夜生活，我循规蹈矩，长官。"

"那你深夜两点在夜枭酒吧前干什么？衣服下夹了一把半自动步枪，你难道不知道枪会走火吗？"

"长官，我是退伍军人，我有合法持枪执照。"

"你有合法杀人执照吗？你以为可以随便进酒吧对人脑袋

瓜开枪吗？"

"他推搡我，要打我，他先动手的。"

"他是谁？"

"他就是那个在酒吧请老兵喝酒的人，喝着喝着人来疯，他打我骂我，让我滚蛋。"

"那你怎么办？"

"我就如他所愿，回家了。"

"然后呢？你取了半自动步枪回来要把他脑袋打成两半？"

退伍军人和警官之间的对话你来我往，夹枪带棒，充满机锋，加上他们各自不同族裔的口音和俚语，让这些话中话更隐晦。我和红雨如在云里雾里，好像大学时看没有字幕的外国电影。我的理解主要来自他们说话的口气和表情，然后自行补充。红雨就更蒙了，她呆若木鸡地看着玻璃墙后的表演，到那个人下场她才合拢嘴巴咽了咽口水。她在我耳边低声问，他们到底在说什么？我摇摇头，我也是第一次看到警察审问的场面。

下一个上场的一队人马有六个人，我们都不认识。第三拨人马出场，眼前三个人看着都差不多，除了肤色不同，两黑一白，都有刺青，都缠着绷带，但是部位不一样。一样的是他们血迹斑斑的 T 恤，还有空洞无畏的眼神。他们像走 T 台的模特，水仙花一样施施然走进房间，停下，转身面对我们。警官让他们侧转，停住，好让我们看清侧脸。

红雨突然指着最左边的小个子黑人说："那个是不是？"我瞪大眼睛，但还是完全分辨不出来。我的记忆里只有一头金发，脸上的粉刺。

坐在我们身边的警官轻轻点头，然后对着全屋子里的人说："对的，左边就是在佛蒙特大街对奥尼尔警官开枪的那一个，我们先问他，问完，我们的客人可以离开了，让他们先走。其他的人我们明天再审。"

那天从警察局出来，已经十一点半了。警察局的停车场在城市轻轨下面，最后一班夜车从头顶上呼啸而过，像穿空而过的子弹。这一天从早上去黑人区找小本田，到晚上去警察局认嫌犯，我好像被人再抢劫了一次，被夺走的，是我在洛杉矶这个城市的自信。这个让我完全找不到北的城市，真的是我生活了五年的地方吗？

红雨说："就是没有车祸，你又能懂多少呢？我们来美国时，谁也没有教过我们任何事啊。你知道胎盘会出血吗？你知道在路上开车好好的，有人会撞你、抢你钱抢你车吗？你知道抢劫的人会当你面互相射击自己打自己吗？"

我说不知道，我至今不会游泳，洛杉矶是一个海洋。

五

流产后的一个月，我们收到一个挂号包裹，接收人必须签名的那种。邮差离开以后，我盯着发件人栏里的那行字发呆，"伊鲁迷娜"，眼熟但是一时想不起来了。红雨从厨房走过来站在我身边，凑近看我手里这个小巧的包裹。它像一个小号的首饰盒，被黑色的牛皮纸包裹得整整齐齐，四个角都是尖尖的，没有一点折损。我们几乎没有收到过礼物或者包裹，红雨对这忽然降临的"小首饰盒"格外好奇，不停地问："谁寄来的？里面是什么？"

这时我想起来"伊鲁迷娜"是什么了，但已经来不及阻止红雨。她已经取了剪刀在拆包装，苍白的手指捏着红色的剪刀，好像一个认真做手工的孩子。没办法，我只好实话实说，"伊鲁迷娜"是我在医院填葬礼安排的表格时选的火葬公司的名字，三选一，我选了第二个。

听我说完，她的手把包裹慢慢放下，说："真轻！"

那个"小首饰盒"就一直保持那种半拆开的状态，放在厨房的小圆桌上，直到我把小盒子收起来，收进卧室里柜子的最下层，在我们的护照和毕业证的下面。那以后的几天，我们彼此心照不宣地避免目光接触，好像两个心怀鬼胎的犯罪分子。

我们最后决定把骨灰撒到洛杉矶附近的海里去。我去问同事，洛杉矶哪里的海滩游客少？同事说要选一个背静的海滨，就得把车沿着一号路往西南开，开过文图拉郡，到达马利布的公共海滩。那一带离我们住的地方差不多有两个小时的车程，我从来没有去过。为了怕像上次那样迷路，我专门买了地图，用彩笔把路线在地图上描出来。同事以为我们计划周末郊游，提醒那片海不适合游泳，湾里布满离岸流，海浪会不停地朝远离海岸的方向推。

我们早上五点就出门了，一是为了避开周末的交通拥挤，二是为了在晨跑的人到达海滩前把事办了。我开着我们新买的车——道奇"银子弹"，我喜欢这个名字，虽然它已经不新了，里程表上有一万多里程了。一旦恢复有车状态，我们在洛杉矶就是自由人。

红雨手里捏着地图，坐在副驾驶座上，一路上她很注意看着车窗外的风景，这一带我们都是第一次来。我知道出门前她有意打扮了一下，穿了平时很少穿的墨绿色绉纱连衣裙，还抹了脸化了妆，把衬衫熨好让我穿上，比平时上班都郑重其事。

等我们开到那里，发现马利布沿海的海滩都是公共性质的，没有游客，路边荒凉的坡地上零星聚着仙人掌类的植物，灌木丛下有不少垃圾。停车场边的凉亭和公交车站里站着形销骨立的三两个流浪汉，他们的脚边放着过夜用的毯子和破烂的提包。看到他们，红雨不由自主地紧握住我的手。我们挑了一个看不到流浪汉的停车场把车停下来，整个停车场只有我们一辆车，"银子弹"旁边立着一块破旧的海浪警告牌。等我们开始往海边走，才发现那个停车场离海滩最远，必须爬过一个陡峭的山坡才能抵达海滩。

山坡上没有一个游客或者晨跑的人，铺了枕木的小路在一人高的野草中蔓延。那些被太阳晒得颜色发红的野草，带着清晨才有的露水气息，顶端开着星星点点的黄色或粉色的单瓣小花，这是洛杉矶半沙漠的野地里特有的植物，俗称"鸟眼"。那些细小的花成千上万，在晨风里浮动，像太阳的光斑洒在我们周围。红雨穿着黑色的细高跟皮鞋，在小径上小心翼翼地走着，怕被地上的石头和坑崴了脚。她的挎包里放着那个拆开到一半的小盒子。

翻过陡坡后，下山朝海的路是一段更窄的碎石和枕木铺的台阶，几乎有一百多阶高。为防止跌倒，我们得低头小心看着脚底下的路。等我们到达最后一阶台阶，一抬头，周围已经是开阔的沙滩，海浪在不远处拍打着。海水是深灰色的，近海岸的黄沙滩上漂着浪带来的白沫。海滩上只有我们两个人，还有一群一群的海鸟，它们会突然起飞，张开浅褐色的大翅膀，白色的腹部掠过海面上的细浪，在天空中转一圈，又在原地落下。

我跟红雨呆看着海，眼前的空旷和单一风景几乎让我忘记此行的目的。过了好一会儿，红雨点点头说，就这儿吧。她把挎包打开，把那个小盒子取出来，飞快地把原先拆开的包装纸一层层撕下来，露出一个更小的白盒，她掏出来递给我。

"我们就在这里撒吧。"她说完打开白盒子的盖子。

盒里的第一层是白色的泡沫塑料盖，上面安了一根小小的白绳。拎起细绳，就可以看到里面用透明塑料袋装的棕灰色的粉，只有两调羹的量，像躲在盒子内心的小鸟。我把裤脚挽到膝盖以上，取出那只"小鸟"，握在手心里，把盒子递还给红雨，说："你在这里等着我。"然后我一个人走向海滩。红雨并没有跟我过去的意思，她眼巴巴地看着我。

鸟群以为我手里拿的是什么可吃的东西，它们朝我前行的方向慢慢挪动，又不靠近。我没有什么可贡献的，只有"小蓝孩儿"的灰。

我朝海水里走下去，尽量走得离岸远一点。如果能起风，风带动波浪会把灰扬起带到海滩之外。但是没有风，海面平静着，远处有一艘弃置的旧船，黑色的桅杆斜支着，除此之外海平线上一无所有。我低头看着已经没过膝盖的海水，一股细小的海浪在我腿边流转，搅动脚底的沙。我把手里的袋子抖开来，袋子里的东西像烟灰一样撒在我的脚边，只那么一下，袋子就空了。我既不敢立刻迈步离开，怕一举腿它们就随着水里的沙子一起粘在我腿上，又担心浪把它们都冲回到海滩上，被跑步的人和流浪汉踩着，跟那些海鸟的排泄物和破碎的贝壳水草一起臭烘烘地堆在一起。

这时我脚边的水底升起一股看不见的流动，带动海水，海水里微小的尘粉像四散开来的鱼卵，轻盈地漂起来，随着海水的流动打着旋儿，成群结队地往海洋的方向漂着。我的腿感觉到离岸流的推力，几乎不由自主地跟着。过了几秒钟，周围的水里就再也看不到什么了，我慢慢走回岸上。

红雨一双眼睛红红的，但她的脸被海边的太阳和海风沐浴，反而有了一点血色，加上出门前抹的脂粉，她看着比过去一个多月里的模样都漂亮。海滩上开始有一两个晨跑的人。我们顺着台阶而上，往停车场的方向走。在坡顶我们停下来，回头看看那片海，海鸟群像烟一样升起，海面除了那艘破船还是什么都没有。

我觉得我有好几辈子可以活，直到离岸流把我的灰带走。

莫妮卡

从未在一个女人眼里看到过这么丰富的内容，几乎看到了四季……

卡萨布兰卡百合

曾晓文

曾晓文，加拿大华语作家、编剧，中国文学硕士、美国科学硕士。现为 IT 总监。曾任加拿大中国笔会会长。著有长篇小说《移民岁月》《梦断得克萨斯》《夜还年轻》，小说集《苏格兰短裙和三叶草》《爱不动了》《重瓣女人花》，散文集《背对月亮》《背灵魂回家》，以及电影剧本《浪琴岛》和英语原创小说等。担任 30 集电视剧《错放你的手》编剧。作品入选中国小说学会 2009 年和 2017 年小说排行榜，获联合报文学奖、《中国作家》"鄂尔多斯文学奖"、北京市广电局优秀剧本奖等多个奖项。

埃尔帕索监狱的夜是没有色彩的。灯从白日一直燃着，把大厅浸在昏沉的光影里。过了凌晨两点，很少见新囚犯被送进来，准备上庭的老囚犯还没醒，监狱里有一段难得的清静。气喘如牛的西班牙裔看守乔治，拿出一包油炸马铃薯片脆生生地嚼动了起来。

莫妮卡头天去上庭，希望驳回法官的判决，但法官因太太出了一桩小车祸，推迟一天开庭。她被押回监狱时，乔治正大汗淋漓地忙着注册新囚犯，没有时间给她登记，索性甩给她一条毯子，让她在拘留室里过夜。

莫妮卡扶着铁栅栏僵立着，偶尔望望对面的拘留室，看到一群新囚犯，像刚被伐倒的木头，横七竖八地躺在水泥地上，思维仿佛发条断了的钟表，并不走动。她只在杀戮时间。在这里，时间是廉价的。她的刑期是七年。如果七年的车轮能在七天内飞速转完,她会匍匐在地,感激涕零地亲吻法官或者神父的脚面。

这时,当啷一声,监狱的铁门被打开了,撞破了寂静。一个全副武装的高个警察大踏步地走进来,随后一个鲜艳玲珑的影子飘了过来,在影子背后还是一个警察,不过个头是矮矮的,留一撮小胡子。

待三人在栅栏前站定了,莫妮卡才看清那鲜艳玲珑的影子是一位东方女人。女人也许二十几岁,也许三十几,谁说得准东方女人的年龄?她身上挂一条浅粉丝质吊带裙,肩臂上细腻的象牙色肌肤在灯下幽幽地发出淡青的光。女人是真空上阵的,胸前轮廓秀气的两团清晰地显现,也许是因为冷,或者恐惧,顶端都凸立着,风中花蕾似的抖动。她脚踏一双紫色丝绒绣花拖鞋,花儿显然是手工绣的,一针一线透露出东方的精致和风情。原来鞋,也是会说话的。

莫妮卡攥紧了栅栏,直把手心割得痛了。她闭上眼,又睁开:那女人还真真切切地,在得克萨斯南部的这座监狱的惨淡灯光下,不可思议地、不分场合地绽放着。

高个警察替女人打开了手铐。女人轻轻甩了甩手腕,像要减轻一点疼痛,却把手链甩落到了地上。

手链只是一段精致的麻绳,穿过一朵小小的水粉色的玻璃花,在两端被打了个结儿。莫妮卡认出那花是卡萨布兰卡百合。

"你的手链掉了。"莫妮卡几乎耳语似的说。

女人看了一眼莫妮卡，随后从地上拾起了手链。

莫妮卡从未在一个女人眼里看到过这么丰富的内容，几乎看到了四季：夏的热情和冬的绝望，中间还铺着一层春的温存和秋的萧瑟。那七年的时间，还是按正常的节律转动吧，莫妮卡想，也许不那么难挨。

乔治从柜台下扯出一张面巾纸，擦了擦自己的油嘴，随后伸出食指向女人勾动了一下。于是女人拖着绣花鞋怯怯地走近柜台，顺从地让乔治把她变成埃尔帕索监狱最新的囚犯。

"这女人，手法一流。"高个警察对小胡子说。

"你怎么知道？"

"试过。在东方女神按摩院。"

小胡子明显有些艳羡了："你小子！便宜都给你占了。"

"调查案情嘛，工作需要。"

"上过没有？"小胡子的声调神秘了些，尽力压抑自己蓬勃起来的快意的笑。

"头儿不让。再说，上也上不了她。这女人，只按摩，死也不接客。"

"这么软的腰身，不用，可惜了。"小胡子叹口气。

"被她老板打过几回的，每次都打得不轻。"

"她老板呢？"

"跑了。那个杂种！听到风声了。这几年他贩卖了不少女移民。"

这时乔治叫来了一个当班的女看守，让她带东方女人去换囚服。

高个警察和小胡子走近乔治，打着哈欠向他道别。

高个的说："总这么加夜班，身子都要垮了。"

"逮到这么诱人的，这样的班，我愿意加。"乔治震耳欲聋地笑起来，把拘留室里的新囚犯惊醒了几个。

警察告辞了，女人被送进了牢房，监狱大厅恢复了安静。乔治又开始嚼动薯片。莫妮卡身子一软，坐到了地上。

◆　　◆　　◆

下午法官对莫妮卡的案件重新审理，驳回了她的上诉要求。

莫妮卡被押回到 7 层的 22 号牢房。女囚们从她的脸色中立刻看出了上诉结果。没有人说一句话。上过庭的人学会了在适当的时候保持沉默。

莫妮卡快速地脱掉囚服，把它狠狠地甩到床铺上。两道目光照到了她的后背，像夏日沙滩上的阳光，暖得有些灼人。她转过身，对面床上坐着的，正是她夜里见到的东方女人。

女人眼中分明都是怜悯，想必已经知道了她的案情。在这间牢房里，秘密从来不会过夜。

莫妮卡走进了淋浴区，洗掉了两天来的尘土和女人粘在背上的目光。她一脸清爽地走出来，浑身散着热气，把一头金发随意地挽在脑后，只穿一件雪白胸衣和一条运动短裤。女囚们的目光不约而同地迎面射过来，把她裸露出的皮肤照得通亮。莫妮卡五年前开始练健美、瑜伽，把身材打磨得有模有样。以前在晚会上她就经常撞到各色惹火目光，何况在这聚集了腰比桶粗的西班牙裔女囚的牢房呢。

黑草莓先发出了啧啧赞叹，眼神比别人更无忌了几分。

"莫妮卡，我还有一块巧克力呢，你要吗？"黑草莓的声调像生日蛋糕上的奶油，松软、甜腻。

莫妮卡摇了摇头。

黑草莓伙同情夫贩毒，鼓动丈夫参与，结果把两个男人都卷进了监狱。她在牢里每天给情夫和丈夫各写一封信，声称要给予他们同样的感情。此刻，情夫和丈夫既不可望又不可及，她便想占有莫妮卡的欢心，因为莫妮卡是22号牢房的明星。黑草莓是命中有火的女人，离她越近，就会越快被烧成灰烬，莫妮卡想。

黑草莓似乎执意要逗莫妮卡开心，"我给你介绍，"黑草莓指指东方女人，"刚进来的，中国人，叫俪俪。"

莫妮卡只好向俪俪打了个招呼。俪俪慌忙点头，泄露出几分谁都不敢开罪的东方式的小心翼翼。

莫妮卡突然可怜起俪俪，一个经常挨打的按摩女。莫名其妙。她把自己扔到床上，像一条被风浪甩到岸上的鱼，窒息地望着墙上的铁窗。无照按摩算什么，未必会被判罪，而她却要在七年里把牢房的灰墙看白，把窗框看断。该可怜的是她自己。

◆　◆　◆

早餐时间到了，莫妮卡还躺在床上纹丝不动。俪俪走到她的床前："病了吗？"莫妮卡不置可否。

俪俪把小手抚到了莫妮卡的额上，手链上的百合冰凉凉的，像沾着露珠。

"看守怎么没把你的手链存起来呢？"莫妮卡问。

"太不值钱了，看守嫌麻烦，再说，我又不会用它自杀，起来吃饭吧。"

莫妮卡摇摇头："不吃，会病得更厉害。让我安静一会儿。"

俪俪吃早餐时，留了一纸罐牛奶、两片面包还有一小盒果酱给莫妮卡。她把牛奶罐小心地放进了冰桶里。

黑草莓起床后，拿起牛奶罐，立刻把封口处拆开，却被俪俪拦住了。

"那是我留给莫妮卡的。"俪俪说。

黑草莓斜看了一眼俪俪，把牛奶罐送到了嘴边。

俪俪冲到黑草莓面前去夺牛奶罐，黑草莓当然不肯放手，两人争抢起来。牛奶泼出来，溅满了黑草莓黝黑的脸。黑草莓恼怒地猛一推，把俪俪推出两尺远。俪俪的额头撞到了铁床架上，她发出一声让人揪心的惨叫。

早已被惊醒的莫妮卡拖着病痛的身体从床上爬起来，受伤的母狼般向黑草莓扑过去。一黑一白两个身体立即在地上滚作了一团。

女囚们兴奋起来，像看一场免费的拳击比赛，不停地尖叫："往脸上打！狠狠地打！"

黑草莓很快占了上风，骑到了莫妮卡的身上，撕扯着她的头发。俪俪伸出手去扳黑草莓的肩膀，带着哭腔叫道："别打了！"结果被黑草莓用力甩开了。

这时，黑草莓竟卡住了莫妮卡的脖子。

"看守来了！"俪俪急中生智，大喊一声。

黑草莓一惊，松了手。俪俪立刻拉开了莫妮卡。女囚们意犹未尽地叹着气，回到了各自的床铺上。

莫妮卡抓起几块冰，敷到俪俪青肿的额头上。俪俪把剩下的半罐牛奶递给莫妮卡。莫妮卡喝了一大口，牛奶新鲜得

352

像刚挤出来的。

◆　　◆　　◆

莫妮卡在放风时慢跑了整整四十分钟，回到牢房立即拿起浴巾走进了淋浴区。俪俪一个人站在最角落的喷头下，一边面壁冲浴，一边啜泣，对莫妮卡的出现毫无察觉。俪俪的啜泣起初像是婴儿的，被梦魇住了似的，后来转成了羊羔的哀叫，且是落入了狼群中的羊羔，再后来，咿咿呀呀的，简直分不清是哭，还是歌了。

莫妮卡用力咳嗽了一声，俪俪立刻止了哭。俪俪关了水，拿起搭在矮墙上的浴巾准备揩干身体。这时，她突然转过身来，指着矮墙尖叫了一声。莫妮卡颈后的头发唰地立了起来，顺着俪俪的手指望过去：原来矮墙上卧着一只蟑螂。莫妮卡抓起自己的浴巾便去抽打，两下就把蟑螂送进了天堂。

"谢谢。"俪俪小声小气地说，似乎惊魂未定。

莫妮卡看了俪俪一眼，这次轮到她尖叫了一声。三块醒目的伤疤盘亘在俪俪的左乳周围，圆圆的，褐色。莫妮卡的目光飞快地向下游走，又被俪俪小腹下面同样的灼痕刺痛了，那里仿佛是一片被铁蹄生生践踏过的芳草地。

俪俪低头慌忙去寻自己的浴巾，浴巾已泡在了地上的水里。

莫妮卡想把手中的浴巾递给她,突然想起刚用它打过蟑螂的,便裸着身子跑出去,在女囚们惊呆了的注视下,拿了备用浴巾,让俪俪裹起了一身沧桑。

穿好了衣服的俪俪从莫妮卡的身边匆匆走过,眼角还有没揩干的泪痕。随后她悄悄地递给莫妮卡一条干爽的浴巾。同样是监狱发的,不知为什么,俪俪的浴巾弥漫着一股说不出的香气,花儿的香气。

莫妮卡想起了俪俪的手链,想起了卡萨布兰卡百合。

莫妮卡疲惫地坐到了自己的床上,神思突然有些恍惚起来。

俪俪拿出新买的微型收音机,戴上耳机,调了半天,终于把频道固定到了一个电台,走近莫妮卡,把耳机递给了她。

"听这首歌,我喜欢的。"俪俪说。

莫妮卡戴上耳机只听了两句,便把耳机摔到了地上。

收音机里播放的是波拉·威尔的情歌:《旧日的爱灰飞烟灭》。

俪俪委屈地关掉了收音机,把耳机线慢慢地缠成一团。

莫妮卡坐起身,说:"对不起。"

俪俪等莫妮卡接着讲下去。

"波拉是我以前的女朋友。"

"你开玩笑? 大红大紫的波拉? "俪俪把双眼瞪得又圆

又大。

"我有心情和你开玩笑吗？"

"她很美……"

"哈，"莫妮卡的脸干裂般地笑了一下，"傻女人，那些美都是假的。你没见过出名前的波拉，边境小城长大的，在麦当劳打工，经常交不起房租，一心想当歌星，可一线希望都没有……"

"后来呢？"

"她认识了我。我出钱给她请代理人、参加唱歌比赛、录好 CD 送给音乐制作公司，终于把她捧成了大歌星……"

"那要花很多很多钱的。"

"当然，所以我印假钞，所以我现在坐牢。"

"那她？"

"马上要和里德结婚了，那个专演阳刚小生的电影明星。你不知道里德吗？"

住在美国的人，有几个不知道里德呢？俪俪想。

俪俪突然悲哀起来，替莫妮卡悲哀。

◆　　◆　　◆

晚饭过后，女囚们聚在电视机旁，收看西班牙语的电视剧，只有莫妮卡和俪俪在餐桌两旁相对而坐，一个写信，一个玩纸牌。

莫妮卡停了笔，问："怎么这么多天都没见你写信？"

"没人可写。"

"没有丈夫？"

"死了。"俪俪的语调平淡，两眼依然盯着纸牌。

"对不起。"

俪俪抬眼看了看莫妮卡，补充了一句："我希望他死了。"

"噢，"莫妮卡似乎恍然，"那些伤，他干的？"

俪俪点了点头，把摆好的牌胡乱地拢在一处。

"畜生！"莫妮卡骂了一声。

俪俪苍白的两手攥紧了牌，两只被射伤的小鸟似的，凄惶地抖着。

莫妮卡很想把那两只小鸟抱在胸口，并且给每一只都取一个名字。

俪俪说："他拿烟头烧我，还把啤酒瓶塞到我的里面……，我宁可按摩，也不想回到他那儿……"

"可抓你的警察说，按摩院的老板也打过你，你怎么受得了？"

"他只打我的脸……"

莫妮卡吃惊地看着俪俪，好像她是刚从外星球走下来的。

"因为我不卖身，也卖不了……，被老板逼着，试过一次，那男人说抱我，像抱铁轨下的木头，男人的东西，进不到我的血里……"俪俪哑笑一声。

"你有律师吗？"

俪俪摇摇头，连睫毛都开始发抖："我好怕。"

莫妮卡的目光变得丝绸一般地软，在俪俪的吊梢眉、杏仁眼，还有两片薄唇上摩挲着。

俪俪红了脸，想从丝绸的下面挣脱出来，就提醒说："你不想写信了吗？"

莫妮卡耸耸肩，把写了半页的信纸揉作一团，抛进了垃圾桶，说："其实，我无处投寄，还是你想得开，连写都不要写。"

俪俪开始洗牌，手法熟练得像赌场里的庄家，叹口气道："生活，要像扑克牌就好了，想重洗的时候就能重洗。"

◆　　◆　　◆

星期天清晨放风的时候，莫妮卡注意到俪俪也出现在了十层的阳台上。女囚们三三两两地聚在一起，散步、慢跑、打球，只有俪俪倚着墙站着，仰脸朝天。突然，她放开歌喉，唱了起来。女囚们停住脚步，屏住呼吸，吃惊地望着俪俪。莫妮卡一句都不懂，只知道她唱的是京剧。在同样的时间里，牛仔骑马都跃过一道山梁了，她似乎才唱完一句。她的声音尖利、激越，天上的鹰一般，直飞下来，抓走了莫妮卡的心，随后又凄婉了起来，像一只街头野猫的哭诉。

俪俪足足唱了二十分钟，终于面红耳赤、心满意足地收了场。她的面孔在晨曦中浮出光彩，甚至还隔着人群向莫妮卡传送了一个模糊的笑影。

今日的太阳竟真的有几分不同了。

女囚们从阳台上回到一层的走廊接受放风后验身，随后又去等监狱里老得有些恐怖的电梯。门开了，女囚们挤进去，剩下了两个，开电梯的看守说："等下一趟吧。"

那剩下的两个是莫妮卡和俪俪。

另外一部电梯停在了一层，两人走进去，不见开电梯的看守。莫妮卡看到电梯的钥匙插在锁里，耸了耸肩膀，就按了一下"7"字——总不至于因为私自开一次电梯而被加刑吧？

电梯开始上升。二层、三层、四层……，哐当一声，电梯突然停住了。灯灭了，黑暗顷刻间扑面而来。

莫妮卡突然拥住身边恍恍惚惚的影子，那影子转瞬就化成了温暖柔软的肉体。两人胶结在一起，像被埋进了极度黑暗、极度压抑的枯井，在垂死的一刻从对方的身体中疯狂地汲取源泉，随即浸润在了奔涌而出的水中……。仿佛多年厮守的伴侣，她们立刻准确地把握了对方最隐秘又最敏感的所在，不由分说地把彼此推到了快乐的极点……

灯亮了，莫妮卡和俪俪喘息着慌忙分开。电梯开始上升，缓缓地从地狱的底层步入人间。

◆　◆　◆

两个月后，莫妮卡被转到田纳西的一座监狱服刑。她用一个黑色塑料袋把自己的物品装好，抱在怀里，默默地走到牢房门口。不用回头，她就知道俪俪跟在身后。铁门被打开，又被锁上。莫妮卡把手中的塑料袋抓破了，最后还是回过头。俪俪从铁栅栏中间企望地伸出手来，莫妮卡腾出了右手给了她轻轻的一握。莫妮卡走进电梯，发现自己右手里攥着一个手链，手链上的那朵百合依然清凉。

莫妮卡收到的第一张卡片是俪俪从加州寄来的，才知俪俪在她离开埃尔帕索监狱不久就被释放了，因为警察最后确认俪俪只是一个受害者。从此，莫妮卡在所有美国的和中国的节日里，都能收到俪俪的卡片。

有一天，一位操一口地道英语的华人律师来探望莫妮卡，说是受俪俪之托，重新办理她的案子。律师告诉莫妮卡，俪俪开了一家按摩院，赚钱赚疯了，把手指快累断了……

律师年轻得像一枚新铸的硬币。莫妮卡暗想俪俪真是有病乱投医。

出人意料地，华人律师为莫妮卡的案件争取到了重审的机会，结果法官把她的刑期减到了四年。

♦　♦　♦

莫妮卡得了一场重感冒，被隔离进了没有窗户的单间里。到了刑满那天，她已有一个月没见过太阳了。刚一出监狱大门，她不能习惯外面的光亮。有什么能比自由更耀眼呢？

一个玲珑的女人向她走过来，怀里抱着一束水粉色的卡萨布兰卡百合。莫妮卡眼前一黑，就跌倒在地上。终于，一只小手抚在了她的前额，百合的露珠落到了她因为等待的煎熬早已皲裂的嘴唇上……

断下

头发时，那铰动的剪子背后，

是决绝、还是温柔？

辫子

谢凌洁

谢凌洁，笔名凌洁、浮桥。现居比利时安特卫普。2001年开始发表小说，作品发表于《十月》《花城》《大家》《中国作家》等期刊，部分被《小说选刊》等转载。曾获广西青年文学奖、"中山杯"华侨华人文学奖新人奖。著有中篇小说《一枚长满海苔的怀表》《水里的月亮在天上》、中短篇小说集《辫子》、散文集《藏书，书藏》和长篇小说《双桅船》等。

一

从半坡到湾仔，不远。中间隔着海，海的神秘使得距离混沌，看起来就不近了。春天雾重，烟水浩渺，似被纱帘罩着，梦一样的。云在海天间游荡，分不清来自天上还是大海。偶尔有娇黄或橘红绽放于混沌中，渐渐变得鲜明且热烈起来，那时，太阳就要出来了。

湾仔就在太阳下面。

从半坡看湾仔，最好坐在小叶榕的气根疙瘩上。当地人说，榕树有几百年了，杆子粗壮，枝叶婆娑。树下，晴天晒不着太阳，雨天淋不着雨。周围那些章鱼样盘在地表上的气根，绕一圈数一数，好几十挂呢。

湾仔是个村庄，小岛，小孤岛了。岛上是黑黝黝的热带灌木和白汪汪的沙滩。色彩形成的反差，让人生出遐想。不远处的灯塔，高高的，耸立在灌木丛中，显得有点不寻常的样子。靠海为生的渔人，不仅把灯塔当作航标，还认为，不管天神海神，都住在那个塔屋里。入夜，淡蓝的光束唰地划破雾霭笼罩的夜空，横架天际。那时，湾仔就天堂般神秘且美丽了。

对秧子来说，这道光有着神秘庄严的色彩。大清早，村口的雾团着在地上打滚儿，秧子跟在牛屁股后面，看他的牛和雾赛跑。秧子的牛群泡在云里，让人看不到那些柱子般立起的腿，只看到一片圆圆的屁股。圆圆的牛屁股滚动在云海里，就像水浪里裸露的石头。每天清晨，秧子跟在牛屁股后面，慢悠悠地来到半坡，晚上，又从半坡跟着牛屁股回家。

秧子来到榕树下，看四处茫茫，牛散落烟海。湾仔浸在烟雾里，和大海一起，白茫茫地没了踪影。他发愣，咧着嘴笑。这时，他发现从湾仔方向来的那束亮光，一束从湾仔扫向半坡的亮光。光束唰地把烟海照亮，浸成五彩的绚丽之色。他正迷惑呢，光束一个旋转，唰地扫过来，横架半空，如同彩虹。秧子猛一激灵，混沌轰然洞开。很久以来，他总觉得自己满灌糨糊的脑袋迟钝笨重，而此刻，满脑糨糊猛然消失，空荡荡地通畅明晰，一如夜空星河，四处蔚蓝，星子闪烁。那光束下出现的女人，就来自星子闪烁的星河，她走过长长的木板桥，脚下发出空旷的声响，在寂静的半坡显得悠扬动听。秧子看她下了桥，走向他。她胸前垂两根粗大的辫子，左边一挂，右边一挂，粗粗的，编得匀称结实，一扭一扭的，末梢枣红的绸带，像拍着翅膀的蝴蝶。

秧子其实也有两条辫子的。不过，挂在他脖子上的两条辫子和女人的两条辫子不一样。他的辫子是稻草编的，粗长，疙瘩一个扣一个，泛着稻穗和阳光的香，颜色是近乎苍白的黄。女人的辫子却是油亮亮地黑，黑得温柔而隆重。靠近了，能闻到一种气息，一种让他感到安全的气息。女人向他靠过来，正想摸摸他的头，还有他脖子上的稻草辫子，突然，远处吃草的牛犊撒着欢一路小跑过来。秧子摸摸他的牛犊，嘴咧着，露出童真的笑。似乎突然意识到要在女人面前展示点什么，他猛一挥手，把围在颈脖上的辫绳旋出，在空中扬起，飞舞。长草辫在空中旋出巨大的圆圈，随着转速加快，等距的圆圈在灯塔的光芒下旋成炫目的涡流。像是要给他让出舞台，女人后退几步，并露出欣赏的神情。受了鼓励的秧子把涡流旋得更圆更快了，吸溜的鼻涕止住了，粉红色的脸蛋光彩照人。女人忧郁的眼神也莫名喜悦澄澈，她一次次地给他竖起大拇指，告别时，她还拥抱并亲吻了他。

那样的拥抱和亲吻让秧子迷恋。此后，他到半坡，与其说是放牛，不如说是为等候，等候那道啪一声打过来的光，还有随那道光出现的长辫子女人。

二

来自灯塔的光，是光束随机的旋转和扫射，它夜间为渔船指引航向，清晨还没熄灭，是因雾重。女人在光圈到来时出现，纯属巧合。但秧子不这样看。在他的满脑糨糊里，女人是从那束光里生出来的。因为，在好些个烟雾浓重的清晨，当旋转的光束扫射过来时，女人正好在光束下走下木桥，径直走向他。她在他面前站上一会儿，亲亲他的额头，给他一个拥抱，留下几颗糖，而后，光束旋向别处时，她也消失在林子边的小路上。

没到半坡前，秧子不知湾仔。那时，他是个健康的男孩，常被奶奶带在身边。奶奶七十多了，又老又瘦，佝偻的身体像只虾，但她对秧子好，对秧子寄托着无尽希望。奶奶在秧子颈上系了长命锁，走到哪里，把秧子带到哪里。那时，秧子两三岁，穿戴干净清爽。秧子穿着棉布套头褂子和卡通刺绣宽腿童裤，脚上踩着红色大头鞋，走一步，脚下的灯就红闪闪地亮一下，发出爽脆的声响。稀罕的声响，让村上的孩子们羡慕。秧子从他们的目光里得到满足，更神气了。秧子的神气和骄傲是不表现出来的。他样子腼腆，小姑娘一样的眼神里隐含羞涩。只要他和奶奶往村口玉兰树下一站，村人就围过来了，戏谑着在他红嘟嘟的脸颊上捏一把，或摸摸他的脑袋。秧子不知怎么拒绝这种友好，就由着他们捏揉，偶尔也反抗，比如把他们的手无奈地推一把，或抱着奶奶的腿旋一圈，躲到她胯间，用懊恼的目光对抗地瞅着来人。当然也有不掐他的，那是初嫁过来或到了出嫁年龄的阿姨姐姐们，她们浑身上下都是香甜的气息，一种近乎妈妈身上的气息，所以她们说出的话也是甜腻的。

那些生了几个孩子的最是不同，她们样子松垮，连说出来的话也松垮："秧子又随奶奶屁股后面了？"秧子不喜欢"屁股"两字，就抿着嘴低下头来。那敞着胸部给孩子喂奶的就来劲了："秧子过来，弟弟吃一边，一边给你留着呢。"女人捧着肥硕的乳房给秧子看，秧子看见极度膨胀的乳房上暴绽的血管，哆嗦着咂巴小嘴，不断地咽唾液。他窘迫地回头看奶奶，希望奶奶让他过去，他的味蕾着实难受，可奶奶紧绷着脸，没有让他挪动的意思。急切中，他用眼睛去寻找奶奶的胸脯，那里却墙壁一样平坦，气味也不好闻，那从脖子环向腋窝和侧腰的粗布衣裳也洗得破旧了，很难看。喂奶的女人看出他的心思，说："过来吧，你看，弟弟吃得可香呢。"女人左手捧着她宝贝的头，右手抖着那只胀绷绷的奶子，轻轻揉着。秧子躲在奶奶胯下的眼睛收不回，他不住哆嗦，频频咽口水。他用身子去摩擦奶奶的膝盖，希望允许他过去。可奶奶瘪着嘴，白内障的浑浊里刺着光芒。她把秧子拽着她

368

裤腿的手掰开，反手一拽，扯着一步三回头的秧子回屋。

秧子的病是三岁时患上的。那之前，妈妈还在，有妈妈疼爱的秧子活泼可爱。他没见过爸爸，别人说起他爸爸时老说到海潮风暴，神情神秘夸张。秧子不明白爸爸和海潮风暴有什么关系，只是妈妈一直流泪。她坐在床头或门槛上，时刻抹泪，泪水从她鼻尖和下巴落下，滴到他脸上，凉凉的。秧子受了眼泪的鼓舞，小脚猛地一蹬，张嘴就把妈妈的乳头含到嘴里。秧子吃着一只奶子，手里握着另一只，心里踏实而得意。偶尔，他噔地倒出一只小手来，提着肥嫩光滑的脚丫，脚丫子圆圆的，脚后跟也圆圆的，不时敲到妈妈的胸脯上，再弹回去。妈妈不生气，把头低下来，下巴抵在他额头上，来回摩挲。秧子小屁股猛地一拱，小手一抓，把妈妈垂在胸前的辫子揪住。那辫子麻花似的，抓在手里有些痒，却安全，愉悦。

妈妈的奶秧子吃到三岁。日子长了，奶水不像原来丰沛，味道也有些清淡，可秧子还是喜欢。睡前，秧子非把妈妈的奶子找着了，含进嘴里才踏实睡去。

某天，秧子竟见不到妈妈了。早上，他被奶奶带到牛栏里去，和很多牛待在一起。地上满是牛屎，黑乎乎的，有一股青草和粪便混着的味道，把人呛得难受。那牛怪物似的，眼睛出奇地大，凸在三角形状的脸上；偶尔尾巴一甩，啪一声，苍蝇应声贴在墙壁上。那些牛连眼也不眨一下，脖子高高仰起，嘴巴张得老大，舌头翻卷着，古怪的声音便随之而来，惊天动地。秧子坐在一堆干牛屎上，浑身虚软。晚上，奶奶把秧子领回家，一路只觉着臭，原来秧子裤裆里拉了一堆屎尿。夜里，秧子找不到妈妈，一直哭，快哭得迷糊了，突然嘴里被塞进一团干瘪的皮肉，布袋一样，咸咸的，这完全不像妈妈的奶头，也不是他熟悉的她泛香的胸部。

半夜秧子发起烧来，烧得满脸通红，眼神飘忽，十分吓人。奶奶揣了米到村口，哆嗦着一路往回撒，嘴里喊着秧子的名字。秧子的魂终于被奶奶喊了回来。睡了两天，秧子醒来就不是原来的样子了——他两眼空洞，时时咧着嘴，流着口水傻笑，样子还有那么点狰狞。原来清亮稚嫩的童音，在喉咙里咕噜一团，发出沉闷的声响。此后，淌口水挂鼻涕就成了他的模样，白汪汪的垂挂，淌到前胸，吸溜吧嗒，有声有色。为免弄脏衣服，奶奶找了一件废弃的雨衣，用剪刀挖了半圆的一块，缝成盾牌的模样，又加了带子，这样，那盾牌模样的雨衣就一直挂在他胸前了。日久天长，米黄的塑片就像蜗牛爬过的苔藓老砖面，胶着一片浓稠的亮光。

奶奶做米饭，水放少了，锅底上结起锅巴。奶奶掰了一把锅巴给秧子，秧子拿着锅巴坐在门槛上，看门口行人往来。秧子家门口总有乘凉的老人和奶孩子的少妇。少妇的样子和

举动，会让他脑子里晃过些许同样的场景，只是很模糊。当
女人把衣衫撩得老高，露出硕大的乳房时，她怀里的孩子会
把她的乳房咂巴得天响，那样子真是神采飞扬，手舞足蹈。
那时，秧子的脖子就拉得老长，空洞的眼睛瞬间变得清亮。
他搓着指头，把手里的锅巴搓得粉碎，碎落的锅巴落到地上，
一地赤黄。秧子空了两手走过来，嘴里嚼出一个单音词，鼻
音含混，像声母 m，又像声母和韵母合成的 ma。女人看看一
旁石墩上坐着的奶奶，又看看秧子，说："是叫他娘吧？孩子
想他娘了吧？"奶奶拐杖一立，便到了跟前，眼里一片浑浊：
"他娘在哪儿？你是他娘？"初为人母的女人吓坏了，托着孩
子脑勺的手稍稍往后一拽，那小嘴叭地离了泛白的乳头，孩
子哇哇哭起来。女人拍着孩子屁股，慌忙撸下衫子，走了。

三

　　老太太不再把秧子带身边了。秧子在村口晃荡，总会碰
上黑子、二狗或者铁头。他们无所事事。早年，他们上过一
阵学，后来就不去了，闲得四处游荡。他们扛着木头枪在村
里转悠，碰着头上飞过一只鸟，立马抬头挺胸，枪把子夹在
下巴上——"嘭嘭！"没中，鸟惊慌失措，嘶叫着朝天上飞
去。他们追不上了，一阵破口大骂，正骂着，就见了秧子。

秧子是适时送上的开心果子，逗弄秧子是格外愉悦的事。比如，揪一下他的耳朵、半边脸颊，或者画个圈，让他沿着画线旋转无数遍，直到他喝醉酒一样踉跄着摔倒：那实在太令人开心了。

二狗在路边捡了颗烟头叼在嘴里，说："你叫秧子？你奶奶的这棵秧子看来是产不了谷子了。"黑子接过话，说："你不该叫秧子，该叫秕谷，你爸早早地见了海龙王了，你妈又生下你这颗秕谷，难怪她丢下你跟男人跑了。"秧子看见围着他的人一阵狂笑，不知他们笑什么，却临了大敌般惶恐。这时黑子逼近他，伸手揪他脸颊，说："转你的辫子呀，你妈的辫子，转呀！"二狗逼近了。秧子本能地后退，可是，背后又站着铁头，甚至来了好些个他完全陌生的少年。这时，他觉着颈脖上被狠力一扯，辫子从后颈滑了出去，随即他听到气流在外力下剧烈旋转的声响。他转过身来，看见自己的辫子在铁头手里极速飞旋，发出旋风的呼呼声。

秧子不再到村口去了，他到村外的田垄里去。那里有空旷的田野和绿油油的菜地。蚂蚱在地上蹦跳，小鸟从头顶上飞过，落下清亮动人的声响。自从奶奶不管他，他就像被放牧的牲口，随地走了。秧子站在篱笆前，脖子上挂着绳辫。这些或新或旧或长或短的稻草辫子，有人说是秧子自己编的，更多的人觉得不可能，说是秧子从禾场上捡的。秧子把长长短短的辫子挂在脖子上，四处转悠。碰到要欺负他的人，他甩手扯下草绳舞动起来，绳子在空中划成一个圈，把自己保护起来。对方若是一两个人，就不敢过来了。在空旷荒芜的田垄上，很少见到人烟，偶尔身边走过一两头母猪，秧子也会舞动辫子，把母猪赶得哼哼叫。母猪肚子下甩着饱满的乳房，跑不快。万一碰到猪的主人，秧子难免被唾沫四溅地臭骂，或者额头被使劲地戳几下，直到他东倒西歪地趔趄着，脸上满是恐慌，对方才算罢手。

傍晚，秧子会在路口转悠。村人扛着锄头，牵着牛走出田垄，走向通往村口的小路。秧子站一旁，眼睛在人群中扫视，苍白的小脸泛着红。走在前面的女人说："秧子，你妈没来，你到这里来等不到她呢。"少年们即到了跟前，黑子说："走，找你妈去！"似是对"妈"的发音有着本能领悟，秧子空洞的眼里唰地亮起光来，就跟在黑子和二狗后面，向村外的林子走去，正碰上奶奶背着柴火回到村口。老太太看见黑子后面走着的秧子，喳一声把柴草放下，颠着小脚过来："冤家，你怎么又跑出来了？"说着就到了秧子身边。秧子被奶奶提着胳膊回家。走在前面的黑子，起落的脚步突然停下，指着村口，说："秧子，你妈回来了！""妈"的读音让秧子本能敏感，他支起耷拉的脑袋，扬起小脸，眼睛清亮着。奶奶横手过来，张开干枯的五指，盖在秧子脑门上，拧瓶盖似的把头旋转过去。而后，奶奶的拐杖打着旋儿飞到黑子脚后跟上："斩千刀你！"黑子扬脚踢开拐杖，浪笑着，走了。

奶奶是忙碌的，地里的草要除了，秧苗也得施肥，天亮就得出门。秧子在家有吃没吃的，她管不了。秧子一个人玩，随地走，什么时候出去，什么时候回来，能不能认路，能不能安全回家，全看他自己造化。只是秧子在外面老惹事，老太太索性把他关在家。出门前，她把秧子带进草屋，秧子跟跄着，要出来，她轻轻一推，秧子就坐地上了。老太太吩咐秧子："待着，别出去被当猫狗耍！"

秧子在草屋里抓蟑螂、蚂蚁，玩够了，就躺在草堆上，睡着了。睡得正香，模糊中觉得浑身痒痒，鼻孔里、耳朵里像有蜈蚣在爬，他接连打了几个喷嚏，伸手去抓，抓到两只手，那手里都拿着焦黄的稻草。"哈，你终于醒了。"少年们样子激动，把秧子环绕脖子的草辫朝后一拽，牵牲口一样把他牵出草屋，来到热闹的禾场。秋收的禾场聚集了村中的少年和孩童，像自由放牧的羊群。看见秧子到来，场子上一片沸腾。一群满脸鼻涕污渍的幼童把秧子团团围住，秧子满脸惊惶，本能使得他护着绕脖的草辫，那是他唯一的武器了。孩子们同心合力，一起上来拽住他的辫子。秧子拽住不放，小人儿们就掰麻花一样，一节一节地掐、扯，毛糙的草辫在一堆小手下瓦解，散落纷扬。当秧子发现巨蟒一样长的辫子只剩下自己奋力护卫的一节时，他哇哇地哭起来。大伙看着，你看我，我看你，看秧子吸溜着鼻涕和哈喇子的狰狞。霎时，他们听到了沙地上窸窸窣窣的声响：秧子在他们面前竟尿起尿来了。少年们欢呼鼓掌："秧子，你真是太爷们儿了，当着我们的面尿尿。"过了一会儿，秧子哭累了，抽泣着停了下来。少年们靠近来，一排拉开，轮流说话。

"你长的小鸡鸡就和我们不一样。你能当着众人的面尿尿，我在人面前尿不出来。"一个说。

"可不，你就是因为长了这个站着撒尿的小鸡鸡，你奶奶才把你关在家。要是你那里开的是个丫杈，你奶奶赔钱也要把你还给你妈。那样，你就是你妈的宝贝，就不会变成今天的样子了。"另一个说。

"嘿，这个样子正好，要不，我们可是闲得无聊呢。"

少年说着，过来掀秧子的裤子："让我们看看，早上醒来那可是像红萝卜一样硬翘翘呢，你个傻子的小泥鳅该不会吧？"正说着，奶奶就到了跟前，厉声喝住："你想干什么？"少年猛一哆嗦，转身奔逃。老太太也没有去追究的意思，拽着秧子的手往回走，一路怒骂："都说屋里好好待着，你偏要出来丢人现眼！"

后来，奶奶买了一把锁，把秧子锁在草屋里，可是，锁眼很快被砸坏了，秧子又被放了出来。在村口，在禾场，总少不了他被当牲口戏耍引发的笑声。此后，门不再上锁，秧子可随时出门，到处游荡。村里少年闲得慌时，便到家里来找他去寻乐；在家里找不到他，就会满村搜寻，直到找到他，像对牲口般带他到他们需要的地方去，随他们戏耍，取乐。

四

自从到半坡来，秧子似乎少了些灾难。这里群山逶迤，烟雾溟蒙，往下走上一阵，是海岸，岸下是水波浩渺的大海。大清早，烟雾一团团的，滚在山腰上，或哗啦地泻到沟壑里来，把山间的洼地淹没。山上喜鹊，山下海鸥，把清晨唤醒。那时，秧子的牛群藏身雾霭，秧子坐在榕树下，看四处朦胧的烟雾，不远处的木桥只横出一些黑色木条了。秧子记得，当光束唰一声横扫而来，女人便一定在木桥上出现。秧子执拗地认为，女人和淡蓝色的光束是在一起的，他们谁也离不开谁。

那女人挑着两个箩筐，左右各一，就像她双肩垂挂的辫子。箩筐是篾片编的。竹筐里面装的什么，不知道。女人挑着两只竹筐走在光束照耀的路上，会有水滴从筐底零星落下，像淅沥的雨点。在没有烟雾的傍晚，女人的到来把秧子的幻觉打破，一切变得那样具体。秧子没想到她会给他带那么多的礼物。其实他正想着：她再不来他就要回家了。结果她就出现了，在雾霭渐浓、塔光初起的时刻。她径直走到秧子面前，递过来红色的纸袋。秧子接过去打开，袋子里竟是一个斑斓的世界，一个让人手舞足蹈的世界！秧子直着脖子，歪张着嘴。他率先看见那杆黑色的冲锋枪，大家伙沉甸甸的，光华锃亮！一旁是几个包装精美的盒子。秧子小时候是见过类似的玩具的，也吃过类似的糖饼，那是妈妈给他买的。在他模糊的意识里，只有妈妈才会给他买这些东西，可是那些依稀的记忆已连同岁月一起荒芜在他满是糨糊的脑袋里了。

天黑时，秧子和他的牛群启程回家。那时，彩色包装的克力架已经全部进了肚子。一路上，他横跨牛背，架着冲锋枪，样子是从来没有的神气威武。萦绕唇边的饼干的香甜，让秧子和身边反刍的牛一样，时不时伸出舌头在四周舔一圈。当他出现在村口篱笆前时，黑子鞭子下的陀螺正旋涡一样转着，一旁的二狗率先看见了秧子。

秧子有饼干吃！二狗首先发现了这个秘密，下令黑子停下击打陀螺的皮鞭，一起围了过来。秧子竟没有以往如临大敌的惊慌，相反，他出奇地镇定。眼看一伙人横在村口，崭新锃亮的冲锋枪咔嚓一声，威武地护卫胸前。二狗和黑子从秧子仰着的头里感到了自卑和畏惧，望而却步。他们不明白秧子神色里的悲壮和勇敢有着怎样的背景。

此后，对秧子的守候成为黑子和二狗日常首要的任务。傍晚，他们径直到秧子必经的路口。初春的夕阳把篱笆镀成一片暖暖的金色，连村口那条黄泥小路也变得飘逸起来。当一阵蹄掌踢踏的声音在鸡狗的叫声中渐渐清晰响亮，牛群撒蹄欢歌着走向村口，那肯定是秧子回来了。等到秧子出现在眼前，黑子和二狗已经率领他们的伙伴恭候一旁。眼看秧子和他的牛群就要过来，黑子一声令下，他的同伴便不约而同地站成两排，像受检阅的队伍，神情肃穆地看着架着冲锋枪的秧子和他的牛群从眼皮底下走过。秧子胸前的枪杆子在夕阳的光辉里显得十分威武，甚至有几分神圣庄严了。

五

半坡荒凉，它的空灵却滋养人。村人发现从半坡回来的秧子有了变化，嘴唇的抽搐不再频繁，眉宇间淡了污浊之气，人似乎变得有灵性了。闲人偶尔也还捉弄他，他却不再恐慌，间或还扮个鬼脸，把灾难化为云烟。

当然，知道缘由的人却不这样想。比如，秧子奶奶。

老太太自然觉察了秧子的变化。以前她骂秧子，指头往死里戳他额头，秧子也只是死鱼似的翻她一眼，随她骂随她戳。现在不是了，现在她再戳他，才伸出指头，秧子便嘣地立在对面，横眉怒目。老太太从中看到了陌生和反叛——它们和那杆黑色的仿真冲锋枪几乎是一起出现的。那枪色泽锃亮，在昏黄的灯下显得十分威严。对这杆枪，秧子爱不释手。秧子常爱抱着它，到村口去——现在，他不怕黑子他们了，村口不是他们的。秧子抱着枪，显得十分神气，偶见乌鸦在头上盘旋，他会机灵地举起枪，啪一声推上枪膛，扣动机关，嘴里啪啪几声怪响。秧子实在太喜欢那支枪了，晚上睡觉也必须抱了上床。

某天，老太太专门去了一趟半坡，恰逢傍晚，坡地散落着秧子的牛群，却不见秧子。再往前走，只见空寂的海滩有两个影子在缓缓移动——显然，那是秧子和一个短发的女人，秧子红色的衫子和绿色的裤子很显眼。潮水退出老远了，伞状的红树林绵延一片，鸟群在林间飞翔。秧子蹲在女人面前，看她用棍子在沙滩上画开两道线，又在上面摆酒杯一样摆上什么，一会儿，两道线次第亮起金色的光亮来。秧子突然地站起来，手舞足蹈。老太太看明白了，那是两排点燃的蜡烛。

神经病，在沙地上点什么蜡烛！老太太回去了。

那天，秧子从半坡回来，身上居然焕然一新。上身一件红色呢绒套头外衣，下身一件草绿呢绒童裤，把秧子打扮得干净鲜亮。脚上那双军绿色大头小靴，更让他神气。村里人发现，秧子颈脖上挂着的那两条草绳不见了，现在，秧子脖子上挂着的是两条毛发绞成的辫子。那两条辫子，粗粗的，绞得格外匀称、结实，一扭一扭的，末梢扎着枣红的宽边绸子，像拍着翅膀的蝴蝶。

这两条辫子，村上的人是熟悉的，除了初生的婴儿，几乎所有人都见识过，它们曾经和一个女人相依相随。那个女人那时还在村上，她的腰际每天垂挂着缆绳一样的两条辫子。碰到她洗头没干或来不及结辫子时，那长发便瀑布一样披挂在她身上。女人洗头，要用一个圆圆深深的大木盘，盛了烧开的井水，里面泡了香茶。那香茶泡上一磨豆腐的功夫，就酥软软地散开，茶香随即弥漫开来。那时，女人叉开食指和中指，把辫子上的疙瘩顺开，又轻轻一甩，再抖几下，那松散的头发就乌云般笼了她一身。女人把木盘搁在辘轳边上，一弯腰，潋滟的水波里便是一池柔软的藻了。

人们难以想象，那女人腰上挂了几十年的发辫，说割就割了。断下头发时，那铰动的剪子背后，是决绝，还是温柔？如今，那两根陪伴她多年的发辫，离开她的头颅，围裹在秧子的颈脖上，令人瞩目。老人说，那是人人熟悉的一件遗物。有人说，那是秧子的护身符。村里如同一潭沉寂的死水，突然地被搅起，沸腾着，荡起涟漪。

"秧子，去找你妈吧。"

"秧子，你妈想你呢。"

　　女人们的话是由衷的，充满怜爱的。这些话，除了鼓励秧子，还有别的一层意思。这层意思只有秧子奶奶知道。老太太后来听到的话，比这个刻薄尖锐得多。那真是一把刀子，直溜溜朝着她来。

　　"残废怎么样？残废还不是人家的骨肉？"

　　老太太听着恼怒，可是，怒归怒，到底是理亏，就瘪了嘴，由别人说去了。偶尔，她也会想起自己一些过分的地方。比如，清明时节，雨水丰沛又逢着倒春寒的天气，窝家里的人还烤火呢，大清早，她却让秧子赶了牛出去。秧子缩着脖子和他的牛一起出去了，两件单衣，一双硬胶拖鞋，孩子哆嗦着，鼻涕挂得老长。村人看不过眼，对老太太说："你家秧子冷吧，又流鼻涕了。"她当即瘪了嘴，白眼一翻，还上一句："我们家秧子从来就流鼻涕！"

　　奶奶让秧子去放牛，在村人看来是有点废物利用的意思。类似这样的一些闲话，老太太装着没听见，嘴长在人家身上，随人家说去！她这样宽解自己。有些话却是照头照脸，冷不防地迎面就来的，暗里是耻笑，明里却是挖苦的意思："奶奶放心让秧子出去了？眼下拐卖男孩猖狂呢。"或者："不怕他妈把他带走了？"话里都藏着刀子，哗啦啦飞镖似的迎面过来，猝不及防的。她索性装着没听见。那些话，锋利归锋利，威胁是没有的。秧子被拐走？谁要个痴呆呢。至于那女人是否会把秧子带走，这个她倒没把握，没准哪天她还真回来抢呢。不过，事情已经不像以往那样让人心生惊恐，反倒坦然了。

"秧子是我家独独的一粒种子，你说要带走就能带走的吗？"自己的这话老太太一直记得，如今，它就像一个耳光狠狠地抽回自己脸上。

六

是谁提醒了奶奶，不得知。那人说："秧子这病看来没什么指望，干脆还给人家，也算给你去掉个包袱。"这话像一副疗效显著的中药，让老太太长期的混沌得到解救。秧子得病的事，有些谣传。有人说是秧子爸爸要把他带走，有人说是秧子妈妈改嫁时老太太强行把人家母子分开，孩子想妈妈想出了问题。诸如此类，老太太一概回避，或者在心里还上一句："我家的事你管得着吗？"或者暗地里骂上几句，算是捍卫和抵抗。这件事是永远也不能告诉别人的，缘由只她一个人知道。她并非对自己的做法没有后悔，可是，她想把家族唯一的一柱烟火留下有什么不对呢？儿子这一走，女人改嫁是她自己的事，可孩子是自家的啊，怎么可以被她带走？那天，她就为预防儿媳带走孩子而把他藏进了牛栏，谁想到会出那么大的事呢？估计是牛群打架吓坏了他，这才拉了满身屎尿且高烧不下，夜里黑灯瞎火的，到哪儿找医生呢？

秧子的病，她是作过努力的。县城里的大医院她带着他去过，戴老花镜的大夫摸摸秧子的脸，摇摇头，让她把孩子带回家了。"县城大夫也没什么了不起。"老太太心里说。她决定自己找土方、偏方。秧子随奶奶走过不少山坳和田垄，见过自称神仙的赤脚医生，还有指甲缝里满是药草的土中医。秧子吃空了不少麻袋，药锅也煎烂不少，流涕挂唾依然不止，眼睛也还空洞苍茫。逐渐地，老太太明白秧子治不好已是事实，却还抱着不为人知的幻想：过些年花点钱给他买个女人回来，也能把烟火传下去。希望随着日子渐渐熄灭，老太太不得不在心里告诉自己：这是命！就认命了。有时候，她觉得患病残废的是她自己，愁苦的是她。秧子每天乐呵呵的，张着嘴，该吃吃，该睡睡，随她打骂，不顶嘴，也不还手。再狠的鞭子抽到身上，他还是那样，傻傻一笑。这一笑，天下事和他就没了关系。不过，偶尔一个巴掌，也能激怒他，那时，他会狰狞作笑，那笑让她两眼苍茫、六神无主了。

那天，她终于横下心来。清早，她吆喝着让秧子把牛赶出去之后，就锁了大门，向村外去了。晚上，秧子回家，奶奶不在，一边玩着木头枪的黑子说："给我摸摸你的辫子？那真是你妈的辫子吗？"秧子条件反射，退后一步，把两根辫子抱在胸前。黑子说："给我摸摸嘛，就一下，摸一下就告诉你你奶奶去了哪里了。"黑子说着就和二狗过来，就在他要接近秧子的时候，秧子两手一个飞扬，把两根又粗又长的辫子撸开，晃了起来，哗啦啦在头顶甩划圆圈。黑子和二狗看两根辫子呼呼生风，在空中形成一个巨大的涡流，只好步步后退。秧子挥舞着长辫，步步逼近。黑子和二狗看秧子头上的涡流旋着气浪滚滚而来，意识到这次不会得手，于是撒腿狂奔而逃。

门槛上坐着织毛衣的阿姨，阿姨说："秧子找你妈去吧，你奶奶不在家了。"女人是亲眼看见老太太拎了布袋出去的，那架势，短时间是不会回来了。

第二天，秧子的牛群排着队回来，却不见秧子。村上的人说秧子不傻，回来不见奶奶就不回了。再后来，秧子的牛也不回了。村上的人就觉得秧子有些了不起，说连牛也听他的话了。

秧子和他的牛有两天不回了。"两天"是常人的概念，秧子是不知道时间的。奶奶不在家，他就不回去了，这是他本能的反应。这个反应的延伸就是，他一直在等那个每天从光束里走来的女人。真奇怪，她有两天不来了。这让秧子沮丧。他记得，光的尽头亮着月亮般的光环，女人常向着那个月亮走去。秧子确定，女人就住在那个月亮般的光环里。

　　傍晚，四处寥落。鸟群排着队从秧子头顶飞向湾仔。涨潮了，潮声由远而近，海浪滚着花边，汹涌而来。顷刻，湾仔四周汪洋一片。这时，灌木丛中啪地射出那道蓝光，使得傍晚的湾仔倍加神秘，这神秘让秧子心往神驰。

　　去，到那里去！

　　秧子一扫往常的呆滞，果敢敏捷地上了桥。这座木桥他太熟悉了。女人每次都从桥上走过，脚踏木板的声音让他胸腔鸣响，呼吸加速。现在，他就走在这座桥上。桥尽头，是咆哮的大海，浪涛正汹涌着，撞到堤岸上，发出狼嚎般的声响。秧子用辫子捂住耳朵，站在岸上，有些怕。此时，蓝色的光又一次扫了过来，光束横立汪洋上空，一头连着湾仔，一头连着木桥。"那是架在水上的路，到月亮的路！"秧子想。他把辫子在颈脖上盘好，下了最后一级台阶时，水突然变深，浸过他胸膛了。他站不稳，身体飘忽，惊慌中，翻了个跟斗，喝了几口水，咸且苦涩的海水呛得他难受。眼睛刺刺地痛，他抽了手去擦。脖子上的辫子有一根落到水里，他弯腰要捡，这时，乌黑的浪涛滚过来，到脚跟时，一个汹涌，把辫子卷走了。巨浪中的发辫，在滔天的浪峰里漂远，渐渐地，像鲸鱼入水的尾巴丫杈，消隐于暮色中的水面。

　　次日，潮水退去，灯塔的光打在礁岩上，一片死寂，只听到牛群揪心的喊叫。摆渡的老人觉得牛喊得不同寻常，从远处看到它们在岸上撒蹄，跺脚，哞哞地叫得凄凉惨烈，只不见那个往日放牛的孩童。老人摆渡的水路和孩子放牛的山坡离得远，还隔着一座山包。偶尔，他会看到远远的山包上有个孤单的小小的影子在晃，似乎脖子上总裹着一团什么，最先是黄色，后来是黑色。他常常拽着牛绳，紧跟在牛身后，或摩挲着牛肚子，好像牛是他的知心伙伴。老人却不曾得知，那个常坐他渡船的女人，在下渡船后和上渡船前，总会和那个小小的人儿有一段美好的相遇。因为他们见面的地方，是在山坡的低处，高耸的山包把老人的视线挡住了。

意识到事情异常，老人一路狂奔着过来。于是，他发现了蜷伏海滩水浪线上那个小小的躯体：俯卧的孩子安详如刚从母亲子宫娩出的婴儿，小小的头颅向着湾仔；退潮的水浪时进时退地涌动，旋起孩子水草般的短发；橘红的短袖纯棉T恤下端缩起，露出他雪白而肿胀的肚子；蓝色的绵绸裤子湿漉漉地裹着微翘的小小的臀部；那双踩踏时会发光的童鞋，此刻因为静止而黯然。他的俯卧之处，正是女人给他燃蜡烛玩游戏的地方。他俯在地上的小小头颅和肩膀上围裹的最后一根辫子也不见了，想必是被海浪卷走了。

事后有些传说。有人说老人把孩子抱到湾仔的沙滩，连同他在红树林和海藻间找到的两根辫子一起埋葬了。也有人说老人认得那发辫的主人而把辫子归还了她，连同那个淌着海水的湿漉漉的孩子。女人是他的客人，磨得一手好豆腐，她到镇上卖豆腐途中常常坐他的渡船。早上，他从湾仔把她渡到半坡的海湾，晚上，再把她从半坡海湾渡回湾仔码头。他曾听别人说起，说她从邻村改嫁去湾仔时，有个孩子带不走。后来那孩子得病治不好而成了傻子。不曾想，那傻子正是他每天划桨时远望的山坡上的牧童。那小小的孤独的身影，自此从山坡上消失了。

跋

凝固的时间上美丽的条纹
——兼谈移民文学中小说的创作及潜能

秋尘

　　起初被邀请为这本小说选写跋，我是不肯答应的。因为作为一个小说创作者，我仍在暗夜里摸索，还没有形成一个可以言说的体系；而作为一个文学研究者，虽然我一直关注海外华文文学，尤其是小说研究，但依然是一个在迷雾中探索的行者。

　　然而，在读完这十三篇作品后，被心中的感触一次次拍打着、撞击着，我脑海里忽然就涌出一句话："拣尽寒枝随处栖"。是的，曾经在祖国与外国、故乡与他乡之间无数次纠缠、迷惑过的我，现在终于从"拣尽寒枝不肯栖"的游离状态，到了"尘心消尽道心平，江南与塞北，何处不堪行？"的随缘心态。在阅读这本小说选的时候，我不仅看到了这些移民作家笔下那些似曾相识的人物和故事，还重温了我自己曾体验过的异域生存状态下的焦虑和彷徨。我与书中诸位作者算不得熟，却知道他们也一样坚守着母语写作的阵地，因而不免想起我们跌跌撞撞走过的，这条由生存与创作交织而成的蜿蜒小径。

　　自 2003 年发表第一篇小说以来，作为一个移民书写者、华文文学的关注者，或者更广义地说，一个文学的爱好者，我一直在追问：我们这些偏居异域、平日使用非母语文字过活写作的移民，为什么执意要写作？在写些什么？与国内的主流书写者有什么不同？在看完这十三篇小说之后，虽不能说我已有了完美答案，但终于有一些可算阶段性小结的思考，在此抛砖引玉，希望引出更多深刻、有洞见的思考来。

第一，我们为什么要写作？我们常常听到一句话，"文学即人学"。那么什么是人学？谁是人呢？海德格尔对此有过精辟的论述："人是谁呢？是必须见证他之所是的那个东西。'见证'一方面意味着一种证明；但同时也意味着：为证明过程中的被证明者担保。人之成为他之所是，恰恰在于他对本己此在的见证。在这里，这种见证的意思并不是一种事后追加的无关痛痒的对人之存在的表达，它本就参与构成人之此在。但人要见证什么呢？要见证人与大地的归属关系。这种归属关系也在于：人是万物中的继承者和学习者。"[1] 对我们这些热爱文字、热衷于书写和表达的人来说，这个论述可谓一语中的。

海德格尔把人规约为万物中的继承者和学习者。在我看来，这两个词精准地概括了移民者的身份位置和生存状态。我们既是母国文化的继承者，又成了他

1　［德］海德格尔：《荷尔德林诗的阐释》（孙周兴译），北京：商务印书馆，2014年，第38页。

国文化的学习者。这两种同时并存的身份状态既是我们的宿命，也标示着我们的存在。在同一篇文章中，海德格尔也谈到了语言，以及语言和人的关系。他说："语言的使命是在作品中揭示和保存存在者之为存在者。""唯在有语言的地方，才有永远变化的关于决断和劳作、关于活动和责任的领域，也才有关于专断和喧嚣、沉沦和混乱的领域。……语言足以担保——也就是说，语言保证了——人作为历史性的人而存在的可能性。"[1]如果把最后这句话里的"人"换成"移民者"，就是：语言保证了我们这些移民者作为历史性的人而存在的可能性。于是，"历史性"和"存在"成了主体"移民者"作为"人"的关键词。也就是说，移民者是通过语言来达成其作为人而存在的历史性，来完成其作为人的"此在"的可能性。所以，移民者需要书写。

值得注意的是，在中国改革开放的进程中，一些当年的移民回国甚至定居了，其创作的题材自然更多地涉及国内。而对于这些"海归们"来说，继承者和学习者这两种并存的身份，不仅仍然存在，甚至可以说加强了。他们继承的是当年的故国经验和移民之后

---

1 ［德］海德格尔：《荷尔德林诗的阐释》，第39—40页。

的异国经验，他们学习的是故国在他们不在场的时段里发生的变化。于是他们发现，自己最深层的痛苦不是乡愁，而是在曾经熟悉的故乡毫无准备地遭遇的陌生感。这种难以摆脱的陌生感必然让他们产生一种举目四望、无处可依的孤独感，逐渐地，这种二度的陌生感和随之产生的孤独感不再只是针对故乡或异国的，而是针对整个世界的，针对作为人的根本存在的。他们既无法排遣，又找不到答案。这种再度失去存在感的体验，又会激励移民书写者以语言的方式去表达"此在"，也就是再度去寻找。不同的是，这一次寻找的是超越了地域空间、文化背景、历史阶段之上的灵魂栖息地。

第二，我们在写些什么？对这个问题，这本小说选正好提供了很好的解答。我将其概括为两个字："观"和"想"。"观"，可以是观察、观看，也可以是奇观、大观，还可以是观念、主观、客观，等等。无论对群体还是个体来说，从移居异地开始，"观"便占据了统摄性的作用。这十三篇小说虽然有着各自不同的创作姿态、叙事视角和叙述策略，但都可以看作是对"观"字在不同层面的诠释和解读。

就对象而言，"观"可以分为两大类：一类是对异文化他者的观察，可称之为"外观"，比如小说《卡萨布兰卡百合》）；另一类是对具有同源文化的人的观察。后者按观察对象又可以细分为三种：第一种是对移民同胞之观，可称之为"等观"，如《夏天来到的时候》《美女芳华》《纽约春迟》《我是欧文太太》《离岸流》；第二种是对自身的回看，可称之为"内观"，比如《冰》《楚雅如的寂寞》;最后一种可以称之为"回观"，比如《都市猫语》《校庆》《辫子》等，其书写对象均是在中国的同胞，虽然有的篇目所书写的故事发生在作者出国之前，但作品创作于出国之后。对于最后一种，虽然这些作品观察书写的对象不在海外，但创作主体的海外移民经验已使其观看的视角与未出国前有所不同。这种不同表现在文字上，有时候可能是显而易见的，有时候可能是隐藏在字里行间不易察觉的。

上面提到的各作品的"观"的类属，不同的阅读者可能会有不同的分法，但外观、等观、内观、回观这些分类，应该涵盖了移民创作者可"观"的类型。另外，分析"观"的角度还可以有很多。比如，从"观"的主体，即观看者视角看，上面提到的"观"的类型，理论上也都是可以成立的。此处值得一提的是,《夏天来到的时候》使用的孩童视角,将孙子和奶奶两种不同文化背景下的人置于同一个时空,无疑增强了两者的对比反差效果。而《都市猫语》则在叙事策略上给予猫和人同等的关注度,写猫的时候关涉人,写人的时候关联猫,令人不禁掩卷自问:猫与人,哪个更自在?

　　需要指出的是,"观"并不是最终目的,重要的是"观"的结果生出的"想",即书写主体的想象。"观"是相对客观的,"想"则是主观的。可以说,这本书里的每一篇作品都是创作者在异域观感经验之上形成主观想象后的具象表达。"观"的内容和向度,直接决定着"想"的内涵和格局。如果说"观"的目的是通过比较了解对方、了解异同以认识自我,"回首向来萧瑟处",那么"想"的目的则是试图理解这种异同发生、发展的源流,以及未来的可能性。

　　第三,我们创作的潜质在哪里?或者说,移民者有何不同?一般而言,移民者具有两种以上成熟文明的感性经验甚至理性认识。因此,移民者的"观"和"想"通常处于不断的冲突、对比、分析、寻求和解的循环往复中,而他们最终往往会痛苦地发现:任何文明都是一把双刃剑,在推动人类社会发展的同时,也终将限制人类的发展。人类必定要在不断突破现有文明的螺旋发展中一步步完善，这个过程自始至终都伴随着代价。而古今中外的文明遗产都具有烛照今日的价值。那么，在不同文明夹缝中存在的移民者，作为个体，该如何自处？作为群体，又该怎样融合？

《奥义书》说："不是因为爱丈夫而丈夫可爱，是因为爱自我而丈夫可爱。……不是因为爱妻子而妻子可爱，是因为爱自我而妻子可爱。"[1] 同样的道理："不是因为爱文学而文学可爱，是因为爱自我而文学可爱。不是因为爱世界而世界可爱，是因为爱自我而世界可爱。"我认为，这句话对像我这样的移民书写者来说是非常恰当的。至于"自我"和"世界"的界定，则应该是每个创作者和阅读者仁者见仁、智者见智的事情了。有人说："这世上，大部分的生活是经不起追问的。"但我想：写作之于我们，正是在追问那些经不起追问的生活，并在其中寻找还经得起追问的东西，拒绝经不起追问的内容。正是在文学作品中，我们看见了不同的个体，也看见了具有共性的群体，还看见了生命的规律——超越历史、种族、性别、政治制度、文化，无须分别的人类共有的生命规律。说到底，文

---

1 《奥义书》（黄宝生译），北京：商务印书馆，2012年，第91页。

学真的能解决人类的具体问题吗？对于作为个体的创作者，写作真的能解决什么具体问题吗？我想，文学最大的价值是一种修炼。我一直相信，每个来到这世界上的人，都是来修行的，虽然方式不同，但我们的目的是相同的——寻找人类可以永远栖息的伊甸园。

那么，我们应该如何修行？如何观照自我与世界呢？孔子说："七十而从心所欲，不逾矩。"按我的理解，圣人说的"矩"不应该完全等同于现实之"矩"，它应该更加宽广、自由、和谐，更具有普世性，不只符合人道，也符合天道，是一种"自在自为"的形态。安住于这种形态，我们便可以生亦乐，死亦不悲，聚甚好，散也可独立。也就是说，要抵达"从心所欲，不逾矩"的境界，需要不介意人我，却又关照人我；不分别自身与他者，却又关照自身与他者；不在乎过去与未来，却又关照过去与未来。这里的"他者"不只是与我们身份不同的人，也应该包括与人类共生的生命，比如生态文学所关注的动植物。也许在不久的将来，我们真的要像科幻小说中描述的那样，移居到宇宙中的其他星球。那时，我们谁又不是移民呢？所以，"从心所欲，不逾矩"应该是一种超越人类自身的更高维度的认知和想象，一种具有广大时空视角的、对人类及其生存环境的观想与关怀，一种和光同尘、"一蓑烟雨任平生，也无风雨也无晴"的生存境界。

假如我们认可文学是世界性的，那么文学创作者为什么不该是世界性的呢？因为创作者的多文化体验，移民文学才可能以更开放的姿态、更多元的视角、更敏锐的神经去触摸细节，感知世界，通过认知和想象将"异质"有机地"同构"于一体。我想这也正是这本小说选对读者而言的独特之处。

移民文学——如果这个词会存在下去的话——可以说是人类大迁徙过程中某个特定"此在"的观想和写照，是一个群体复杂的共同记忆组成的长篇叙事诗，一个由抗争与融合、认识与反省、生存与成长构成的"精神史记"。我们这些创作者必将继续执迷其间，流连忘返，正如《三体》中那位歌者吟唱的古歌谣那样："我看到了我的爱恋／我飞到她的身边／我捧出给她的礼物／那是一小块凝固的时间／时间上有美丽的条纹／摸起来像浅海的泥一样柔软／她把时间涂满全身／然后拉起我飞向存在的边缘……"这本小说选，不就是移民者们诗意地栖居在大地上，在迁徙浪迹之后的观想和劳绩，在人类浩瀚移民史册中一段凝固的时间上的美丽条纹吗？

京权图字：01-2019-6976

© 江岚 2019

图书在版编目（CIP）数据

离岸芳华：海外华文短篇小说选 ／（加）江岚主编 ；（加）张翎
等著. —— 北京：外语教学与研究出版社，2019.10
　ISBN 978-7-5213-1234-8

　Ⅰ．①离… Ⅱ．①江… ②张… Ⅲ．①短篇小说 - 小说集 - 世界
Ⅳ．①I14

中国版本图书馆 CIP 数据核字（2019）第 249736 号

出 版 人　徐建忠
责任编辑　赵雅茹
责任校对　易　璐
装帧设计　郭　莹
出版发行　外语教学与研究出版社
社　　址　北京市西三环北路 19 号（100089）
网　　址　http://www.fltrp.com
印　　刷　三河市北燕印装有限公司
开　　本　787×1092　1/32
印　　张　13
版　　次　2020 年 1 月第 1 版　2020 年 1 月第 1 次印刷
书　　号　ISBN 978-7-5213-1234-8
定　　价　39.00 元

购书咨询：（010）88819926　电子邮箱：club@fltrp.com
外研书店：https://waiyants.tmall.com
凡印刷、装订质量问题，请联系我社印制部
联系电话：（010）61207896　电子邮箱：zhijian@fltrp.com
凡侵权、盗版书籍线索，请联系我社法律事务部
举报电话：（010）88817519　电子邮箱：banquan@fltrp.com
物料号：312340001